U0897370

小坪大先生

抗日烽火里的中大先生们

王心钢　林磊　王瑾瑜　著

SPM 南方传媒 | 花城出版社
中国·广州

图书在版编目（CIP）数据

小坪石大先生 ：抗日烽火里的中大先生们 / 王心钢，林磊，王瑾瑜著. -- 广州 ：花城出版社，2024. 12.
ISBN 978-7-5749-0361-6

Ⅰ. I25

中国国家版本馆CIP数据核字第2024Q9H063号

出 版 人：张　懿
责任编辑：夏显夫
责任校对：汤　迪
技术编辑：林佳莹
摄　　影：谭富堂　荣笑雨
封面设计：WONDERLAND Book design

书　　名　小坪石大先生：抗日烽火里的中大先生们
XIAOPINGSHI DAXIANSHENG：KANGRI FENGHUO LIDE ZHONGDA XIANSHENGMEN
出版发行　花城出版社
（广州市环市东路水荫路 11 号）
经　　销　全国新华书店
印　　刷　佛山市浩文彩色印刷有限公司
（广东省佛山市南海区狮山科技工业园 A 区）
开　　本　880 毫米×1230 毫米　32 开
印　　张　8.5　　5 插页
字　　数　210，000 字
版　　次　2024 年 12 月第 1 版　2024 年 12 月第 1 次印刷
定　　价　58.00 元

如发现印装质量问题，请直接与印刷厂联系调换。
购书热线：020-37604658　37602954
花城出版社网站：http://www.fcph.com.cn

坪石老街国立中山大学校本部纪念地（前为杜定友馆长雕像，后为定友图书馆）　谭富堂摄

坪石老街国立中山大学研究院纪念地（原广州会馆）　谭富堂摄

三星坪村国立中山大学工学院纪念地　谭富堂摄

三星坪村俯瞰图（工学院与中大校长驻地）　谭富堂摄

莲塘村国立中山大学天文台纪念地　　荣笑雨摄

塘口村国立中山大学理学院纪念地　荣笑雨摄

武阳司国立中山大学法学院纪念地　谭富堂摄

铁岭国立中山大学文学院纪念地　谭富堂摄

管埠村国立中山大学师范学院纪念地（马思聪、王慕理夫妇雕像）
谭富堂摄

王亚南与李约瑟对话雕像（后为中大师范学院剧场）　荣笑雨摄

武阳司王亚南塑像　谭富堂摄

坪石先生群雕　荣笑雨摄

小坪石大先生：

抗日烽火里的中大先生们

目录

序章　沧桑坪石

一

武江正处在风雨飘摇的世界中。

珍稀奇贵的银杏、麻枫、檀树、喜树，以及滴翠遍野的松杉，在铅色的天幕下涌动着一片深蓝，白色与灰色的巨大云团，擦着山脊，奔马似的疾走，随即疾风劲吹，伴随着密集的雨幕倾盆而下，痛快淋漓地宣泄着，穿行在山谷间的江水猛然变得兴奋而躁动，一波追着一波，犹如中国古典乐曲《十面埋伏》急促的旋律，在千军万马的呐喊中腾越，弥漫出重重杀机。

我站在武江边，有一种置身于风口浪尖之感。那咆哮的声音此起彼伏，让人真切地感受到古人为什么要把这条江取名一个“武”，为什么那征战万里的汉代大将马援第一次翻过南岭，涉入这“南蛮”之地时，就在其《武溪深行》中发出如此感叹：“滔滔武溪一何深，鸟飞不渡，兽不敢临。嗟哉！武溪何毒淫！”

好一个“毒淫”二字，把武江之深之险，瘴气之重之毒，写得如此淋漓尽致。在我见过的古诗中，还从未有第二个古人用如此句子描写一条江。

武江，古名虎溪，唐时易名武溪，源远流长，是溱水上游的一段传奇。《水经注》中记载："武溪水出临武县西北桐柏山，东南流，右合溱水，乱流东南经临武城西，谓之武溪。"孔平仲曾吟："箫韶之音，余韵绕梁，终流入武溪之怀抱。"

自古以来，岭南之地，凡水势湍急者，皆以"泷"称之。广东各州，泷水遍布，英德有"泷头水"，罗定有"泷喉"，而乐昌九泷，尤为壮观。自乐昌县城西北的泷口至罗家渡的武水流域，人们称之为泷水。《水经注·溱水》云："武溪水又南入重山，山名蓝豪，广圆五百里，悉曲江县界。崖峻险阻，岩岭干天，交柯云蔚，霾天晦景，谓之泷中。悬湍回注，崩浪震山，名之泷水。"岁月流转，无数文人墨客、仕宦商旅，皆慕名而来，一探其神秘与惊险。唐代，韩愈被贬至岭南，途经此地，面对这险峻的山水，不禁赋诗抒怀："不觉离家已五千，仍将衰病入泷船。潮阳未到吾能说，海气昏昏水拍天。"文人韩愈，与武将马援，感受虽同，却因身份之别，更显凄凉。

宋代刘敞在《武溪深》中，以简练之笔，描绘了武溪的景象："武溪之水兮，日夜而东流。浅不可厉兮，深不可游。"

至清末，六泷被尊为九泷；泷与泷之间，曲水回环，形成了十八处滩头。于是，九泷十八滩，便成了这方水土的代名词。这些曲折蜿蜒的水滩，时而舟行北上，时而筏流南下，篙影纤痕，时隐时现。清代诗人廖燕，对此景赞不绝口："大滩小滩，水面相排。高低变化，转眼喜人。缆纤之间，山弯无数，上滩之难，宛如登山。"

正是"莫言巴蜀多危险，今日韩泷行路难"，可见九泷十八滩之险早已被古人传颂。

不过，武江险是险，但它毕竟是京城长安进入广东最近的通道，比起梅关驿道来，它足足近了上千里。因而中原不少移民和做生意者从湖南入粤境，都会选择这条水道。这便带来了武江上游坪石镇的空前繁荣。

二

坪石镇的标志是金鸡岭，因该镇西北峰有三块堆砌的石头，酷似一只举首北望、引颈欲啼的雄鸡而得名。外地人坐火车经京广线南下，看见这金鸡，就知道已进入广东境内。而广东人北上，见此金鸡，就知道家乡渐行渐远了。从这个意义来看，它还是广东的“地标”。

金鸡俯瞰下的江河便是武江。

九泷十八滩一般是指下十八滩，即韩泷祠至乐昌城这段水路，而武阳司至韩公祠这段则称上十八滩。单听“十八滩”和“九泷”之名，就让人浮想联翩：老泷、新泷、切肉滩、鱼粮滩、三层滩、垂泷、崩泷、和尚滩、百鸡滩、蓑衣滩、黄牛滩、新秦滩、犁壁滩、伸腰滩、梅泷、燕泷、腰泷、惊泷、百泷、歧门滩、小滩、龙头滩、大源滩、凿子滩、大长滩、定花滩、滑石滩。每一个名字就是一个形象，每个形象后面，都有无穷的意象。

当地人在九泷的源头建了一个寺庙，叫泷头庙；为了纪念韩愈，又叫韩泷祠（或韩公庙）；用来纪念马援，又称将军庙；可最当纪念的应是汉代桂阳郡太守周府君，是他最早整治武江河道，便利船舶往来。根据史书记载，为了纪念周府君开凿九泷的功绩，在汉代灵帝熹平三年（174）就有《神汉桂阳太守周府君功勋之纪铭》碑刻，放在泷头。它是广东最早的古碑，可惜在400年前损毁了，万幸的是碑文已载入史册。人们为缅怀他的功绩，又将这里称为老爷庙。最终，一寺三名，一寺三用，同时供奉韩愈、马援和周府君三人的塑像，也算是“资源共享”。过去船行至此，船家定要备以香烛酒饭，顶礼膜拜，为的是讨个吉利，求个平安。

熟悉航道的朋友告诉我，细心观察，在两岸山根的水面处，不时会出现一个个圆形小洞，当地人把它称为“竹篙眼”，因为每个小洞口仅有一根竹篙大小。由于武水落差大，弯道多，水流急，过去走的又是木板船，上滩要用带有金属尖头的竹篙撬着小洞攀缘而进，下滩要用这种竹篙顶着使船儿转弯，不然，竹篙滑开，失去控制，船就会撞击山石而发生危险。一年复一年，一辈又一辈，竹篙眼由浅变深，由小变大，由少变多，渐渐地形成了现在的样子。听后，令人感动。

我每次到武江，都会细细寻觅这些“竹篙眼”。它可是船工们劳动的记录，血汗的印证。

三

坪石镇地处粤、湘交界的边界，是京广线进入广东的咽喉，也是清远三连及粤北石灰岩地区的主要公路枢纽，素为兵家必争之地。远在东汉以前，贯穿坪石镇中心的武水，就是一条重要的交通命脉。它是古人顺着武江从中原进入岭南的第一镇，素有“广东北大门”之称。在坪石镇沿武水坐船顺流而下，经曲江（韶关）可达广州；若在坪石镇弃舟上岸骑马，经郴州可至中原一带，故坪石有“南船北马”之称。

坪石镇当年最热闹的地方是老坪石，其前身是一个紧靠武水的村镇，叫平石村，因当地回龙庙后有一块约 7 平方米的平坦之石而得名。武江上游自南向北至坪石塘口，绕过萧家湾，呈 S 形，蜿蜒地向东北流去。正是这弯曲的水道，带旺了这个山区小镇。

平石村，四通八达，水陆并进。走水路，上可到湘南的临武、宜章等县，下可到韶州、广州；走陆路，可走郴宜古道、西京古道等官道，可直通湘粤赣三省。如此特殊的地理位置，使之成为粤、湘、赣三省交界的商贸集散地。据当地人介绍，坪石商埠是因盐运而兴起的，记载可查的盐运历史可追溯到元代，明代万历年间，坪石的盐运已初具规模。借着明末清初海运受禁，淮盐一度受阻的机会，一些商人贩运粤盐北上，从而带动了此地商贸的繁荣。这里最早的一批首富，如刘百万、王文柏等，都是靠贩盐起家的。平石有民谣："转梅罗家贯，盐罗担子三百担，三天不出门，饿死人一半。"这"转梅罗家贯"，指的就是附近的转村、梅村、罗家贯村，由此可见，这里粤盐商运的繁盛和重要。

平石街市最繁盛时，沿着武水，建成一条长约 2500 米、宽约 3 米的老街，分上、中、下三街，其中，中街是最繁华之商业区，以盐埠为主，有 300 多间店铺；上街为"富人区"，有 100 多间店铺；下街为"平民区"，以客栈为主，有 100 多间店铺。到了光绪年间，平石街的大部分店铺，都被当地何、李、朱三大家族控制。时有这样的说法："高佬何的面子，李老二的银子，朱先生的口码子。"

除了上、中、下三街，还形成四个市场，每个位于一座庙宇旁。沿着水道，还有 20 多个专用码头。在蒸汽机未出现的时代，交通以水路为主。每天来往的挑夫有上万人次、船只 2000 余艘，停泊的船只 600 多条，平石的常住人口 5000 余人，流动人口 2

万余人，俨然一个小城市。每逢农历二、七圩期，最是热闹。操着浓重湘南口音的湖南商人来这里售卖山货、米、油、猪、水牛、三鸟、蛋品，买回盐、布匹、洋货、煤油等日常用品。精明务实的江西老表们则在街上经营药材、丝绸、布匹与食盐，见过世面、最讲究食的广州人主要经营饮食业。

我踏着长长的石板路，在街上走了一圈，发现仍存有单檐硬山顶、风火式山墙、上盖灰色瓦垄、青砖木式结构、二层至四层的清代建筑，前店后院，上面有不同的商号，其中可见建于清代的楚南会馆、豫章会馆、广同会馆和福建会馆等旧址，依稀可见当年的繁荣。有意思的是，由于平石村的商贸辐射力，在附近出现了一大片村落。这些村落大都分布在武江及其支流上，村民们从事农耕的并不多，以造船、撑船、放木排、搞贩运、做挑夫、种菜养菜为生者为主，商品意识较强，与商家交往密切。这种现象是其他乡村少见的。

再回头来说武水的航运。由于武江全线水路宽窄不一，深浅不同，船家们使用的船只自然是形状不一，分别有尖头泷船、平头材艇和短小灵活的驳船等。坪石至乐昌的水道最险，要经过九泷十八滩，这里河窄水深，礁多滩险，所用的是经过特制的长形“泷船”，船底平、船头尖，可破浪，不怕暗礁。泷船的历史悠久，早在东汉时，泷水就可通航，人坐其中，十分惊险，“唱号慷慨，沉深在前”，惊涛骇浪，激石如雷，随时有翻船的可能，“丧宝玩，陨珍奇，潜珠贝，流象犀”（《神汉桂阳太守周府君功勋之纪铭》）。

过了乐昌南下，水势较平稳，泷船就改用船体大、前面是平头的材艇。当年泷船有 800 多艘，泷船可载猪 40 头，材艇可载 80 头，是泷船的一倍。而货品从坪石运往上游的湖南，使用的是小于泷船的湘南民船——二驳船、小驳船或猪头船，结构简单，运输方便，船工多至五人，少至两人。说到武江，尤其是九泷十八滩的航运，清人许炳章在其《白茅泷》中有如此形象的描绘："万人维舟饬篙橹，衔尾渐进如昏鸦。初笃绿岸涉澎湃，十步九顾长吁嗟。"前两句写泷水航运的繁盛，后两句写行船的惊险，让人如临其境。

随着20世纪30年代粤汉铁路和乐宜公路等的开通，武江航道开始出现衰颓景象，渐渐结束了平石村"万担盐箩过古道"的历史，但坪石镇却因成为铁路、公路的重要枢纽而崛起。在抗日战争时期，由于广州的突然沦陷，曲江（韶关）一度成为战时省会，坪石"因祸得福"，在战乱中得以复苏。当时，包括中山大学、岭南大学农学院，培正、培道中学等在内的广州名牌大中学，以及行政事业机构、银行等北撤而至，人口激增，坪石不仅成为"小广州"，而且成为华南新兴的"文化之镇"，书店多于米店。

只是如潮涨潮落般，随着抗战的胜利，这些北迁的单位，呼啸而来又呼啸而去。明日黄花，成了一段历史的记忆。

四

2021年1月5日，腊月时分，寒潮来袭，气温骤降，乌云密布，冰剑雪刀。我们恰在这一天逆风而行，北上乐昌坪石，探寻当年中山大学教学历史遗址和华南教育历史研学基地的建设情况。

1940年9月22日，秋风送爽，中大代理校长许崇清先生带领着师生们，从澄江出发，踏上一段跨越滇、黔、桂、湘、粤五省的漫长旅程。他们穿越了数千里的山河，历经风霜，终于在10月16日抵达坪石。

坪石，这个原本宁静的小镇，突然迎来近2000名师生的涌入。他们需要食物、住所，还有知识的滋养，同时还要面对战时的空袭威胁。坪石街虽小，却承载着中大的希望与梦想。

许校长早有预见，他派遣先遣队深入调查，心中早已有了蓝图。他将学校比作一棵参天大树，坪石街是其坚实的主干，是校本部和先修班的所在地；而各学院则如同枝干，沿着武江流域，延伸至周边的村落。法学院坐落在20里外的武阳司，文学院则在清洞乡的25里处，师范学院在管埠村，工学院在三星坪村，理学院在塘口村，而农学院则远赴湖南境内的栗源堡，医学院则选择交通便利的乐昌县城作为根据地。

借鉴云南澄江的经验，解决学校用房的问题，主要是通过租赁民房，修缮庙宇、祠堂和书院。在不足之处，新建的简易房屋由虞炳烈教授设计，他巧妙地利用当地的杉木、杉皮、竹子，以泥土和禾草构建这些临时的庇护所。室内的家具，无一不是竹制品，竹床之上，铺着禾秆草，为学生们提供简陋却温暖的栖息之地。

冬天的粤北山区，寒风刺骨，温度接近冰点，到处有冰挂。由于房屋的保暖性能不佳，学生们主要依靠棉袄来抵御寒冷。为防止敌机轰炸，学校加强各种防空措施，将山顶一个圆形碉堡改为报警台，和坪石的情报中心保持着频繁的沟通。一旦报警台在树干上挂起一只大竹篮，各学院的观察点便迅速响应，师生们看到后会迅速转移到防空洞，以躲避空袭。

时光已到21世纪20年代，80年前的临时校舍大多已不在，所幸以坪石地区为重点的乐昌、连县、浈江、仁化等地，仍然残存着一些当年上课用过的祠堂和民宅，遗址尚依稀可辨。

2010 年，开始有人策划、张罗，想在坪石建个中大纪念馆，韶关电视台也拍摄了纪录片《烽火弦歌》。但正式启动建设华南教育历史研学基地项目是在 2019 年，现已初具规模，中大校本部研究院、定友图书馆、管埠的中大师范学院展览馆和武阳司的法学院纪念地等都已建成，让人欢欣鼓舞。正如一位记者描绘的："那些承载着回忆和思念的建筑，采用砖、石、夯土等低成本、本土材料，经过改造，保留继承着浓郁地方特色，用新的、美好的念头开始，迎接那些旧的、怀恋的时光时，生命又开始回到了他身上，血液在他的血管里健康地流动，力量如洪水般向他涌来，焕发出新的生机。"

那天，我们采风第一站是坪石街，站在街道上，我们想象着当年中大到此的热闹景象。

在坪石这条狭窄的街道上，中山大学的校本部被分散在几处古老的建筑中。教务处、训导处、校医室，它们静静地坐落在上乡书院的旧址内，而总务处则在三界庙的庇护下，默默承担着学校的运转。

每逢周末，坪石街便成为师生们心中的圣地。周六的午后，阳光洒在石板路上，学生们从四面八方汇聚而来，有的乘坐火车，穿越山川；有的乘船，沿着蜿蜒的河流；更多的则是徒步，沿着乡间的小路，带着对知识的渴望和对坪石街的向往。

这一天，对街上的商贩来说，是他们最为期待的时刻。他们早早地准备好货物，等待着学生的到来。商铺的灯光比平日更加明亮，牛奶店、咖啡店、书店、面包摊和水果摊，都像是被施了魔法一般，纷纷出现在街道两旁，满足着学生的各种需求。

有钱的学生，会走进餐馆，点上一桌丰盛的菜肴，享受一顿美味的大餐；浪漫的学生，则会选择咖啡店，点上一杯香浓的咖啡，沉浸在书页的翻动声中；而那些囊中羞涩的学生，一碗热腾腾的面条或是一块刚出炉的面包，也足以让他们心满意足。

饭后，他们会漫步在神州国光社、生活书店等书店之间，这里藏书丰富，中外名著应有尽有。他们可以在这里找到郭大力、王亚南合译的《资本论》，沈志远所著的《政治经济学》，甚至是亚当·斯密、李嘉图等大师的译著。这些书籍，在思想禁锢的地方是难以寻觅的珍宝，而在坪石街，它们却触手可及。

原澳门《大众报》副总编辑徐续是亲历者，他回忆道：

> 抗日战争期间，这个原始的市镇忽然成为广东省最高学府所在地。当时中山大学初从广州石牌迁云南澄江，继又迁回粤北，中大的校本部和文学院都在坪石。我也曾在校本部待过一年多。校本部的原址是一间深邃的棺材庄，清理了厝存的棺柩而设立办公室。我住在后边依山盖搭的木板厅房里，夜间以灯芯油碟照明，具有一灯如豆的情景。坪石街上不乏知名学者，或者莅临活动的文化人，书法家麦华三就曾来举行过书法展览。但这里依然有山野气息，市上不难买到虎肉、虎骨。夏日傍晚，不少师生员工在萧家湾的武江游泳或沐浴。

我们在新建的定友图书馆多逗留了一段时间，向馆前的著名图书馆学专家杜定友先生雕像致敬。那洁白的大理石雕像别有创意。下面垒着四五个装图书的木箱，木箱边刻着大大的“圕”

字，木箱上面则立着定友先生半身雕像，头向上微昂，目光透过大眼镜遥望远方……

当年在坪石坚持教学与做学问的专家教授们，被亲切地称为“坪石先生”。那么“坪石先生”又有谁呢？不查不知道，一查吓一跳。除了中国图书馆奠基人之一杜定友外，有《资本论》译者王亚南，有中共创始人之一、哲学家李达，有一生为统战工作做出贡献、到晚年才公开中共党员身份的“传奇隐杰”梅龚彬，有被誉为“中国核能之父”的卢鹤绂，有地理学大师吴尚时，有音乐大家马思聪，还有百科全书式学者朱谦之、名满天下的抗日歌曲《杜鹃花》词作者黄友棣、中国现代高等数学教育开创者黄际遇、中国现代稻作科学主要奠基人丁颖和“五四”著名女作家、古诗词专家冯沅君等。这个名单还可以拉很长。除了专职老师，中大还邀请国内外知名学者来校讲学，如陈寅恪主讲魏晋南北朝史、杨东莼讲演中国文化史、郑德鸿教授做“薄钣理论之最近发展”等，不胜枚举。

在那烽火连天的岁月里，中山大学的“坪石先生”，如何在逆境中坚守学术的灯塔？战火纷飞，教材匮乏，他们仅凭记忆和零星的资料备课。课堂里，只有黑板上的提纲，学生们全神贯注地听讲，手中的笔飞快地记录着每一句话，每一个概念。

夜幕降临，菜油灯下，学生沉浸在自习的海洋中，微弱的灯光映照着他们专注的面庞。为了提升教学质量，每个星期一，学院都会举行学术专题报告，这是知识的盛宴，是思想的碰撞。

历史学系更是独树一帜，他们与自然科学者携手，设立了中国科学史奖金，以发扬中国固有的科学技术。在国难当头的时期，尽管条件艰苦，但“坪石先生”们并没有放弃，他们因陋就简，因地制宜，坚持教学和科研，深入偏远地区进行田野调查，收集丰富的人文科学、自然科学资料。这些田野调查和野外考察的成果，成为学生们撰写高质量论文的基石。“坪石先生”们的智慧和汗水，孕育了一篇又一篇的学术佳作。

据统计，中华人民共和国成立后，从坪石走出的学人中有10位走进了中南海。在1954年的全国人民代表大会上，他们中的一些人，如马思聪、李达、林砺儒等，参与第一部《中华人民共和国宪法》的投票。他们不仅是学者，更是国家的栋梁，许多人后来成为大学校长、院士，引领着学术界的发展。

徐中玉被誉为中国的“大学语文之父”，他也是从坪石走出的优秀学生代表。单1939—1941年在研究生院学习期间，他就整理、抄写了上万张卡片，所撰写的论文有30余万字。研究生毕业后，他留在母校教书，达5年之久。他全程经历了坪石岁月的艰辛。他的刻苦与艰辛，被一份档案所记录，这份档案见证了他如何在战火与贫困中，依然坚持学术的追求。

> 查该生等研究专题所需，多须求自我国古籍，本院此类藏书特少，一时未能供给其需要，而该生等又以毕业期遇，未能久待，故前月特请求赴连县东陂省立文理学院图书馆搜集论文材料（前广州中山图书馆书籍现寄存该校。其中古籍甚为丰富），经已照准。现该生等事毕返校，以路费无着，未能启行，似应酌予补助，使其早日成行返院。为此特请核夺示复，以便转知是荷（陈平原：《“烽烟不绝读书声”——中大档案中的徐中玉》，现代中文学刊，2014年第2期，90页）。

当年坪石街有一家万昌书店，书店老板是个有心人，收集整理了中大师生遗落的书信文摘。这里不妨摘录其中一段：

> 在这粤北的山村小镇上，有着高低不平的滑石市街，你会感觉到这小镇完全是大学的校舍，在静寂的角落可以随处遇见熟识的同学或教授们。这小镇只有一条直街，这街上却时常都见到同学们就在街头互相畅谈，在路旁谈话。
>
> 这陋隘的山村中，多少旧庵祠、神庙、旧居成为学舍，充满了读书声和欢笑声。
>
> 这一群青年，有从海外而来，有从太平洋而来，他们听着山的故事，望着丛山，或许远远地看见城墙的废墟时，你会体会到这里的人是怎样生活的呢。
>
> 假如长沙仍然安然无恙，假如衡阳不是烽火连天，假如清远没有铁骑践踏……我想夕阳西下时，那不是跳下武江大游其蛙式的时候吗？
>
> 坪石有许多来去匆匆的逃难者，也有许多热心服务的学生，他们仍然是镇静地以战时作平时，有四百多人申请暑期服务，分成一队一队的到军医院里去慰问伤兵，到四乡去组训民众。

在阅读史料中，我也分明看到战争的残酷性。

1944 年秋天，战争的阴影如同一片乌云，缓缓笼罩了粤北的小镇坪石。日军为了打通粤汉线，向这片宁静的土地发起了猛烈的进攻。1945 年 1 月 16 日，中山大学的师生被迫面临一个艰难的抉择——紧急疏散。

疏散的命令来得如此突然，以至于每个人都措手不及。学校被迫分成三路：一路向东，奔向仁化和梅县；一路向西，前往连县；而那些来不及撤离的人，只能留在坪石，面对未知的命运。1 月 21 日，日军的铁蹄踏碎了坪石的宁静。

在这场混乱中，为逃避鬼子兵的追杀，郑海柱副教授的夫人罗秀贞，抱着年幼的女儿，纵身跳下悬崖。而工学院建筑工程系的卫梓松教授，因病留在新村，最终落入敌手。日军试图利用他的声望，逼迫他出任维持会会长，但卫教授宁死不屈，于 3 月 3 日，用安眠药结束了自己的生命，以死明志，壮烈殉国。

卫梓松教授，这位广东台山的儿子，北京大学土木系的毕业生，京奉铁路的工程师，曾在国立清华大学、东北大学、中山大学留下足迹的学者，他的一生，是理论与实践相结合的典范，他的《实用平面测量法》至今仍被后人传颂。

抗战胜利的喜悦虽然在半年后传来，但苦难并未随之画上句号。1945 年 10 月，中山大学的师生在返回广州的路途上，不幸再次降临。55 名生命在归途上戛然而止，其中包括理学院的黄际遇教授，他在北江的船上不幸落水身亡。潮籍师生林惠仙、黄光华等 7 人在士丹利祥发轮上遭遇火灾，尽管他们选择跳海求生，但最终未能幸免。另外，陈廷佳等 47 名学生在严重超载的祯祥轮上，不幸被江水吞没，失去年轻的生命……

这寥寥数笔，记录了战争给人们带来的深重创伤，每一次回忆，都是对那段历史的深刻反思，对那些英勇牺牲者的深切缅怀。

那天离开坪石时，临近黄昏。虽然阴云密布，我仍然独立岸边，向武江眺望。恍惚中，一叶轻舟漂来，传出高亢的船歌，让人久久回味：

开船哟，带缆没有？抓紧啦！
哎嘿喂哟，一齐使力，起下缆，来开船。
拉紧来！把稳舵！
拉紧来！两边拉紧船！
撑紧来！入龙尾！
嘿！顶硬腰！
嘿！呀呀呀呀上滩啦！
咬！把稳舵来！
嘿！齐心拉紧来出口！
出口入慢水啦！
南风吹来罗，兄弟！
收缆尾，出风帆！

许崇清：执掌中大主南迁

一

粤北四月，天气就像小孩子的脸，说变就变。雨来的时候，不是那种江南的细雨绵绵，而是一阵一阵的，带着点冷风。雨一停，太阳就火辣辣的，感觉一下子就跳到了夏天。

在曲江城郊皇岗山下的一间不起眼的小屋里，广东省主席李汉魂递给许崇清一封急电。等许崇清看完电报，李汉魂忍不住露出了笑容："许先生，恭喜您啊，又当上国立中山大学的校长了。听说是陈立夫部长亲自点头，蒋总裁也同意了。"

李汉魂虽然是军人出身，但骨子里还是个书生。哪怕许崇清的官位比他低，他也总是礼貌地称呼他"许先生"。

1938 年 10 月广州沦陷后，国民党第四战区和省政府机关都往北撤，韶州就成了战时的省会。许崇清作为省教育厅厅长，也跟着北撤，先是到了连县，后来又回到曲江。他轻轻地把电报放到一边，语气平静地说："去年 10 月 12 日，日军在大亚湾登陆，广州就危险了。中大也不得不往西边跑，先是到了罗定，然后又去了梧州，最后在云南澄江落脚，转眼都一年多了。去年冬天，中大师范学院的院长崔载阳和系主任、教授们意见不合，搞得院务一团糟。16 个教授联名写信给校长邹鲁，说要罢教，要求撤换崔载阳。但邹鲁先生在重庆，校务是校长室秘书萧冠英在代理。萧冠英做事太急，以‘维护学业’的名义，把崔载阳给免了，换了范锜教授代理，结果引起全校的大风波。这风波闹了好几个月，越闹越大，萧冠英最后只好辞职，邹鲁先生也只好向教育部请辞。”

“这事儿，大家都知道，其实是陈立夫和朱家骅在背后较劲。陈立夫想安排自己的人来管中大。这怎么行呢？中大是广东人的大学，哪能让别人插手？”李汉魂说着，从桌上的盘子里拿起两颗新鲜的枇杷递给许崇清，“现在好了，您来当校长，学校就有希望了。”

“我哪有那么大的能耐？”许崇清接过枇杷，放在一边。

“我觉得您是最合适的人选。首先，您出身名门，广州高第街的许家。许家可是人才辈出。您两位哥哥许崇灏、许崇济，还有你的堂兄许崇智，是中山先生手下的‘许氏三杰’。中山先生还夸过您母亲‘教子有方’，送了牌匾呢。还有您堂妹许广平，因为是鲁迅先生的夫人，更是家喻户晓。”

“那都是虚名。我们家家道中落，父亲早逝，兄弟姐妹七个都是靠母亲一手拉扯大的。我是靠考官费生，才有机会去日本留学的。”

“对啊，这就是您的第二个优势，名校出身。您 17 岁就到日本求学，从中学、大学，直到日本帝国大学研究院毕业，专攻哲学和教育学，整整读了 15 年书。”

“都成老学究了。”

“记得我第一次听说您，是在《新青年》上。那是民国六年，报纸上登了北大校长蔡元培先生的演说，说‘孔子是孔子，宗教是宗教，国家是国家’。您却不认同，发表长文批驳。蔡先生很快就在《新青年》上回应。然后您又发表文章，还引用爱因斯坦的狭义相对论来反驳。那篇文章，让您成为第一个把爱因斯坦的狭义相对论介绍到中国的人。我当时看了，真是佩服，一个在校生敢挑战北大校长，蔡先生不但不生气，还邀请您学成后去北大任教。这事儿在学界传为佳话。”

“那都是年轻时候的事，现在想起来都觉得不好意思。蔡先生真是宽宏大量，想留我在北大，是真的。大学就需要蔡先生这样开明包容的校长。”

“仲恺先生眼光独到，不仅把您带进革命阵营，还把侄女许配给您。那时候的许先生，真是革命和爱情两不误，春风得意啊。”李汉魂说着，自己也笑了。

“李主席说笑，这都是过去之事。”许崇清脸上露出一丝尴尬的笑容。

那是 1922 年 10 月初，秋风送爽，廖仲恺奉中山先生之命，赴日本与苏联代表越飞秘密会谈。许崇清作为得力助手随同前往，心中满是期待。何香凝女士后来回忆道：“当时仲恺的哥哥在日本做北洋政府的驻日本公使……我们如能住在仲恺的哥哥家里，当会更为方便，于是以带我给他行六的女儿做媒为掩护……以利于他与越飞会谈。”

10 月 24 日，东京的街头洋溢着节日的气氛，许崇清与廖承麓（六薇）的婚礼在此举行，盛大而热闹。在婚礼的热闹掩护下，廖仲恺与越飞谈成了孙中山与苏联合作的意向，为第一次国共合作奠定基础。而许崇清和廖六薇，原本只是为完成掩护任务而结婚，却没想到在相处中萌生了真挚的感情，收获了意外的爱情和婚姻。

“许先生，言归正传。”李汉魂在一间简朴的办公室内，看着窗外的雨滴轻轻敲打着玻璃，转头对许崇清说，“我觉得您既是教育家，又是出色的教育行政管理人才，这是您第三个优越条件。您执掌广东省教育厅多年，参与创办了广东大学，即现在的国立中山大学。民国三十二年，您还担任过中大代理校长，对中大的情况了如指掌。如今，中大处于风雨飘摇中，校长一职，非您莫属啊。”李汉魂看出许崇清对任职中大校长有顾虑，便尽可能找充足的理由来说服他。

许崇清知道这中大校长不好当。1931 年 6 月，他第一次就任中山大学代理校长时还是满怀壮志，一上任就进行学制改革，将各个科改为学院制，实行校、院、系三级管理，还增设了文学院社会学系、理学院土木工程系和化学工程系。3 个月后，九一八事变爆发，全国各地抗日爱国运动高涨，以中大学生为核心的广州学生举行了声势浩大的抗日爱国游行和请愿，全市实行罢读。他对学生的抗日行动一向持同情态度，为当时西南政务委员会所不容，被以“控制不力”为由，免去其校长职务。中大教职员和学生对此极为不满，校董会也表示要他留任。当局迫于无奈，不得不下令在新校长未到任时，着许崇清暂行代理中大校长，维持校务。

1932 年 2 月，许崇清正式离任，只挂广东省政府委员的虚职。而现在的形势比那时候更为严峻，学潮此起彼伏。中大师生强烈反对官方背景的人来接掌中大，要求保持中大学术自由的传统。

李汉魂见许崇清仍在沉思，便说：“云南离韶关山长水远，您上任有什么难处尽管说，我定全力支持。”窗外的雨似乎更大了，雨滴在屋檐下汇聚成一条条小溪。

“李主席，您这个‘山长水远’用得好。”许崇清叹了口气，目光透过雨幕，似乎在思考着什么，“许某赴任自不成问题，个人得失没什么考虑的。如果上任，最应考虑的是中大未来前途问题。大学是培养人才的地方，而中大主要是为华南地区包括港澳培养青年人才。现中大偏居云南澄江坚持办学，虽远离战火，日子相对安静，但毕竟山长水远，交通极为不便，生活极端困难，生源减少，办学规模日益萎缩，学生现只有1700余人。”许崇清从皮包里取出一封信，“这里有邹鲁校长写的一封信，道出中大师生在澄江的困境：‘……数月以来，米价高涨，百物腾贵，一般同事同学，依然埋头教学，日则节膳忍饿，面多菜色……’澄江当地正流行瘟疫，更让师生们雪上加霜。”

“国难时期，各大学境况皆似。先生对此有何高见？”李汉魂关切地问。

“现在，将中大迁回粤北的呼声日益高涨。若教育部同意，我想促进此事。理由是，由于中大等高校纷纷迁到西南大后方，华南地区的学生想上大学，十分困难。如果中大迁回广东，可以解决这个问题。广东不少有影响的大佬认为，中山大学既然是为纪念中山先生而开办的大学，当然应该在广东办才好。许多文化教育界的知名人士也希望中大能迁回韶关，这样，就能将中大办成文化运动基地，使韶关与桂林、香港遥相呼应，形成进步文化‘金三角’。”

“这是好事，我完全支持。随着长沙会战、粤北会战的结束，华南战局基本稳定，长沙到韶关这一段控制在国军手中，抗日进入相持阶段。您打算把中大搬回到广东哪个地方？”李汉魂点头表示赞同，窗外的雨渐渐停了，天空开始放晴。

许崇清往地图上一指：“就选粤湘交界处的坪石吧，它紧邻武江，在粤汉铁路线上，陆路、水路都十分方便，离韶州也不远，方便粤湘赣和港澳地区的学生前来就读。”

李汉魂点点头：“坪石素有‘小香港’之称，交通比连县方便，广州有不少学校已搬迁到此，渐成气候。若教育部同意搬，我设法从省财政拨 30 万元专款，作为中大的搬迁费。”

许崇清紧握住李汉魂的手：“李主席，太好了，就等您这一句话啊！”

李汉魂用力回握：“中大是我们广东人的大学，理应支持。我知道，30 万元只是杯水之薪，但战时财政极端困难，也只能挤出这么多了。这样吧，我到时给向华、幄奇、伯陵三位长官打个电话，请他们多少也支持点。至少派些军车，帮着把学校那些图书设备等坛坛罐罐运回来。”

许崇清一听，感动地说：“这样许某上任就有信心了。我马上到重庆找教育部，跟陈立夫部长说说，看他态度如何。”

二

半个月后，许崇清风尘仆仆地抵达了雾蒙蒙的重庆，直奔教育部。他此行有两个目的：一是报到，二是推动中大从云南澄江迁往粤北坪石。然而，教育部长陈立夫官腔十足，言辞闪烁，最后以经费不足为由，拒绝了许崇清的请求，让他感到十分失望。

事后，许崇清才得知，两个月前，陈立夫到昆明视察时，顺道来到澄江了解中大的情况。他借用中大正在闹的学潮，暗中策划了一场倒邹运动，意图通过 CC 派排挤邹鲁校长，夺取中大的控制权。学潮波及各个学院，形成全校性的动荡。进步师生分析形势后，认为CC派控制中大将更加反动，因而支持邹鲁，反对CC派。青年生活社的负责人和教授们纷纷站出来，与CC派学生进行了激烈的斗争。

这场斗争最终导致陈立夫和朱家骅双方僵持不下，只得再次让许崇清出任代校长。陈立夫心里不悦，对许崇清的提议自然不会积极支持。

澄江县在云南中部，南北走向的罗藏山横亘其中，形成澄江、阳宗两个美丽的坝子。这里，风景如画，四季如春，寺庙、书院和祠堂都成为中大的临时课室。转眼到了7月，学校准备放暑假，战场形势突变，日军有从越南进攻云南的迹象。陈立夫奉蒋介石之命，电令所有迁至云南的大学“立刻准备搬迁”。中大这才获准迁回坪石。

接到电令后，许崇清迅速成立迁校委员会和新校址筹备处。迁校委员会负责人员和公物的运输，新校址筹备处则负责选择新校址。先遣人员提前到达坪石，挑选好各学院的新址。同时，许崇清还争取了70万元的搬迁费用，其中教育部专款40万元，广东省政府资助款30万元。这笔费用除10万元用于建置外，其余60万元全用于运输。

许崇清致电李汉魂、余汉谋等粤军大佬请求支持。李、余二人信守承诺，答应安排军车相助。

离开澄江前，许崇清见到了原中大法学院院长邓孝慈，才了解到中大为何会迁至澄江。原来，1938年10月，日军即将攻陷广州，邹鲁校长在重庆发电给邓孝慈，请他在云南寻找合适地点。邓孝慈是云南人，与中山大学法学院的吴信达副教授商量后，建议迁往澄江。澄江距昆明60公里，交通便利，气候宜人，非常适合办学。邹鲁同意后，学校立即派人前往澄江筹备。1939

年2月底，师生员工已达2000余人，并于3月1日正式开学。

邓教授受聘于澄江中山大学法学院，并主编《中山公论》。该刊物经常发表批评当局的文章，次年被陈立夫勒令停办，邓教授也被解聘。许崇清本想邀请邓教授一同前往坪石，但邓教授婉拒了，提醒许崇清要提防陈立夫及其同党。

吴信达副教授对中大离开澄江感到依依不舍。他说："许校长，中大在澄江两年，当地民众十分支持。中大师生也为当地群众做了许多工作，有益于启发民智、宣传科学、发展教育和移风易俗等。"

吴信达还提到一些趣事："中大师生来自广州，穿着时尚。我们澄江人受到封建道德观念的束缚，男女间不能直接交往。中大的女生喜欢穿旗袍和裙子，这让澄江社会感到新鲜。本地年轻小伙子在街上碰到她们，都不敢直视，通常都会躲着看。有的男娃娃则会跟着瞧，嘴里念着顺口溜：'中大生，很摩登，不穿裤，讲卫生。'念完就跑。"

许崇清笑着递给他一支烟："吴教授，中大师生在一起做学问、散步、聊天，都是很正常的事。没想到给澄江民众的封建道德观和意识产生了冲击。也许正是这种冲击，点燃了澄江民众对新鲜事物的向往。"

吴信达点上烟，吸了一口，慢慢吐出："说得对。中大师生到澄江后，每到星期天就一起坐马车到城南的抚仙湖游玩，还一起游泳，在湖边野炊，他们自然、大方、开朗。渐渐地，本地青年男女也都效仿，一起游玩一起唱歌，再也没有人对中大师生说三道四了。"

许崇清也给自己点上烟："我看中大师生在澄江也得到不少教益，同学们学会了蓝青的官话，还学会'不三不四'的云南腔。大学用国语教学已经不会引起广东学生的抗议，广东青年的自信心也随之增强。现在是时候果敢地回迁烽火中的粤北坪石，开创一个新的未来了。”

离别的日子渐近，为表达对澄江人民的一片情意，中大还举行盛大的离开澄江话别会，邀请当地官员和知名人士参加。许崇清校长、张云教务长和部分教授还撰写了不少怀念中大在澄江的诗文，编成纪念册《骊歌》，于同年 8 月 13 日付印。

许崇清校长还代表全体中大师生发表《告澄江民众书》，向澄江人民表示感谢和道别：

澄江民众公鉴：

本校于民国二十七年冬，奉命迁滇，以澄江山明水秀，风土纯朴，足为士林潜修之所，经呈准迁此，蒙滇省当局、龙主席、龚厅长予以指导，澄江李县长、王县长、华大队长，及当地耆绅，多方协助，各乡堡镇长，及各地民众，亦奔走效劳，恳勤相爱，以故年来，本校员生，得以弦歌不辍，游息有所，皆拜诸君之赐也。兹以前方教育上之需要，奉命迁粤，席未暇暖，又备登程，别绪离情，彼此同感。

回忆年余以前，本校员生，初客他乡，生活习惯，不无互异，幸赖各民众之热诚推爱，庇荫有加，使千里游子，于故乡沦陷之后，仓皇迁徙之秋，不致托足无方，尚能安居研读，幸何为之！只以时日短促，同人等课务繁重，攻读之余，未能对于地方文化，社会建设，多所贡献，深滋愧赧。惟前者曾与省县合筑昆澄公路，以利交通，与县政府合办卫生协进会，以求地方整洁。各学院举办日夜学校，以促进民众教育。协助中小学校，以提高教育水准。开办本校附属医院，以便民众疗治。推行防疫运动，以防流行病之传染。各学会各剧团，举行兵役宣传，表演抗战戏剧。图书馆复公开阅览，举行抗战图书展览会、杜氏集品展览会，以期灌输民众知识，增厚抗战力量。此外，于地方建设，除修理庙宇及公共建筑七十余所外，尚拟建筑大礼堂、总图书馆，及增添各学院宿舍，惜以时间及经济关系未克次第举办。而骊歌忽唱，征马又将在途。

同人等此次回粤，……克尽国民一分子责任……良以现代战争，前方后方同属重要。且敌寇所占，不过少数据点，而前方广大土地千万民众仍在我掌握之中。则军事与教育，自不得不统筹兼顾。同人等为适应环境起见，毅然专征，不敢自馁，虽或受敌机炮火之威胁，然仍当本过去奋斗之精神，刻苦从事，以冀无负我澄江父老兄弟之属望。现敌已深陷泥淖，去克之期，当在不远。本校奉命移粤，足见我方军事，确有把握，胜利之期，指日可待，此谅为我后方民众之所乐闻者也。

自抗战以来，建国基础，益多巩固，交通建设，超越时空，前后方文化之交流，益见接近。云南为抗敌根据地，澄江地近昆明，物产丰富，尤为后方重镇，加以地方官长及全体民众爱国之热诚，生产之努力，当有功于抗战建国，当益不可限量。本校员生，虽遄返前方，但精神及意志与后方民众，当力图密切联系，使救国工作，更易发生效力，则他日抗战胜利，举杯遥祝，其豪兴遄飞，当与我父老兄弟同之也。

崇清长校伊始，公务丛脞，对于地方官长，各乡民众，未获畅聆教益，深引为憾！讵坐席未安，又产别离之调，私哀叠感怆然！此后惟有率领同仁，随诸君之后，努力本位工作，共负时艰，以完成抗战建国之伟业。是则吾人之所以自勉，而重望我澄江父老兄弟共勉之也。

匆匆握管，不尽欲言，敬布悃诚，惟希亮察！

那篇记载着中大迁徙历程的文章，后来被刻在了澄江孔庙亭东侧的一块墨石碑上。中大离开后，东龙潭碧泉的层青阁门头上，用墨笔写的英文字“First Scenry of Cheng chiang”（澄江第一景），依旧清晰而又完整地保存着，仿佛在诉说着往日的辉煌。

1940 年 9 月 22 日，中山大学的师生以院所为单位，从澄江启程，踏上了迁往坪石的漫长旅程。军车只负责运送图书和重要设备仪器，而人员则各自选择不同的交通工具，有的甚至不得不步行。他们穿越归化、昆明、曲靖等地，横跨滇、黔、桂、湘、粤五省，纵横数千里，一路上风尘仆仆。

许崇清带领校办人员，于 10 月 13 日抵达曲江，拜见了李汉魂、余汉谋等长官，再于 16 日折回坪石镇。

坪石街，这条沿河岸而建的狭长小街，因战时人口激增、中大的到来，更添热闹。

三

中大经过十余年的发展，已有文、理、法、工、农、医、师、研 8 个学院 31 个学系，尽管战时师生规模有所减少，但仍有近 2000 人。小小的坪石街难以容纳这么多人，只能往邻近乡村安置。许崇清决定，各学院围绕金鸡岭下的坪石街这个中心进行分布。

许崇清并没有把自己的住所设在坪石街上，而是设在离坪石16里外的三星坪村，和工学院在一起。三星坪村，因村庄前武江河流绕了一个大圈，河对岸形成的沙洲形似半月，有“三星拱月”之说，故名。三星坪亦称三村坪，原是坪石县城旧址，始于梁天监十七年（518），废于隋开皇十二年（592），共74年。现在的村民大多是清代移民后裔，由沈姓祖先率先从乳源梅花迁移到此定居，尔后有朱姓、何姓人迁入。

历史上水运繁荣时期，每天来往坪石到三星坪的木船达500余艘，在此停留的船只排满码头周围，后渐渐减弱。如今，中大在此建校，码头上的船只明显多了不少，师生常搭顺水船到坪石街，回来则是步行。

许崇清所住的是一间不到30平方米的青砖房，门口一棵香榛树据说有500多年历史。从住处往河边走几十米，就是三星坪码头。码头坐西北向东南，用红砂岩条石砌筑，随河堤坡度缓缓阶梯状铺砌，靠近河岸处铺设有扇形平台。

11月初，一场秋雨过后，天气转凉，许崇清给自己加了件长袍，要秘书通知人员在其住处召开第一次教务会议。

总务长邹奉然首先报告，学校用房多为租赁民房，修缮庙宇、祠堂、书院而成。除充分利用原有寺庙、空舍外，各院新建房舍88座，其中男生宿舍12座，女生宿舍3座，教职员宿舍6座，大小课室36座，膳堂兼课室12座，膳堂兼礼堂2座，绘图室2座，实验室3座，医学院门诊部1座，办公厅1座。新建房屋由建筑工程系主任虞炳烈教授统一设计。

许崇清点点头：“虞教授我熟悉。他毕业于巴黎美术学院，取得法国国授建筑师学位，由他来设计、监造校舍，实是中大的荣幸。我们要发扬澄江之艰苦奋斗精神，就地取材，尽快恢复办学。当然，中大从后方迁到前方，是有一定风险的，毕竟这里处于长沙第九战区、曲江第七战区和桂林第四战区之间，离敌占区较近，各位要有防空防敌意识。”

紧接着，各院系负责人分别介绍本院搬迁后的筹备情况。许崇清听后感到满意：“自从迁校坪石后，在诸位努力下，校务工作有条不紊地开展起来。鉴于目前各学院分散各地，为确保教学研究工作正常进行，学校有必要对一些与教学秩序有关的问题做统一规定。”

他从皮包里取出一页文件，念道：“现校方决定，依照标准时刻，各学院每日上课时间一律是 7 时至 11 时，12 时 30 分至 15 时 30 分。制定并公布 1940 年度校历。按常规，学年开始仍是 1940 年 8 月 1 日，学年结束为 1941 年 7 月 31 日。”

许崇清念毕，扫了大家一眼，又道：“去年 5 月订定各学院所属学系时，社会学系划归法学院，但因迁澄江时社会学系归文学院，法学院地址容纳不下，未做调整。现我们迁至粤北新址后，有了条件，决定从 1940 年度起，将社会学系正式调入法学院。诸位有意见否？”

与会者纷纷表示同意，会议室里响起了一阵轻松的交谈声。

许崇清继续说：“我准备在联合纪念周上，针对学校行政工作存在的问题，以‘行政机构问题’为题做一次专题报告，重点要指出，全校 80 余个单位，组织上虽属各处院，然遇处理业务，对学校有所请求时，皆不按级办理，未能做到上下相通，层层负责，各单位之机能构造仍须增进。我希望全校教职员工，要发扬奉公尽责精神，认真服务，发展学校，增进学术研究，贡献意见。届时，学校拟举办职员训练班和工友训练班，以提高他们的办事能力和为教学、学术研究服务的质量。”

教务长张云插了一句："现在关键问题是，如何加强师资队伍的建设，只有请到好教师，才能提高学校的知名度和教研能力，吸引更多好学生报考中大。"

"这个我心中有数。早在澄江时，我便打算聘请一批著名学者来校任教。这批著名学者，有的是我的老朋友，如李达、王亚南先生，有的曾在中大任教，如洪深、马思聪先生，有的是青年才俊，还在国外留学，学成后答应马上归来，如胡世华、卢鹤绂等。各位有什么好介绍的，尽可推荐。只要有才学，我们就大胆地使用。"

与会者听到许崇清所念到的名字，不少都是如雷贯耳者，不禁报以掌声。

很快，人们在课堂上便看到了王亚南、李达等的身影……

随着名师的到来，学校增添了动力和生气，学生们像追星一样追捧着名师。1941 年出版的《中大向导》这样写道：

> （对学生而言）的确是读书了，宿舍里、教室里、图书馆都有人看书。
>
> 外国文普遍被注意着，研究的空气和写作的空气都相当浓厚，各院各系的本行研究会、讨论会、演讲会，普遍的建立起来，刊物亦如雨后春笋；这些集体活动，都说明了中大学生的读书空气和生活态度。

四

广同会馆，坐落在坪石街内中街，年代久远得连始建时期都已无从考证，只在清道光二十六年（1846）留下重修的印记。

它原本是座三进三间的古建筑，如今成了中大研究院的所在地。许崇清把学术核心重点机构设在这里，心里明白，这代表着中大的学术地位和研究水平。

走进会馆，光线透过木格窗洒在满是书香的书架上，虽然房子是租借的，用木板简单分隔，但那份对学问的尊重和渴望依旧浓烈。许崇清在这里亲自授课，他的声音在古色古香的房间里回荡："辩证唯物论哲学，是我们认识世界的重要工具。"他批判杜威的实用主义教育学，指导研究生们撰写论文，思想开放而深邃。

他大胆聘请王亚南、李达等一批知名进步教授，这些学者的到来，让中大研究院焕发了新的活力。许崇清的办公室里，时常能听到他和教授们热烈讨论的声音："教育，不仅要传授知识，更要引导探索。"

许崇清之所以会聘用一批进步学者来中大教学，其实是与他钟情于辩证唯物主义思想研究、富有革命性和追求独立之思想分不开的。

1920 年，许崇清带着满腔热血和对辩证唯物主义的钟情回国，孙中山先生鼓励他投身广东的革命。他先后担任广州市教育局局长、广东省教育厅厅长，创办了广州市民大学，开中国教育史之先河。

任职期间，许崇清发起收回教会学校管理权的运动，这个运动如一股浪潮席卷全国，最终使国内 14 所教会大学回归华人手中。1923 年，他正式加入中国国民党，参与国民党改组，成为《中国国民党第一次全国代表大会宣言》"教育"部分的起草人之一。

在一次会议中，陈济棠提出议案，强制各级学校讲授《孝经》，并请许崇清负责审查。许崇清坚定地说："强制读经，会限制学生的思想发展。我不能支持这样的议案。"陈济棠软硬兼施，但许崇清依旧坚持己见，最终否决了议案，因此失去了广东省政府委员的职位。这一事件震动了华南，人们惊叹于这位书生的胆识。

研究院在坪石的生活虽简朴，却充满学术气息。旁边的书店成了学生们的第二课堂，他们站在书架前，沉浸在书海中，一站就是半天。书店老板从不催促，似乎理解学生们对知识的渴求。

每星期，研究院都会举办学术演讲，邀请各方专家学者来分享知识。炮火纷飞中，特约教授陈寅恪也专程赶到坪石，为学生们讲授魏晋南北朝史研究中的"五胡问题"，他的言辞犀利，深刻揭示历史的复杂性。

研究院在坪石的学生并不多，但每个人都是精英。考试严格，只有两次，分别在入学和硕士学位获取之前。1941 年 6 月 25 日，许崇清向第五届硕士学位考试的委员发出聘函，考试在坪石本校研究院举行。这一年，文科研究所的毕业生只有 7 人，徐中玉、梁钊韬等人以优异的成绩留校，成为中大的新生力量。

坪石，这个在战火中依然坚持学术研究的地方，成为理论原创的基地。地理学、地质学、天文学、古典文学等领域的研究硕果累累，这是许崇清为中大建立自由良好学术环境所做的贡献，也是中大精神的生动体现。

在那个多事之秋，许崇清的治校理念和用人之道，似乎与重庆当局的期望格格不入。一天，几个心怀不满的人士聚集在一起窃窃私语，似乎在策划着什么。

“许校长聘请的那些教授，思想太激进了。”其中一人低声说。

“对，我们得采取行动。”另一人附和道。

他们联名写了一封密告信，指责许崇清“引用异党，危害中大”，并将信件交给了戴季陶。戴季陶拿着这封信，面色凝重地走进蒋介石的办公室。

蒋介石沉吟片刻，然后决定将此事交给教育部长陈立夫处理。陈立夫一直渴望插手中大的事务，他立刻采取行动，免去许崇清代校长的职务，任命张云为代理校长。

消息像一阵风一样传遍了校园，引起轩然大波。中大法学院的学生们聚集在大礼堂，他们的情绪激动，议论纷纷。

“我们不能让张云来当校长，他不适合！”一名学生领袖站起来，挥舞着手臂，大声疾呼。

“对，我们要维护学术自由，‘拥邹挽许’，拒绝张云！”另一名学生紧随其后，高声附和。

张云得知这一消息后，感到左右为难。他在办公室里来回踱步，眉头紧锁。最终，他决定发表一封告同事同学书，诚恳地表示：“我资望不足，力辞不任。”并电请教育部收回成命。

然而，学校正处在开学前的忙碌时期，教授和学生们都感到迷茫与不安，他们急切地希望校长问题能够尽快解决。

就在这时，他们收到了邹鲁的复电，称因病无法再回校主持校务。教育部也再次电复张云，坚持要他接任。

中共地下组织负责人和进步学生经过商议，认为张云作为一位知名的天文学教授，还是一个学者，由他来领导学校，总比一个专制的学阀或政客要好。于是，他们决定采取更为灵活的策略。

张云也通过朋友联系到领导学生运动的代表，他承诺上任后将继续保持学术自由的校风，并对此次“拒张”的师生不予追究。

最终，在广东省政府的调解下，双方达成共识。张云在各学院代表的见证下正式上任，他保证接任后不会更换教授，也不会改变学校的学风。这场风波，终于在一场风雨后平息下来。

许崇清在这场风波过后，独自一人走在青石板上，雨水打湿了他的鞋，但他的步伐坚定。他踏上南下的火车，离开了这个曾经充满激情和争议的地方，前往韶州城。

五

到韶州城所在的省政府机关后，许崇清出任广东省政府委员兼第七战区编纂委员会主任委员，并利用这个合法地位，出版了《新建设》《教育新时代》等杂志，宣传抗日和民主等进步思想，介绍马列主义，被称为“浓黑中几盏灯火”。

据中山大学原校长黄焕秋生前撰文回忆，1941 年，他受中共粤北省委的委派到许崇清身边工作，许崇清邀黄焕秋到编委会工作，担任资料室主任，协助编辑《教育新时代》杂志。编委会机构中的 20 多人，中共党员占了二分之一，编委会出版的 4 份杂志《新建设》《教育新时代》《学园》和给军官阅读的《阵中文汇》的主要负责人都是中共地下党员。

曾有人提醒许崇清：“你身边有好多‘八字脚’（共产党）啦!”

许崇清冷静回答：“请你不要管那么多闲事好吗?”

在一次会议上，国民党第七战区政治部主任李煦寰指责他“重用赤色分子”，许崇清拍案反驳道：“他们都是文化人，我编杂志需要的正是这些人！”

1945年初，在冰雪纷飞中，日军攻陷曲江城，许崇清冒着严寒，撤到连县三江镇。

此时，中山大学一分为三，其中一部分师生由总务长何春帆带领，由坪石突围到连县，设立分教处，邓植仪任分教处主任，其本部、文学院、理学院、工学院、师范学院在三江镇，农学院在东陂、西岸，医学院在县城内。到连县的中大教授包括梅龚彬、邓植仪、盛成、周郁文、叶述武、邹仪新、岑麒祥、张葆恒等。

他们听说许崇清也在连县，便登门拜访，聘老校长为教授。许崇清欣然应允，主要上两门课，分别是哲学概论和教育哲学。

就这样，在抗日战争最为艰难的时刻，许崇清与中山大学的命运再次紧密相连。在那个简朴的临时住所里，他以床板充当书桌，为那些逃离战火的学生们传授知识。连县，这个曾经安宁的地方，如今成了被敌军包围的孤岛，每一天都笼罩在沦陷的阴影之下。

所幸，日军的气焰已不再嚣张，他们的攻势如同强弩之末。8月9日的清晨，许崇清接到了一个激动人心的电话，电话那头传来了令人振奋的消息：“苏联宣布对日宣战，苏联红军正向东北挺进。”六天后，收音机里传出了震撼人心的宣告——日本无条件投降。

那一夜，三江镇成了欢乐的海洋。爆竹声、鸣枪声和人们的欢呼声交织在一起，响彻夜空。许崇清这个平日里儒雅的学者，此刻也忍不住“老夫聊发少年狂”，他和师生们一起走上街头，与当地群众共享这胜利的喜悦，狂欢直至深夜。

中华人民共和国成立后，百废待兴，万象更新。许崇清被赋予重任，成为中山大学校长，这已是他第三次荣登此位，他心中充满光荣与自豪。他感慨地说：“我国的文教事业，正是培育英才、发展学术的伟大事业。我献身教育的夙愿，今天终于得以实现。”

1956 年，毛泽东主席亲自主持召开最高国务会议，邀请各界代表和知名人士共同商讨新中国科学文化事业的发展大计。许崇清作为特邀代表，出席了这次会议。

会议开始前，会场内气氛庄重而期待。毛泽东环视会场，温和地问道：“都到齐了吗？”他查看了一下手中的名单，然后特别问道：“请问许崇清先生到了吗？”

许崇清站起身，声音坚定地回答：“到了。”

毛泽东微笑着说：“久闻大名。”

许崇清谦逊地回应：“不敢当，不敢当。”

在这次历史性的会议上，许崇清不仅以中山大学校长的身份，更以一位资深教育家的角色，为新中国的科学文化事业贡献自己的智慧和力量。

杜定友：木箱上的图书馆馆长

一

说到自己的出身，杜定友总有些尴尬。上海的街头，人们亲切地称他“小广东”，因为他的根在南海县西樵乡的大果村。然而，那片土地对他来说，只是童年记忆中的一抹乡愁，只在留学归国时，为了一睹祖父慈颜，才踏上那片故土。广东人却说他是“上海人”，仿佛他与那座繁华都市有着不解之缘。

的确，他的祖父曾在那里打下江山，一家皮鞋作坊，最终在四马路扎根，美昌照相馆成了杜定友童年的摇篮。清光绪二十三年腊月十五，1898 年 1 月 7 日，他在那里呱呱坠地，广东与上海，成了他生命中不可分割的两极。

辛亥革命的炮火中，杜定友剪去了脑后的长辫，踏入南洋公学的附小。他在学校里活跃非凡，眼中总带着几分对那些“读死书，死读书，读书死”同学的不屑。升入附中，他成了童子军的领军人物，学校里的风云人物，将那段激情燃烧的岁月凝成文字，化作《童子军日记》《童子军良伴》两书，商务印书馆慧眼识珠，给了他人生中的第一桶金。

1918 年 7 月，中学毕业的杜定友站在人生的十字路口。同学们都以为他会继续攀登学术的高峰，然而，家族的期望却将他引向了商海。他无奈地向同学们解释，家境的拮据和数学的短板，让他与大学无缘。

命运总爱开玩笑。校长唐文治将他召至办公室，开门见山地提出一个意外的提议："杜同学，南洋公学建校 20 年，尚无图书馆。我已筹款 4 万余元，准备兴建一个图书馆。学校决定派你赴菲律宾大学，学习图书馆学，你意下如何？"

杜定友愣住了，他从没想过自己会成为南洋公学的特例，一个中学毕业生，却得到留学的机遇。

唐校长的话语中满是肯定与期待："你品学兼优，是个可塑之才。菲律宾大学虽远在海外，却有着美国大学制度的精髓，你到那里学习，既能接受最新美式教育，又经济近便。"

杜定友被这突如其来的喜讯砸晕了，他连忙应允，心中充满对未来的憧憬。

回家后，他对爷爷说，不再摆弄相机了。爷爷摇摇头，这搞图书能有多大出息？能当官发财吗？

爷爷有点小看了自己的孙子。杜定友三年后以优异成绩毕业于菲律宾大学，被称为"中国留学生中第一人"。但他拒绝了外交官的光环，决意回国，投身图书馆事业。面对记者的不解，他淡然回应："我是一个爱自由、重信守、厌应酬、怕逃走的人，无官一身轻，没有政治的牵绊。"

1921 年初夏，杜定友满怀憧憬回到母校，却发现图书馆的大门已对他人敞开。新任校长的官腔让他感到一丝凉意："嗬，你就是杜定友，这三年学得怎样？"

杜定友赶紧从皮包里取出一沓资料："我主攻的就是图书馆管理，这是我的大学毕业论文《中国书籍与图书馆》。指导老师包玛丽是位美国教授，她任菲律宾大学图书馆学系主任兼菲律宾国立科学局图书馆馆长。我是她的唯一中国籍学生……”

校长似乎对这些并不感兴趣，打断说：“好，你回来就好，先从馆中普通职员做起吧，年轻人别急于求成。”

杜定友的失望在心中蔓延，他默默地留下辞职信，悄然离校，乘轮船从上海回到广州。而命运之神并未将他遗忘，时任广州市教育局长的许崇清听说了他的故事，破格聘他为广州市立师范学校校长。

在这里，杜定友终于找到属于自己的舞台，得以在图书馆管理领域一展身手，并参与改组省立图书馆，依照新图书馆管理法进行管理。这在广东算是开了先河。1925 年 11 月，他的第一本专著《图书分类法》出版。

岁月流转，杜定友在图书馆管理领域声名鹊起。1923 年 5 月，他携妻女重返上海，成为复旦大学的教授兼图书馆主任。1927 年 3 月，他再次南下广州，赴中山大学图书馆工作，以教授之名，专任馆务，开启了他在图书馆事业的新篇章。

中大图书馆，这个历史悠久的知识殿堂，它的前身可以追溯到 1906 年的两广优级师范学校藏书楼。岁月流转，到了 1924 年，它正式以广东大学图书馆的身份亮相，并于 1926 年更名为国立中山大学图书馆。在杜定友的精心打理下，图书馆的藏书量突飞猛进，到 1935 年，藏书量已达到惊人的 30 万册，成为全国大学图书馆中的佼佼者。尽管在此期间，杜定友曾短暂离开，赴上海发展。

1936 年 7 月 24 日，受邹鲁校长的盛情邀请，杜定友重返中大，再次肩负起图书馆的重任。邹鲁，这位国民党的元老，也是中山大学的首任校长，满怀期待地对杜定友说："定友，中山先生曾有遗愿，要在广州东郊石牌建立中大新校区。如今，新校区的一、二期工程已圆满完成，三期工程的蓝图也已铺开，我们计划投资 60 万元，用于新图书馆的建设。你的任务，就是打造一个中国南方模范的图书馆。"

杜定友回到图书馆，却发现这里已面目全非。那些年他精心挑选的珍贵丛书，许多已经不翼而飞。根据 1935 年的目录一一核对，竟然发现少了 15000 余册。更令人震惊的是，7 年之间，图书馆主任的职位竟然换了 6 个人。一些董事甚至暗中做了手脚，用普通版本的书籍替换了珍贵的善本。这一切让杜定友痛心疾首，他坚定地说："我绝不私人藏书，我只愿终身为读者服务。馆内多一读者，人人多读一书，这是对作者最好的回报。"他坚信，图书馆工作者的使命是服务于每一位读者，而非成为私人藏书家。

上任后，杜定友立即着手筹备新图书馆的建设。他亲自参与设计，从馆舍建筑到桌椅的式样，每一个细节都凝聚他的心血。他最引以为傲的创新，是解决了全馆钥匙的管理问题。在机械专家的帮助下，他设计了一套钥匙系统，馆长一把钥匙就能通开 104 个房间的门，而五位部主任的钥匙则能打开各自负责的区域。

有一次，有师生好奇地问杜定友："杜教授，您理想中的图书馆是什么模样？"

杜定友满怀憧憬地回答："我心中的理想图书馆，就是让每一位读者一进门就流连忘返。那里内容包罗万象，服务周到细致，环境舒适宜人，无论是寒冬还是酷暑，都能让人沉醉于书海之中。图书馆是大学的心脏，是培养和提升学术风气的关键。我期望中的中大图书馆，就是要让每一位读者都能感受到舒适与便捷。”

日寇的侵华战争突然爆发，无情地打断了新图书馆的建设计划。

杜定友的心中充满无奈与遗憾，但他的信念从未动摇。他相信，无论时代如何变迁，图书馆永远是知识与智慧的灯塔，照亮人们前行的道路。

二

日机轰然而至，一枚枚炸弹从天而降，图书馆陷入一片火海中。他无声地喊着，无力地救着，但那火怎么也扑不灭。眼睁睁见得那传承数百年的古籍善本、珍本，那辗转世界各地好不容易购回来的专业书毁于一旦……有段时间，杜定友经常做这样的噩梦，并在梦中惊醒，摸摸内衣，一身湿汗。

其实这不是梦，而在现实中惨烈地发生过。

那是 1932 年 1 月 28 日，一个寒潮来临的日子，日军悍然进攻上海，淞沪会战爆发。次日，日机便把 6 枚重磅炸弹投到著名的商务印书馆，4 天后又烧毁时称“世界第三、远东第一”的东方图书馆，40 多万册图书顿时灰飞烟灭，举世震惊。杜定友当时肝肠寸断，单凭毁书这一项，就该让这些侵略者下十八层地狱！

这一年，杜定友与上海学界欧元怀等人，共同发起创办上海图书馆，历经三年多才有起色。谁知 6 年后，厄运再临，这一次发生在广州城。

却说 1937 年 8 月 18 日，当日机第一枚炸弹落到广州城时，杜定友就开始担忧馆藏图书。他找到邹鲁："邹校长，日机对广州实行无差别轰炸，中大校园成了空袭对象，不少校舍被炸毁，一些师生受伤。我担心我们的图书馆难逃一劫啊。"

邹校长一脸愁容："杜教授，我也在为此事忧心，学校的图书等重要物资设备都要及时转移，炮弹是不长眼睛的。你们现有多少藏书？"

"本馆现有藏书 20 余万册，杂志等 9 万余册，总数 30 余万册。"

"数量不少啊。这样吧，请赶快将重要图书设备等转移至新建的地下防空工程。"

"好，我马上去布置。"临走，杜定友问了句，"广州能守得住吗？"

邹鲁抚了抚长须，叹了口气："守不住也要守啊。我已致信四战区长官，呼吁坚决抗日，守土有责。"

杜定友回到馆中，立即安排将图书打包，装箱，转移至地堡中。

在转移时，有人竟然提意见，说人命要紧，这些图书为什么要和人争地堡呢？杜定友一听就来气，专门写了一篇《图书与逃命》驳斥他们。

显然，图书放进地堡只是权宜之计。

到了 12 月，战火越烧越炽，上海、南京等先后沦陷，武汉危在旦夕。为驰援武汉会战，粤军主力北上，广州后方军力空虚。

杜定友担心馆藏图书不安全，征得校领导同意后，将 2 万余册古籍善本和地方志、3 万余件碑帖拓片等珍贵文献，装成 199 箱，在 1938 年 1 月从广州秘密转移到香港九龙仓寄存。但馆内其他近30万册书刊，虽多方奔走争取，却未能实现尽早转移。

在校务会议上，争论图书疏散问题，某院长说："我不懂得经济学，这些图书的运费比原价多几倍，将来不会再买一套吗?"

杜定友愤然起身反驳："这些图书是知识的火种，是我们的未来!"

1938年10月12日，日军在大亚湾登陆，连续突破粤军防线，广州告急。高层对学校撤往何方一直举棋未定，直到敌兵临城下才通知杜定友，先迁粤西罗定再说。

杜定友一听头就大了，这图书可没生脚，不是想撤就撤的啊。馆藏图书还有近30万册，需要1200余个木箱才能装运完毕。时间如此仓促，才给了区区200元经费，只够买67个木箱。这怎么行啊?

他看着满壁图书，真是愁白了头。

忽然间杜定友想，求人不如求己，何不将现有的书架、桌子和黑板等全改成装书的木箱?

他业余喜欢干些木匠活，这回派上了用场。说干就干，他熬了一个通宵，拿出"两用木箱"设计图，这些木箱平时用来装书方便运输，到目的地打开后，像积木垒起来便成了书架，还可当书桌板凳用，这叫"图书馆木箱化"。

职员们一看，连夸有创意："杜馆长，您真是个天才!"

大家一起动手，梆梆梆地敲了5天，改装了211个木箱，迅速将5万多册藏书装入。

杜定友木匠活干得正欢，还想改装更多木箱，可战况不等人。

10月19日，日军突破增江防线，逼近广州外围，已隐约听到枪炮声。再不走就来不及了。何况石牌距珠江码头还有不短的距离。

当天上午，杜定友用校总务处雇来的十几辆大卡车，赶紧将全部装箱图书运至广州河南（即今海珠区）的新基码头。

杜定友心里仍是不舍，又驱车返回石牌新校区，想再看一眼那 20 余万册没带走的图书。

妻子知道丈夫的心情，挽着他的手劝说："先生，我们走吧，天快黑了，职员们还在码头等着我们呢。"他只好挥泪痛别。

太阳已下山，留下血火余晖，码头上四处挤满逃难的人，一片混乱。

负责迁校事务的教务长萧冠英见到他夫妻俩，焦急地说："杜主任，赶快上船吧。就等你们了。"

杜定友抹了抹额上的汗，问："本馆的职员和图书都已上船了吗？"

萧冠英把手往船上一指："放心吧，你馆全员 292 人、木箱 211 个，共装了整整 5 船啊。幸好事先做准备，租了几艘电船，不然现在哪里去找这么多船？"

杜定友知道萧教务长的能力和不易，握着他的手连声感谢。

木箱放好，人也上齐了，可船始终未开，一打听，原来船多人杂，得让军队的船先走。大家不禁骂起娘来。杜定友劝大家少安毋躁。

直到次日凌晨 3 点，几声长笛，5 艘电船才徐徐驶离广州，逆水而上西江。杜定友驻足远眺，只见城内火光冲天。国家有难，百姓遭殃啊。

关于中大西迁经过，萧冠英事后向全校师生报告：

去年（1938）10月（日军）侵犯华南，当时五羊烽火，一日数惊，冠英受邹校长负托之重，为保存本校，保存文化起见，不得不亟谋他迁，以图恢复课业……以维民族永久的生命于不坠。10月19日、20日、21日那三日我们全体员生工友就忍痛分批离去此经营十数载、伟丽可爱的文化城，而西迁罗定了！至于比较重要而有价值的图书仪器约600箱早已事先分别寄存于沙面、香港、九龙等处，其余大部分的书籍器材机械则赶速搬迁。然因本校远处石牌，运输车辆又缺少，迁延时日，直至敌寇压境，烽烟四起，市民奔走骇汗之时，21日始行停运，而其时所雇拖轮，竟驶避他处，几经设法，然后将各船只驶离穗垣。

但那时回顾市内，已火光熊熊，机声轧轧，枪炮射程几达沙面，此为10月21日晚的情形。幸各押运员役，冒死维持，勉励船夫，撑离险境，竭一夜一日之力，才到达顺德县属的勒流。其时敌机频在天空盘旋投弹，员役奔走，凫水上岸，情状甚为狼狈。

于是各人即行集会商议，图谋扑救办法，当即议定由李沃维乘小船到江门及陈村两处，雇请轮船与报讯，奔走卒勤，至为艰苦。而其时又因主管银钱之人，既乘员生运输船先行，而原雇既收定银之轮船，临时失踪，迫得筹资另行租雇轮船，然后始能将各船只施行。……各员役亦能本着牺牲的精神，尽其最大的能力，冒难犯死，来保存我们的校物……其时各院长及主任等有些是随各船只从水路出发，有些是循陆路经肇庆、云浮等地方，互相照应，及抵达罗定……

10月21日的黄昏，残阳如血，日寇的铁蹄踏进广州，中大图书馆内那20多万册藏书，来不及撤退，尽数落入敌手。这一天，广州的天空仿佛也为之变色，阴沉而压抑。

实际上，由于战火的突然蔓延，中大的搬迁工作显得异常仓促。工具的缺乏，使得许多宝贵的图书、仪器、模具和标本等无法及时转移，损失之大，令人痛心。604箱珍贵的物资，就这样在混乱中遗失。

22日的清晨，秋雨绵绵，天空似乎也在为这座城市的遭遇落泪。杜定友站在摇晃的船头，他的声音哽咽，泪水与雨水交织："20万图书，化为灰烬，我作为典守者，无力回天，罪责难逃。"

全体员工闻之，无不泪如雨下，他们齐声高唱《九一八》等救亡歌曲，歌声中充满了悲愤与力量。

西江之上，水浅滩多，船队时常需要靠岸，大家涉水而过，笑声中带着几分无奈的轻松，仿佛这是一场不情愿的旅行。然而，西江的夜色并不平静，匪患频发，劫船事件时有发生。每条船上都配备了枪支，青壮年们轮流守夜，保卫着这支队伍的安全。月黑风高，星光稀疏，他们在夜色中前行，带着一丝悲壮。

10月22日中午，船队抵达肇庆，24日到达南江口。之后，他们改走陆路，经过连滩、大湾等地，于10月25日到达罗定县城。但罗定并非久留之地，敌机的骚扰和情报的断绝，让校方感到不安，他们决定继续寻找更安全的避风港。

经过一番讨论，校方先是考虑广西的龙州，但最终决定远离粤境，选择了交通不便的云南澄江。为确保搬迁工作的顺利进行，学校成立了运输委员会，杜定友任押运组主任，负责全校物资的押运。

陆海两路，他们继续西迁，这一路上的艰险与辛酸，杜定友都记录在《西行志痛》一文中，这幅图记细述了他们远赴云南的悲痛历史，每一笔都凝聚他对那段岁月的深刻记忆和无尽哀思。

使命：护送图书、脱离险境，由广州运至云南澄江。

行期：自中华民国二十七年十月二十日零时三十分至二十八年二月二十二日下午五时三十分，凡一百一十五天。

行程：经过广东、广西、云南、香港、安南（今越南），停留十八站，凡一万一千九百七十余里。

行侣：离广州时，同行者中大图书馆同仁及眷属四十二人，中途离队者十四人，受重伤者一人，到达目的地时仅二十七人。

交通：步行、滑竿、骑马、公共汽车、自用汽车、货车、火车、木船、太古船、邮船、飞机。

饮食：餐风、干粮、面摊、粉馆、茶楼、酒店、中菜、西餐、甜酸苦辣。

起居：宿雨、泥屋、古庙、民房、学校、衙门、客栈、旅店、地铺、帆布床、木床、铁床、钢床、头二三四等大舱、天堂地狱。

广州沦陷后一百三十天杜定友泣记。

此文仅300余字，像图书检索中的关键词，却字字是血，如泣如诉，是一篇记录国难的檄文，尽管烽火连天，员工们仍然坚守工作岗位，保存文化命脉，不仅保护了部分珍贵的图书资料，确保教学，更让文明薪火相传。

杜定友对这段经历毕生难忘，后撰文回忆道：

图书馆为大学之灵魂。文化种子之滋养，学术风气之培植，实以图书馆为根据地。本校图书馆在中国南方规模最大，藏书最富，经卅余年来之积聚，前人困苦艰难之缔造，藏书达卅余万册。民国廿五年（1936），邹校长以80万元筹建新馆，作者奉命返校，主持其事，方期于廿七年（1938）完成，以图书馆之规模，期对于本校学术研究，有所贡献。

乃霹雳一声，七七事起，功效垂成。羊城之变，事前既无准备，临时舟车告困，迁徙为难……惟同仁等以保存文献，责无旁贷，乃于经济困难之下，将书架桌椅，改造成箱，冒险于弹雨之下，努力抢救。除善本图书11368册、各省地志13279册、全套杂志1061册、碑帖3万张、医学院图书27箱，共199箱，事前移存于九龙外，临时复迁出211箱，计图书51847册，随校西迁。其余不及迁运者，凡廿余万册，沦于敌手，文献亘厄，悲痛至极。

廿七年（1938）10月20日，仓皇出走，至11月16日，全部图书，始运抵罗定，复迁罗境，择定城隍庙为馆址。布置修葺，各事略已就绪，即行开放。当时桌椅书架，均未置备，乃以原有书箱，叠作书架椅桌，妥为布置。三数日间，参观人数有1000余人。嗣因时局关系，又奉命迁滇，于11月29日起，至翌年（1939）5月15日全部图书，抵达澄江。

三

1940 年春夏，日军侵入越南，威胁滇境，澄江也不再安全。

危难时刻，当代校长许崇清把中大准备迁回广东之事告知时，杜定友伸出大拇指："许校长，还是您有办法。有军车押送，不仅减少师生旅途之苦，还确保学校贵重物资的安全。我们图书馆这幸存的几万册图书，可一本也丢不得啊。"

许崇清笑呵呵说："那些军车优先保证运输那些图书宝贝。李汉魂主席说了，省立图书馆也搬迁到韶州，您还得兼任该馆馆长啊。"

这一回轮到杜定友拱手作揖，表态说："这是好事。只要书在图书馆在，我多兼几个馆长，有何不好？"

是年 9 月，图书馆顺利搬到粤北坪石，但馆址选在哪里颇费周章。杜定友像守护着一束脆弱火苗般守护着图书馆，他明白，知识和智慧的火种必须被保存。

他向许崇清提出建议："许校长，图书馆是我们的灯塔，即便在风暴中也不能熄灭。我们应该分散风险，坪石设总馆，各学院设分馆，这样既能服务师生，也能让图书更安全。"

许崇清沉默片刻，询问道："杜馆长，图书馆的现状如何？"

杜定友的眼中闪过一丝忧伤："昔日中大图书馆的辉煌已不复存在，战乱让我们的藏书损失惨重。如今，只剩下 31799 册图书。我深感责任重大，必须尽快补充藏书，让图书馆焕发新生。"

许崇清点头，眼中透露出信任："你的计划很好，图书馆的复兴，是学校复学的重要一步。"

在坪石的老街上，杜定友找到一个临河的房子，虽不大，却足够温馨。他回忆着："这里没有豪华的设施，但我们有的是智慧和创意。我的办公室就设在家里，虽然自嘲为'无兵司令'，但我心中有着全校的图书和馆员，由总馆统一调配。"

1940 年 12 月 1 日，阳光透过窗户，给新开放的图书馆内带来温暖。门口的标语在阳光下显得格外醒目："万里风度来前线""坪石是青年的世界"。馆内，各类图书和中大的刊物摆放得整整齐齐，许崇清校长和各院系负责人一同见证这个简朴而庄重的开馆仪式。

开馆的消息像春风一样传遍校园，第一周就有 4155 人入馆登记，平均每天 593 人。《大公报》上的一篇短文《精神食粮》这样描述："图书馆的设备虽然简陋，但馆员们用创意弥补了一切，阅览室地面上铺着松针，让人仿佛置身于大自然的怀抱。"

杜定友不仅希望图书馆对本校师生开放，还欢迎附近的民众前来阅读。他一直主张，图书馆不应是封闭的象牙塔，而应向大众开放。他相信，通过诱导的方法，可以养成社会上人人读书的习惯，传播知识，提高人文素质。

他亲自书写标语"智识是人民的生命""欢迎民众来中大图书馆阅读"，并贴到街上。

在抗战纪念日，他还举办抗战图书展览，展出反映抗战历程的图书杂志、漫画、国耻挂图、战争形势图等，将各机关赠送的士兵读物转赠给伤兵医院，慰劳伤兵……

四

杜定友在总馆后街租了一大一小两间房，大的用作办公和书房，小的作为住宿。尽管房间不大，书和杂物堆得到处都是，连落脚的地方都不多，但这里却成了师生们喜欢聚集的地方。他们在这里聊天交流，谈论国事、学问、图书，直到深夜才依依不舍地离去。

这天，一位陌生的朋友，徒步二三十公里来到坪石，专程来见杜定友。

听到敲门声，杜定友打开门，看到一位风尘仆仆的青年站在门外。

“您好，杜馆长，我叫梁家勉，是中大农学院的毕业生。”梁家勉气喘吁吁地说。

杜定友微笑着把他迎进屋：“欢迎欢迎，快请进，梁先生辛苦了。”

两人坐下后，梁家勉说明了来意。

原来，中大农学院搬迁到湖南宜章县栗源堡后，四处招聘人才。梁家勉的大学同学赵善欢（时任农学院图书委员会主任），打听到梁家勉在连州中学教书，在商承农学院院长丁颖意见后，写信动员他来具体负责院里的图书馆工作，兼任教学。梁家勉欣然从命，回到母校。但对于如何管理好图书馆，他谦称尚是新人，知道杜馆长是这方面的专家，便冒昧前来拜访。

杜定友听后，笑逐颜开：“好说好说，既是为了图书馆事业，即为同人同道。”

他们围绕图书馆的话题，无话不谈。梁家勉指着墙上的“圕”字，好奇地问：“杜馆长，这个字是什么意思呢？”

杜定友解释道：“这个字读作‘图’，是我 1925 年的‘发明专利’，有‘见字如面’之意。”

梁家勉连声称赞：“这个字造得好，也可以理解为图书馆里都是书，‘家圕四壁’。”

杜定友笑着说："这个解释也不错。1926 年，日本人对这个'圕'字很感兴趣，专门创办了图书馆学期刊，就叫《圕》。"

两人越谈越投机，梁家勉这才知道，原来杜定友并非他想象中的那样西装革履、风度翩翩，而是清瘦、发须斑白、身材瘦弱，看起来比实际年龄要大得多。但他的言辞滔滔，谈学论道，句句不离本行，活脱脱是个卫道甚笃的"传教"老牧师。

杜定友听后哈哈大笑："这几年为了保护图书，我可真的是操碎了心，人也老了，头发也白了。用一句诗形容，就是'衣带渐宽终不悔，为伊消得人憔悴'。"

杜定友和梁家勉成了知音。梁家勉经常不远千里，来往湘粤间，与杜定友面谈，夜以继日。

"道树憩行足，山风涤旅愁。"梁家勉在途中写下不少好诗句。

杜定友知道他致力于古代农业文献研究，便尽可能在各方面给予方便和帮助，鼓励他"研"有所成。

1943 年 4 月 27 日，英国驻华大使馆属下的科学联络局科学参赞李约瑟博士，冒着危险，穿越日寇封锁线，来到坪石，考察在此坚持办学的中山大学。李约瑟跋涉 20 多公里崎岖山路，来到栗源堡农学院。在参观院图书馆时，他得知梁家勉正致力于中国古农书的研究并有相当收获，表现出浓厚兴趣。

"梁先生，我听说您正在研究中国古代农业文献，这真是太有趣了。"李约瑟博士说。

梁家勉谦虚地回答："是的，李博士，我正在努力挖掘这些珍贵的知识。"

李约瑟博士当即让赵善欢博士担任翻译，与梁家勉进行了长达三个小时的交流。

第二天，李约瑟博士意犹未尽，提出要与梁家勉继续深谈。连续两个半天的访谈、亲切友好的切磋，双方留下深刻的印象。

李约瑟回到中大本部，见到金曾澄校长，特意赞扬梁家勉的研究工作，并建议学校给予支持和鼓励。

“金校长，梁家勉先生的研究工作非常出色，我认为学校应该给予他更多的支持和鼓励。”李约瑟博士诚恳地说。

金曾澄校长点头表示同意：“李博士的建议非常好，我们一定会考虑的。”

杜定友得知以上情况后，专函表示祝贺。欣喜之余，杜定友还把梁家勉在1941年11月11日“图书馆节”赠他的两首诗写成立轴，挂在办公室：

柱下薪传一脉真，斯文未坠要斯人。五车搜到三坟旧，七略翻成十进新。

入世爱书如爱命，持躬忧道不忧贫。燃藜珍重匡时业，照遍芸编万古春。

劫里流离抱子徐，树人珍重百年储。纵横检字区形位，甲乙分签创部居。

弱不辞劳凭骨气，老犹着力向图书。拯时别有英雄在，功业千秋话石渠。

梁家勉一直致力于农史方面的研究，先后完成了《〈中国农植物史证〉叙例》《烟草史证》和《中国古农书解题旨趣》等多篇农史论文，是这方面的专家。

五

1941 年，杜定友忙于中山大学图书馆的复馆工作，同时被任命为广东省立图书馆的馆长，肩负起恢复图书馆的重任。

说是复馆，实则是从零开始，他形容自己的工作是“一书一志，一草一木，赤手空拳，艰苦缔造”。

10 月 10 日，杜定友站在韶关市东郊黄田坝的新馆舍前，看着这座用“竹织批荡”搭建起来的建筑，心中充满了期待。

一个月后，11 月 11 日，省立图书馆正式对外开放，杜定友提议将这一天定为“图书馆节”。

有人问杜定友：“为什么要选‘双十一’作为图书馆节呢?”

杜定友微笑着回答：“‘十’和‘一’合起来就是‘士’，图书馆是读书人的家，应该为读书人服务。设立这个节日，也是为了推动图书馆事业的发展，让分散在各地的图书馆工作者有一个定期团聚的机会。”

杜定友的提议得到同人们的积极支持和响应。

1942 年，《国立中山大学校友通讯》上对“20 个出色人物”的评论中，对杜定友的评价是：“全中大的精神食粮供应统筹者……是国内有数的图书馆专家，中大学术风气的养成，他是很有关系的。”

1944 年 4 月 4 日，为了纪念杜定友服务中大图书馆 10 周年，图书馆同人们聚集一堂，出版了纪念专刊《棠棣集》。

杜定友在专刊中写道：“回顾十年蹉跎，毫无建树。时局多故，迄无宁日。有志难期，夫复何言！乃蒙同人等推爱有加，集会称觞，盖益汗颜，令人惭愧无地，愧不克当。”

杜定友感到既感激又愧疚，他继续写道："唯念图书文献，护持之责在人；精神食粮，供应之任在我。但期渡过难关，打回石牌去，重整旗鼓，共庆贤劳，会当有日也。"

在杜定友看来，省立图书馆以保存本省图书、辅导全省图书馆事业发展为主要任务，但在国难中，该馆命运多舛。曾在省馆工作的马旅，在《抗战时期我在广东省立图书馆的经历》一文中，回忆起当时的情景：

> 1941 年冬，日军进犯粤北，曲江告急，国民党广东省政府机关纷纷疏散，广东省立图书馆（下称省馆）亦于 1942 年春迁至连县，那时我在连县民众教育馆当图书管理员。省馆迁至连县，就以县城中山公园内一座孔庙为馆址，设阅览室向读者开放，县民众教育馆也在那里，大家朝夕相处，很快就互相熟悉了。
>
> 秋天，县民众教育馆长邓炎汉离职，我也跟着失业。省馆罗焕文对我说："张世泰主任希望你能来我们馆工作。"我回答他，考虑几天再决定。我当时已是中共地下党员，工作去向要经过党组织的批准，很快我和单线联系我的中共连阳副特派员李信接上头，他同意我到省立图书馆去，并给我一个秘密的联络暗号，到曲江后会有人前来和我接上组织关系。我于是约好罗焕文，和他一起去见张世泰，张很热情地接待我，给了我一枚铜质圆形馆徽，办了简单的手续，就正式在省馆工作了，我多高兴啊。
>
> 9 月，日军北进受挫，临时省会曲江也恢复了暂时平静，疏散到连县的省馆奉命准备迁回原址。张世泰叫我和姓

利的一个工友一起乘船载一批图书，沿小北江南下，再由连江口北上，经过10多天的行船，10月中旬抵达曲江，其他人员则由连县乘汽车到坪石，再转乘火车早期抵达。我们的船一到上窑，全体职工将一箱箱图书抬回馆内，大家又回到了曲江。

省馆坐落在曲江县上窑村，背靠群山，面临武水，省博物馆、科学馆与省馆相邻，房子都是简陋的“竹织批荡”，一进门就是阅览室，后面是书库，旁边有一个竹棚，一半办公，一半是男职工宿舍，馆外有一块菜地，全馆员工一起动手，挖了一条防空壕和地洞，将一批珍贵的藏书装箱放在地洞里，以防空袭。有一段时间，省馆还在曲江县城的风度路中一间古庙设阅览室，每天下午开放。在这里，还举办过广州大学教授、书法家麦华三的书法展览。上窑是个文化区，广东省立艺术专科学校、省民众教育馆、省医院、私立广州大学都在这一带，来往的学生很多，虽是郊外，还算热闹。

当时省馆设四个部，张世泰任总务和征集部主任，冯爱琼任编藏和阅览部主任，馆长由国立中山大学教授、中山大学图书馆馆长杜定友兼任，日常工作由张世泰主持。员工有20多人，我是在张世泰直接领导下的总务和征集部工作，工作内容包括：将外地寄赠的报刊，用杜氏检字法登记后分类整理，存放在楼上一间小房子里；采购的图书登记后，交给编藏部处理；每月到省银行领取经费；到省审计处报销；以及其他一些行政事务工作。

一天上午，一个头戴黑色毡帽、身穿黑色唐装的高个子来到省馆找我，经请假后，我即同他过了五里亭浮桥，沿铁路旁的小路走，对上联络暗号，接上了头，他就是中共后北江特委的组织干事周锦照，他很严肃地向我传达了上级党组织的决定，因有非常特殊的情况（发生了粤北省委事件），从今天开始，停止党的组织生活，中断有关联系，执行“三勤”（勤学、勤业、勤交朋友），绝不暴露共产党员的身份。他给了我一个联络符号，等待组织的安排。这段时间，我和馆里的同事相处得很融洽。

曲江县城有商务印书馆、五四书店、沪江书店等，我们前往购书较多的是风度北路的一间文化供应社，选购一些中外名著和进步图书。有一次，当我拆开一卷由外地寄来的报刊时，发现其中有一卷从桂林寄出的广西日报内藏有一小卷中共的宣传资料，还有一本油印的陈伯达的《评中国之命运》，我当即告诉张世泰，他平淡地对我说，这些材料你收藏好就是了。以后时不时会收到这类资料，我不再告诉他，就登记收藏，他也从不过问。我独自一人在楼上小房整理报刊时，乘机看了《解放日报》，桂林、重庆的《新华日报》，一直都无人察觉。

从连县迁回上窑后不久，杜定友夫妇从坪石中山大学来到省馆，和我们食宿在一起。一天上午，张世泰通知，杜馆长要和我谈话，我心里有些紧张地走到杜馆长住处，一进门，他热情又慈祥地对我说：“你来馆工作很好，你年纪还轻，要一辈子做图书馆工作，图书馆是我终生的事业，中宣部部长张道藩要我做官，我不做。”他还勉励我多读书，做好工作。杜馆长给我的良好印象和这一段话，我一直铭记在心。

一天晚上，杜馆长夫妇和全馆人员开了一个简陋而又别开生面的晚会，大家围坐在阅览室里，点燃昏暗的煤油灯，每人出一个节目，我高唱了一首歌《八百壮士》。人虽少，节目不多，但气氛活跃。我还帮杜定友抄过一些有关专家政治和图书馆的学术论文供报刊发表，获益不少。

1943 年春节过后不久，日寇 21 架飞机空袭曲江。那天上午，天阴沉沉的，寒风呼啸，敌机出现在皇岗山上空，分三组轮番轰炸，黄田坝被炸得火光冲天、黑云翻滚，同胞死伤无数，惨不忍睹，所幸的是省馆全体人员逃过一劫，安然无恙。

1944 年春，日军再度北进，曲江又告急，省政府机关紧急疏散，顿时人心惶惶，一片紧张备战景象。省立图书馆要再迁往连县，张世泰叫我一人从曲江乘火车到坪石、再步行到连县、先期联系馆址和住宿等，其他人员则乘坐木船，载上数十箱藏书，沿北江南下又溯江而上，沿小北江去连县。

我到连县后，立即前往省疏散办公室报到，得知分配给省馆的住地是一所小学的课室。数天后，从曲江来的船到了，我前往码头迎接，在岸上见到省馆同人，个个心情紧张，纷纷诉说船经过阳山县的河道，惨遭敌机袭击，飞机俯冲用机枪扫射，不幸船被炸沉，船工数人死伤，职工刘云程被炸伤脚部，一大批图书被水淹没，损失惨重。大家将刘云程用担架抬至郊外的临时医疗所，治疗一段时间后痊愈出院。省馆临时馆址最后设在连县北城楼一间北帝庙，对外开放阅览，接待读者……

我在粤北省馆工作两年时间，对杜馆长和张世泰对我的关爱和教诲，感受尤深，这段经历终生难忘。

读此文，杜定友才知马旅还是位中共地下党员，省立图书馆一度成了他的掩蔽点。

即使在抗日艰苦环境下，从 1941 年 11 月 11 日开馆到 1945 年 8 月 15 日抗战胜利，省立图书馆从无到有，共积存图书 4 万多册，90%以上都是杜定友和馆员一点点积存而来，可没想到却被战火毁于一旦。

不仅曲江不安全，坪石也不安全。

1944 年夏天，日军策划了所谓的“一号作战”，目标直指粤汉线。当薛岳部队在长沙战败的消息传来，曲江和坪石的气氛骤然紧张。人们本以为日军会沿着常规的进攻路线，从南向北推进，只要曲江安全，坪石便无忧。中山大学的校方虽然已经做好了迁移的准备，但究竟往哪里撤，却成了一个悬而未决的问题。

突然，日军采取一个出人意料的策略，他们组织四支挺进队，于 1945 年 1 月 3 日秘密出发，选择了偏僻的山路，直逼粤汉线的关键铁路要地，意图占领坪石，再南下突袭。

消息传来，中山大学一片混乱。杜定友面对堆积如山的图书，焦急万分。“我自己走容易，但这么多书怎么办?”

1 月 13 日，日军的前锋已经逼近坪石。工作人员急匆匆地找到杜定友：“杜馆，这是最后一趟开往曲江的火车了，再不走就真的来不及了!”

他们手忙脚乱地将书箱搬上了火车，但火车到达乐昌县城时却停了下来，因为曲江也面临着沦陷的威胁。

杜定友心急如焚，急忙寻找挑夫搬运图书，费尽周折找到了 12 个挑夫，但还没走多远，这些挑夫就被国军截走当壮丁，书箱被无情地抛弃在路边。

面对无人运送图书的困境，杜定友感到无助，只好找地方将书箱封存起来。他曾将个人著作的稿件分装在四只箱子里，本可以找人帮忙搬运，但想到图书馆的图书无人抢救时，怎能只顾自己的书稿？

他将自己的书箱与图书馆的书一起封存，黯然离去。在离开的路上，他欲哭无泪，悲愤地写下："四次迁徙五万卷，顶风冒雨备辛艰；乐昌沦陷落魔掌，国破图亡心茫然。三十年来一场空，无图无书又无馆；空余馆长白纱帽，孑然孤影徒悲伤。"

代校长金曾澄，为了这次中山大学的"仓促疏撤"操碎了心。迁校的经费成了一个大问题。2 月 28 日到达仁化后，他紧急向薛岳将军和广东银行求援，借到 50 万元，这才解决眼前的困境。

随后，学校动员杜定友随校本部东迁梅县。但杜定友这位"无图无书又无馆"的馆长，怎能空手而去？他的心始终牵挂着那些图书，他不肯东迁，坚守在仁化，希望能有机会再次抢救那些珍贵的图书。

8 月中下旬，日寇投降后，杜定友重回乐昌与坪石，寻找那些封存的藏书，大部分图书均幸得保存，唯独其个人多年积稿散失殆尽。他痛心疾首地回忆：

> 1945 年 1 月 17 号。坪石告急。仓皇万状。走乐昌，敌继至。奔石塘，旋失陷。退厚里，跟敌仅五里。再退仁化，蛰居赤石径。凡八闰月，衣食不继，艰辛备尝。30 年来，积稿盈尺，化为灰烬。人生计划，粉碎无遗。每一念及，痛不欲生。

1945 年 9 月回到广州，杜定友立即进行查访敌伪遗留文物。由于国民党党政机关忙于“劫（接）收”，街上图书到处皆是，可惜个人不名一文，只能望书兴叹。中山大学撤退前遗留图书 16 万册，经过查访在各个敌伪单位仅收回 2 万余册，这是何等痛心的事啊！

1946 年春，杜定友踏上香港的土地，带着寻找失散图书的紧迫使命。他原以为这里会是图书的庇护所，然而，迎接他的却是一片空白，图书不翼而飞，只留下他一身冷汗和焦急的心。他立刻向港大图书馆馆长陈君葆和北平图书馆办事处的何多源先生救助，在全港四处查访。

就在此时，一份港英当局的公报如同一线光明，照亮杜定友的搜寻之路。公报上载着九龙仓有中国古书约 320 箱，正待招商开投。

杜定友心中燃起希望，在广州紧急委托陈君葆和何多源，前往九龙仓查验，这批图书上赫然印着“广东省立图书馆”的印章，正是杜定友苦苦追寻的宝藏。

不久，陈君葆和何多源又发来报喜的电报，说在香港永源仓发现 173 箱图书，上面印着中大图书馆的印章。这些图书曾被日本人发现后转存于此，如今终于重见天日。

杜定友大喜，亲自赴港与相关方面交涉，将这两批共计 35686 册图书、721 件实物的珍贵资料，全部运回中大。他的心中充满难以言喻的激动和释然。

这次香港之行，杜定友还有意外收获，接收了中英文化教育会及美国图书馆协会赠送的一批图书，他肩上的重担终于得以放下。

或许有人认为杜定友小题大做，但在他眼中，那些珍贵的图书资料比生命还重要，它们关系到国家的主权和尊严。

日本投降后，根据《开罗宣言》，中国政府收回西沙、南沙群岛，恢复了领土主权。作为广东省图书馆馆长，杜定友肩负着搜集南海相关历史地理文献资料的重任。他收集到意大利驻粤领事罗斯先生所收藏的一批丰富资料，又接收了台湾方面的捐赠，共计500多件。

1947年6月1日，杜定友在广东省图书馆将这批珍贵的文献资料公开展出，用铁一般的事实证明南海诸岛自古属于中国领土。

广州大光报社的资深记者参观了展览，写下重要的报道，赞扬杜定友的读书精神，肯定他为证明南海诸岛属于中国版图所做的贡献。

杜定友将这些珍贵资料编著成《东、西、南沙群岛资料目录》一书，用中外文本大量出版，向海内外展示南海诸岛主权属于中国的铁证。他以一个图书馆人的身份，为维护国家主权领土完整提供了重要的文献资料。

中华人民共和国成立后，国家档案馆将杜定友等收集整理的这批史料和《东、西、南沙群岛资料目录》，作为中国重要历史文献进行珍藏，成为国家记忆的一部分。

王亚南、郭大力：辛勤译著传马列

一

1941 年暑假的一天，窗外蝉鸣高树，王亚南正与杜定友馆长在学校图书馆商量事情，许崇清匆匆推门进来："亚南教授，您让我好找。"

王亚南赶紧起身让座，并问："许校长，有什么事吗？"

许校长从口袋里摸出一纸电文："刚才校办公室突然接到重庆蒋介石侍从室的电报，蒋先生以向社会贤达征询意见的名义，亲下手谕，想请您与郭大力先生'来渝一谈'。我见事情重要，便亲自来找您，看如何应对。"

王亚南接过电报细看了一遍，抬头说："许校长，我有些疑虑，不知蒋先生这葫芦里卖的什么药。就在去年，拙作《战时财政金融政策》被国民党《中央日报》点名查禁，而我和郭大力合译的《资本论》，有几千本在从上海运往昆明时被扣留，就连我在重庆的住所也被当局派人搜查。蒋先生这次召见，用意何在？"

许校长来回踱了几步，说："这一路上，我也想同样的问题。实在是您和郭大力先生翻译的《资本论》影响力太大了，受到政界、学界和业界多方关注。现在抗战进入相持阶段，国内经济一片萧条，国统区物价飞涨，物资匮乏，民不聊生啊。或许，蒋先生想听听您这位经济专家的意见，找到一个治理经济的良方。我的意见，您和郭大力还是辛苦跑一趟重庆吧，也给蒋先生一个面子。”

王亚南把一把蒲扇递给许校长：“辛苦倒是其次，就怕忠言逆耳啊。大力已返江西老家养病，一时半会儿也通知不到，这样吧，我还是听您的意见，利用暑假回重庆一趟，来个‘单刀赴渝’，倘有什么危险，我一个人担着。”

许校长点点头：“如此甚好，有什么需要校方协助的，尽管说。”

王亚南摆摆手：“我一个人来去自由，携一只经常随身外出的旧皮箱，装入几件换洗的衣服和几本常看的书即可，不用麻烦了。”

杜定友在旁边插了一句：“就怕蒋先生留您在重庆任职啊。”

王亚南摇摇头：“重庆我是万万不留的。您的话倒是提醒了我，我得带上国立中山大学的聘书，就说我已在中大经济系任教了。”

许校长站起来说：“您回去准备一下，我叫秘书买一张明天前往衡阳的火车票，您从衡阳转车到桂林，再从桂林周转，可到陪都重庆。这条线路我走过。”

20 多天后，王亚南赶到重庆官邸，蒋介石以“礼贤下士”的姿态，向他征询抑制战时物价的办法，王亚南则直言不讳地指出政府政策的弊端。

两人谈了近一个小时，显然有些话不投机，但临别时蒋介石还是希望王亚南能留在重庆，择日再谈。

而王亚南拿出早已备好的国立中山大学聘书推托说："我已受中大许校长之聘，教务在身，要赶回广东，9 月就要开学。"

从重庆返回坪石后不久，王亚南将在武阳司村的临时卧室兼书房命名为"野马轩"，表达自己追求学术自由、不愿与国民党当局同流的真实心迹。后来，王亚南和学生谈起重庆会面情形时，曾诙谐形容为"布衣之言，不合君意啊"。

无独有偶，郭大力自从 1941 年夏返回赣州南康老家以后，一直在家闭门谢客，埋头进行马克思系列著作的译校。他不仅婉拒了当地士绅邀其出仕的请求，甚至拒绝了时任赣州行政督察专员蒋经国欲聘其为经济顾问的邀请。王亚南和他真是心心相印。

有人不解，王亚南和郭大力这对埋首于经济学研究和马克思主义著作翻译的学术伙伴，其时正逢抗战最艰难的相持阶段，在偌大的中国几无可安静读书之处，他俩为何还要拒绝蒋氏父子提供的庇护？而当时的统治者为何对他们既心存忌惮又要收买拉拢呢？

其实，王亚南在北伐战争时期就认清了蒋介石的真面目。

二

1927 年初，彷徨中的王亚南离开军队，独自来到杭州。正是春寒料峭时节，西子湖畔，冬装未卸，游人稀少。在湖边，他漫不经心地走着，陷入沉沉的思索之中。

去年秋，王亚南在武汉中华大学毕业后，投笔从戎，担任北伐军某部政治教官，而蒋介石时任北伐军总司令。本来，北伐军在民众支持下，一路势如破竹，可打到上海后，蒋介石却叛变了革命，把屠刀对准工农和共产党……

王亚南起初意气风发地投入革命宣传工作中，感受到大革命的高潮，随后却目睹那场四一二血腥大屠杀，由此看透了这个初露獠牙的反动政权的黑暗本质。

但救国的出路又在哪里呢?

王亚南漫步于西湖之畔，踏着宝石山的石阶，来到历史悠久的大佛寺。这里曾是杭州城外的名胜，乾隆皇帝也曾三次亲临。然而，岁月流转，战火纷飞，大佛寺已不复昔日繁华，香火稀落，唯有那些无依无靠的僧侣和青年学子，在此寻找一丝宁静。

王亚南决定在此暂居，沉浸在书海之中，笔耕不辍。他计划以自己的北伐经历为蓝本，创作一部长篇小说，既为反省革命之败，也为警醒世人。同时，他也希望通过文字赚取些许稿费，以解燃眉之急。

在这座古寺中，他邂逅了郭大力，一个比他小四岁的青年。郭大力曾在大夏大学深造，后因故失业，流落至此。春节将至，他无力归乡，只得在大佛寺中寻求庇护，一住便是半载。

王亚南好奇地询问郭大力的计划，得知他竟有志于翻译马克思的《资本论》。这部著作，以其深邃的思想和庞大的体系，令无数学者望而却步。郭大力，一个未曾踏出国门的青年，真能完成这一壮举吗?

郭大力向王亚南讲述了自己的初心。他自幼受父亲严格教育，成绩优异，后在大夏大学深造，接触了马克思主义。一次偶然的机会，他购得《资本论》的英文版，被其深邃的思想所吸引，决心将其译成中文，以助中国社会变革。

王亚南被郭大力的热情所打动。两人在寒夜中彻夜长谈，从个人经历到社会现实，无所不谈。郭大力的见解，让王亚南豁然开朗，他的小说创作也因此找到了新的灵感。

郭大力提议："亚南兄，何不放下小说，与我一同翻译《资本论》?"

王亚南沉默片刻，便欣然应允："行，一起来干这个大家伙。"

在这深秋寒夜，两个意气相投的青年人达成共识，要通过研究政治经济学以剖析中国社会，从而寻找救国之路！一起翻译马克思的巨作《资本论》，则是他们寻路的火炬。两人的合作，不仅为《资本论》的中文翻译铺平了道路，也为他们的人生开启了新的篇章。

郭大力后来回忆："大革命失败时，我正在大夏大学读书，又受了李石岑先生的影响。当时在思想上震动很大，就下定决心翻译《资本论》。1927 年夏天我住在杭州大佛寺的客房里关门整天干，起初也看不懂，十分吃力，恰巧王亚南因大革命失败感到灰心，离开了国民党部队，也住到这里来，想写小说。我们相熟后，我就劝他和我合作来译这部书。亚南同意了，就和我一道干……"

然而，翻译《资本论》这部百科全书式的著作可比写小说难多了，既需要探索知识的热情和恒力，更需要广博而专业的知识。王亚南日后在其自传中写道："由于大佛寺古庙中认识了郭大力，我专攻经济理论的信心因以巩固，我终身从事的学术工作志愿因以确立。他们商定，在 10 年内合译亚当·斯密、李嘉图、马尔萨斯、约翰·穆勒和马克思的五部经济名著。他们表示，把翻译前四位大经济学者的著作，作为翻译马克思《资本论》的准备。"

大佛寺的宁静终究未能长久，王亚南与郭大力，两位志同道合的学者，不久便告别了这片暂时的避风港。

岁月流转，从 1928 年至 1938 年，王亚南的人生充满了波折：留学东瀛、参与福建事变、寄居德国。尽管生活颠沛，他始终不忘与郭大力的约定，潜心收集资料，攻读文献，为翻译《资本论》做准备。而郭大力，为了生计重返上海，在大夏中学讲授伦理学之余，亦投身于翻译工作。

1931 年春，两人合作翻译的李嘉图《政治经济学及赋税原理》问世，这部在英国鲜有人能完全理解的著作，竟在他们笔下焕发新生。紧接着，亚当·斯密的《国富论》也在他们的翻译下重获新生。这些成就，无疑增强了他们的信心。

郭大力，这位身居繁华都市的学者，却选择了寂寞，将心力投入翻译之中。他独自翻译出版了马尔萨斯的《人口论》、约翰·穆勒的《经济学原理》等经济学经典，硕果累累。

三

1934 年，郭大力与王亚南在上海真如车站与法租界之间频繁往来，共同为《资本论》的翻译工作努力。

郭大力透露，杭州翻译的《资本论》第一卷在“一·二八”事变中毁于战火，一切须从头开始。

王亚南把桌子一拍，从头开始就从头开始。

到了 1937 年，读书生活出版社决定出版新的《资本论》中译文。艾思奇等人在了解到郭大力与王亚南的工作后，主动联系他们，希望合作。在战火纷飞的年代，这份信任与支持如同明灯，照亮了他们的翻译之路。

随着淞沪抗战的爆发，上海陷入混乱。郭大力将译稿托付给郑易里，带着家人回到赣南老家避难。王亚南则撤至武汉，再转至重庆。在乡下，郭大力不分昼夜地翻译，将成果一封封寄往重庆，再转至上海。

1938 年春，两人接到电报，要求他们前往上海。王亚南因事无法离开重庆，郭大力便独自承担起完成《资本论》翻译的重任。他绕道广州、香港，历尽艰辛，抵达被日寇侵占的上海。在郑易里安排的小房间里，郭大力夜以继日地工作，翻译、校订、审校，甚至设计封面装帧，一肩挑起所有重担。

8 月 13 日，淞沪抗战一周年之际，郭大力带着郑易里特制的、烫有“郭大力珍藏”的《资本论》样书，悄然离开上海，踏上归途。

从 8 月 31 日至 9 月 30 日，《资本论》先后出版了第一、二、三卷，共印刷 3000 部，其中 2000 部运往抗日大后方。这部在动荡中完成的巨著，见证了两位学者的坚持与执着，也映照了一个时代的沧桑与变迁。

王亚南在日记中，记录了和郭大力合作的甘苦：“……工作是艰难的，犹如老牛一般，日出而作，日落而息，但颇有乐趣。今日，又和郭大力相争，以至面红耳赤。送他去车站时，他却掏出 30 元钱，朝我手上一塞，‘这几日又难捱了吧’……”

1938 年 10 月 20 日，上海进步杂志《译报周刊》第一卷 12、13 期合刊发表署名“史贵”、题为《在战斗中发展的“资本论”》的文章，文中说：“郭大力先生于民国廿一年译好第一卷，但全稿被当年“一·二八”的炮烧毁了。再接再厉，两位先生又于廿六年从头翻译；工作不到半年，八一三的炮声又响。武将们在战场上拼命，‘文兵’们在书桌上出力，《资本论》终于在这炮火燎原时全部出版了！中文译本出版的时候最迟，出版上的各种条件也最艰难。”

就这样，被誉为“马克思主义的百科全书”的《资本论》终于在古老的东方大国有了全译本，这部伟大著作在日后中国共产党领导的革命实践中，起了巨大的指导作用。而王亚南与郭大力就像希腊神话中的普罗米修斯，为中国革命“盗”来了火种。

曾有当年的读者回忆艾思奇所著的《大众哲学》与郭大力、王亚南合译的《资本论》在大众中的流传景况：“……60 岁以上的读者，或尚能忆起这两部书流传之广，影响之大，不亚于数十万赤色大军。”

全译本《资本论》引起了中共领袖们的高度重视。

1938 年夏天，王亚南受聘于国民党军事委员会政治部设计委员会，在武汉偶遇周恩来与董必武。董必武赞扬王亚南和郭大力“为中国做了件好事”。

而周恩来接下来的一番话更让王亚南日后常常回味，“对，我们需要，中国民众也需要。要让马克思指导中国革命啊！”

多年以后，在中南海丰泽园菊香书屋，人们在毛泽东读过的一套《资本论》中发现了他当年所做的批注：“1938 年”（意指全译本《资本论》上海出版日期）、“1867 年”（意指《资本论》在欧洲出版日期）、“在 71 年之后中国才出版”。

四

在武江河畔，坪石镇车田村静卧，河水自北向南奔腾不息，宛若不羁的野马。1942 年，中山大学法学院经济系迁徙至此，每逢周五，这个小村庄便热闹非凡。

经济学的课堂，不仅是本系学生的圣地，也吸引远在湖南宜章栗源堡农学院的学生，他们乘船而来，更有从衡阳、曲江等地乘火车的旁听者。教室的门槛被踏破，窗台边挤满了渴望知识的脸庞。

王亚南，这位中大法学院经济系的教授兼系主任，已连续三年站在讲台上，为高年级学生讲授“高等经济学”。

他的家安在坪石街，与经济系所在地车田村仅一江之隔，却因交通不便，每次上班、返家都要过江、上下山岗，但他乐此不疲。夜晚，他挑着油灯，到学生自修室答疑，许多学生也喜欢课后与他长谈，探讨学问。

起初，王亚南在课堂上遇到了难题。他有意识地跳出传统教学的框架，却发现学生们并未对授课内容表现出预期的兴趣。他信心满满地采用与郭大力合译的《政治经济学及赋税原理》作为教材，却在坪石的课堂上遭遇冷场。

随着时间的推移，在夜晚教室的油灯光里，王亚南逐渐找到了答案。学生们的问题接踵而至：“什么是‘二五减租’?”“中国的封建社会为何能延续千年?”“中国能否走英美之路?”“社会主义、苏俄的理论真有价值吗?”

王亚南恍然大悟，这些身处战乱、求知若渴的年轻人，最关心的不是课本上的经济学理论，而是中国的现实和未来。

他开始调整教学重点，以李嘉图的学说为底本，从反面论证中国社会经济的非资本主义特性，引导学生看到中国社会的症结所在。他强调，只有驱逐外来侵略，铲除封建势力，进行土地改革，中国才有希望。

在后续的教学中，王亚南更是脱离了李嘉图的著述，着重分析中国经济形态的各类特点，批判当时流行的不正确观点，鲜明地提出要用“中国人的立场研究中国经济”。

这样接地气的教学内容，自然吸引越来越多的学生。

王亚南对学生强调："我们研究政治经济学，不是在观念上要把戏，而是为了要对中国社会经济改造有所贡献！"

有学生兴奋地说："你是我们的普罗米修斯啊！"

有人干脆说："野马走上讲坛了！"

在粤北这片贫瘠的土地里，王亚南所努力营造的师生间积极交流、教学相长的氛围，也帮助自己在学术研究上闯出新的天地。王亚南形象地将自己的治学理念称为"处在被考试者的地位"。

在坪石小村落的校园里，王亚南称之为"教育者不断被教育"的过程中，酝酿并完成他个人的专著《中国经济原论》，这也是他形成从中国立场研究经济学的标志。在这本被学术界誉为"一本中国式的资本论"的《中国经济原论》初版序言中，王亚南深情地回忆：

"在研究过程中，不时给予我以鼓舞，并使我的研究，不得不继续努力下去的，是国立中山大学经济学系乃至全校有志于中国社会经济之科学研究的同人与同学。他们每有机会，就提出有关方面的问题来同我商讨，这样，我便经常像是处在被考试者的地位。中国商品与商品价值的研究，刚刚研讨出一个头绪，他们又要求我依此说明中国的货币、资本等等。不管我的考试是否及格，而我像经常地被安置在被考试者地位却是一个事实。我在这当中，才比较理解到所谓'教育者在不断被教育'的意义……"

校园里，学生们遇见的王亚南，已从那个印在厚重的《资本论》封面上严肃的译者名字，变成一个生动有趣的教书先生。

课堂上的王亚南声音洪亮，充满激情，有感染力，但他时而流露出的浓重的湖北口音又会为课堂平添几分趣味。

学生们私下跟王亚南说："先生在分析封建经济时，学生们叹服于先生的精细分析，也会对先生带有西南官话口音的抑扬顿挫感到有趣。先生说到庄园经济和自然经济时，'园'和'然'音不分，都变成'软'，'济'字又拖着长长的尾音……"

王亚南听后总是大笑。

一天上课时，王亚南与学生聊起当年取道红海到欧洲去的一件趣事。为克服红海巨浪带来的晕船，他让人把自己绑在柱子上，在其他旅客的难受呻吟声中，他照样看书，船长见他坦然自若的模样，连说"中国人好样的"。

有学生听毕，赞道："王教授，虽然您只是将其引为趣谈，但这幅巨浪中缚柱而读的场景则更像是您自律、专注的治学精神的生动写照。"

还有一次，因学校缺米，王亚南带几个学生赴长沙找湖南省政府求助。途中夜宿，天还未亮，还在床上的学生就听到王亚南朗读德语的声音。

他们有些诧异地问："王教授，您不能多睡一会儿吗？"

王亚南淡然一笑："习惯了。"

晨读完毕，王亚南兴致勃勃地跟学生们谈起早年求学的经历。家里穷，没钱买书，他设法四处借书，或到书店站着看书，一站就是大半天。对于重要的书，他甚至整本整本地抄，曾把《东周列国志》《史记》等抄完。

有学生插话："先生，您现在都是大学者了，还愿意到坪石，而不是留在重庆或长沙，身居陋室，饭都吃不饱，仍潜心治学，图什么呢？"

王亚南风趣地说："穷一点好，穷而后工。这比我在上海靠卖稿过活要好得多了。”

王亚南告诉学生，因年轻时生活不安定，时常东奔西走，得了胃溃疡，医生嘱咐要治好此病，不能吃干饭，只能吃稀饭和馒头之类。他就一直坚持这一条，十多年间，一点干饭也不吃，严格坚持按时定量，从不因菜的好坏而多吃或少吃。

正因为获得学生尊敬与信任，王亚南得以在暂时远离战火的坪石校园辛勤耕耘，为中国马克思主义经济学说的传播培养了一批像陈其人、袁镇岳、张来仪、余志宏、胡瑞梁、涂西畴、罗湘林、廖建祥、戴錞隆等具有影响力的经济学家和教育学家。

涂西畴被同学看作王亚南在中大“最得意的门生”。

涂西畴 1944 年中大毕业后留校任教，当王亚南离校赴福建讲学时，担任了王原先的课程，在校先后任助教、讲师和副教授，俨然王的“衣钵传人”。

后来王亚南才知道，涂西畴还有一个秘密身份——中共地下党员。解放前夕，他受组织委派，担任中共湖南省工委策反程潜、陈明仁领导小组副组长，为湖南最终的和平解放发挥了重要作用。

从杭州大佛寺到坪石武阳司、车田坝，郭大力和王亚南经由翻译《资本论》所播下的革命种子，终于呈现出收获的曙光。

五

王亚南在坪石安顿好后，心里牵挂着郭大力，去信给他，希望他能“出山”到粤北来工作。不久，王亚南收到郭大力的回信，他已接受广东文理学院院长林砺儒的聘请，到该院讲授经济学和经济学说史。

广东省立文理学院的前身为广东省立教育学院，1939 年冬，迁校于连县东陂；1940 年夏，改办为广东省立文理学院。东陂与坪石，同属粤北山区，相距不到 100 公里。王亚南阅信后大喜过望，老朋友又可经常见面了。

令王亚南没想到的是，为翻译《资本论》，郭大力付出很多，也遭了不少罪。

1938 年 8 月，郭大力完成了《资本论》出版事宜，逃离战火纷飞的上海，取道香港经广州回江西老家，遭遇命运的又一次考验。

在广州火车站，郭大力换乘前往赣州的汽车，却未料到，途经粤赣相交的大庾岭的险峻山道上，一群手持刀棍的强人将车辆团团围住。他们粗暴地将乘客的行李洗劫一空，又将他们蒙眼捆绑，带往深山之中，成为人质。

面对突如其来的绑架，郭大力并未惊慌失措。他深知，自己身无分文，唯有几本珍贵的书籍和满腔的热血。在山贼的审问下，他坦然自若，甚至主动提出自己书写回答，以证明自身的清白。

山贼并不买账，他们贪婪地要求郭大力支付高额的赎金。

面对这无理的要求，郭大力终于爆发了，他慷慨陈词，痛斥山贼的短视与自私，呼吁他们放下武器，共同抵抗外敌。他的言辞铿锵有力，令山贼为之动容。

几天后，山贼的头目竟然提出让郭大力留下，担任文书。郭大力婉拒了这一提议，但答应帮助他们抄写文告，以换取自由。

他代笔起草了一份宣言，呼吁山贼改邪归正，成为抗日的自卫团。这份文告，也许是山贼头目良心的觉醒，也许是郭大力言辞的力量，最终使他重获自由。

历尽波折，郭大力终于回到家乡，与亲人团聚。他将这段惊心动魄的经历，写成《匪窟记》一文，发表在校刊上，让更多的人了解到，在那个动荡的年代，即使是书生，也能以笔为刀剑，捍卫正义与尊严。

连县东陂地处山区，交通不便，生活条件比坪石还差，郭大力到广东文理学院报到后，专门来坪石看王亚南，他俩已两年多没见面了，自然有说不完的话。

两人的谈话，始终围绕着马克思著作的翻译。郭大力告诉王亚南，他已经开始翻译《剩余价值学说史》，这部作品是《资本论》的重要组成部分，只有将其完整地译成中文，才算是将马克思的宝贵思想，完整地呈现给中国人民。

王亚南表示全力支持，说他在课堂上也给学生讲《资本论》，并从《资本论》中国化方面深入思考中国的经济和官僚政治等问题。

郭大力一拍大腿说："巧了，我也在关注农村经济问题，对战时经济提出自己的见解，发表了《战时商人的权利及其限界》《掌握物质的理论》《论农村的不等价交换》等系列文章，以及出版《我们农村的生产生活》著作，为农民不平等的物质交换鸣不平，强调土地是一切需要掌握的物质之首。"

王亚南要郭大力有空就到坪石走走，在坪石街进步书店能买到他俩译的《资本论》。郭大力听了十分兴奋，专门到那家书店去看。此后，他经常利用周末，从东陂步行到坪石，来与王亚南交流，并直接住在王家。

在东陂的广东文理学院，宁静的日子如同短暂的春梦，被皖南事变的惊雷所震醒。国民党反动当局的阴影，如同冬日寒风，悄然侵袭这片学术的净土。

林砺儒院长，这位以开明著称的学者，因推崇进步思想，被当局无情地剥夺了职位。学生们无法接受这一不公，自发组织起来，从连县跋涉至韶州，希望省政府能收回成命。

他们的呼声如同石沉大海，没有激起任何波澜。省教育厅长黄麟书，兼任了新的院长，他的到来，似乎预示着更多的风暴即将来临。

在这场政治风波中，郭大力也未能幸免。他被迫辞去教职，带着满腔的无奈和对未来的迷茫，回到江西南康的斜角村。在离开之前，他带着家人前往坪石，向王亚南告别。

然而，命运似乎总爱在人生的道路上设置障碍。1939 年 7 月 5 日，他们在途中再次遭遇劫匪。

那是一个古道，连接着连县和坪石，郭大力一家在连县的星子镇遭遇疾病的困扰。郭大力的病情虽不严重，却足以让他步履蹒跚。他们不得不雇用一顶轿子，却未料到，这竟是灾难的开始。一个轿夫突然声称生病，换上另一个人，接着，劫匪便出现了。

幸运的是，劫匪只取财物，并未伤人。郭大力一家在惊恐中清点着损失：呢大衣、西装、旗袍、棉袄、现金、金戒指，还有一口铁锅。这些是他们仅有的财产，全部被掠走。

7 月 8 日，郭大力一家终于抵达坪石，在王亚南的家中度过两个不眠之夜。朋友们的电话和信件，温暖着他们受伤的心灵。

郭大力回信感谢，他告诉朋友们，只要人还在，就有希望。

六

郭大力离开后，王亚南失去了一个无话不谈的知己，实在是恋恋不舍，所幸坪石校园学术风气浓厚，有不少有趣的老师和学生，王亚南可与他们进行热烈而愉快的学术交流。

回忆起中大岁月，王亚南认为："我到中大以前，虽然也出版了一些有关经济学方面的东西，但用我自己的思想，自己的文句，自己的写作方法，建立起我自己的经济理论体系，并依据这个体系，把它伸展延拓到一切社会科学的领域，特别是展拓到社会史领域——这个企图和尝试不论达到了什么程度，却显然是到了中大以后开始的……因此，我念念不忘中大和中大经济系。在我自己一方面，并非因为我在那里留下了什么，而纯是因为我从那里获得了一些我此前不曾获得的东西。"

最让王亚南难忘的是所接待的一位特殊的英国客人——英国皇家科学院代表、时任英国驻中国大使馆科学参赞的李约瑟。

1942 年秋天，战争的阴云笼罩着世界，英国政府决定派遣一支由科学家和学者组成的代表团，前往战时的中国，以文化交流支援抗战中的中国科学界。在众多学者中，精通中文者寥寥无几，而对东方文明充满浓厚兴趣的李约瑟，以及牛津大学的希腊文教授 E. R. 多兹，便成为这次使命的使者。他们组成"英国文化科学赴中国使团"，踏上为期 4 年的中国之旅。

1943 年春，李约瑟踏上前往中国东南部的考察之旅。他的足迹遍布贵阳、柳州、桂林、衡阳，最终抵达广东的曲江，再由江西一路北上至福建长汀。

4 月 27 日清晨，李约瑟乘坐的火车缓缓驶入粤北的坪石镇，他将在这里的国立中山大学停留一周，与各院系的教师深入交流。

在武江河畔的一家旅馆阳台上，李约瑟与王亚南的会面如同一场春江花月夜的诗篇。两人一见如故，从原始公社到资本主义，从亚洲的沉睡到欧洲的飞跃，他们的话题跨越历史、地理、科学、人文、经济与技术，无所不包。

深夜的谈话即将结束时，李约瑟熄灭手中的烟头，提出一个深刻而富有意义的问题："王教授，关于中古时期中国封建官僚社会的实质，能否从历史和社会的角度，给我一个扼要的解释?"

面对这个新鲜而又深刻的问题，王亚南受到了震动，顿时沉思起来。他懂得这个问题的重要性，不愿信口开河。沉吟片刻，他说："李博士，对不起，给我一些时间，待我研究之后再奉告吧!"

这次深夜的长谈，对两人都有着非凡的意义。对李约瑟而言，这是他后来提出"李约瑟难题"的先声；而对王亚南来说，这成为他深入研究中国官僚政治问题的契机。他开始探索这一政治形态的形成与发展，以及如何使其走向终结。

1948 年 10 月，王亚南完成了他的专著《中国官僚政治研究》，这本书与他之前的《中国经济原论》一起，成为研究旧中国经济基础和政治上层建筑的重要著作。在书中，王亚南尖锐地指出官僚政治的终结之道："只有当封建体制消除，官民对立的社会关系洗脱，人民普遍自觉自动地参与政治革新，官僚政治才会真正走向终结。"

《中国官僚政治研究》出版后不久，王亚南在上海的国际饭店偶遇国民党军政要员陈诚。陈诚直言不讳地问："王先生，你写了一本关于官僚资本与官僚政治的书，这是在批评制度吧？”

王亚南毫不畏惧地回答：“对，你说得很对。”

七

王亚南在坪石中山大学校园的教育耕耘与学术探索，始于1940年9月，止于1944年11月。当时，日军突破长沙防线，大举南下，中大开始组织师生疏散。王亚南正好接到郭大力的信，邀请他到郭家小住一段。

王亚南由此离开中大，从坪石南下曲江，再辗转到南康，来到郭大力的家。

1941年秋天，郭大力卸下教职，换上与乡间农人无异的装束，只那副眼镜透露出他学者的身份。他回到江西老家，生活跌入贫困的深渊。没有固定的职业，没有稳定的收入，他与妻子依靠微薄的稿费和妻子在乡村师范学校的教职勉强维持着一家四口的生活。

为了节省开支，郭大力和妻子耕种着一片菜园，浇水、施肥、除草成了他们日常生活的一部分。面对旁人的嘲笑，郭大力总是以微笑应对，不为所动。他拒绝所有的聘请，一心埋头于翻译工作。到了1943年11月，他终于完成《剩余价值学说史》的初稿，这部100多万字的巨著，几乎耗尽他的心血。

然而，这份译稿却差点在1944年冬天毁于战火。

日寇的铁蹄踏遍赣南，村民们四处逃散，郭大力也带着家人四处躲避。每次逃亡，他总是只带着一个沉甸甸的布包，里面装着的，是他视若生命的译稿。为了保护这份译稿，他甚至将其埋藏在自家的菜园之中。幸运的是，这份译稿最终得以保存，并在

1948 年由读书生活出版社出版。

在一个温馨的晚上，郭大力边倒酒边对王亚南感慨道：“亚南兄，从 1928 年我初译《资本论》到 1943 年完成《剩余价值学说史》，整整 15 年。这其中的曲折与辛酸，真是一言难尽。”他回忆起 1939 年译成的《恩格斯传》在寄往上海时不幸遗失，以及 1940 年在广东文理学院重译的艰辛。尽管如此，他并未放弃，而是重译，他在序言中写道：“我不惜再三重新动笔，是因为这位思想家的生活太使人敬爱了。”

王亚南举杯致敬：“大力，您真是为译马恩著作而生的！”

王亚南在郭大力家住了几个月，后到福建厦门大学执教，并于 1946 年暑假，回到中山大学为学生补课，随后便正式告别中山大学，返回厦门大学。

他离开广州时，曾发表一封致中山大学经济学系学生的公开信，从中人们可以看到他对坪石岁月的感怀与思索：

“……中大与中大经济系为什么能这样造就我？我自己一时也不能把它全部原因列举出来。不错，战争是一个发人深省的有利因素，战时的许多社会现象，会帮助我们认识那些隐伏在表象后面里的有关社会本质的东西。但假使我留在其他地方，或者是留在其他大学，恐怕会是另一种结果吧！”

王亚南身边的学生们尤其能理解他当时的心路历程。

学生陈其人记得，在坪石晚上教室的油灯光里，他提问何为“二五减租”时，王亚南曾告诉他，国民党北伐时制定了这项有利于佃农的减租政策，但最终由于国民党反动派背叛革命而终成泡影。王亚南当时凝重的神态，给他留下了深刻的印象。那时的野马轩主人，正对中国黑暗现状进行着沉重而严肃的思考。

学生孙越生，擅长书画，曾用毛笔工楷誊清《中国官僚政治研究》全文。王亚南还委托他刻了一个“野马轩藏书”的印章，那是一个 4 厘米×6 厘米大小的木刻，画面上一匹怒马迎面奔来，马首嘶昂，鬃毛翻飞，而“野马轩藏书”五个字则呈半弧形排列在马蹄之下。

一次清晨，孙越生陪王亚南在厦门大学海边散步时，好奇地问起“野马轩”的由来。

王亚南微笑着回答：“在民主的世纪里，这不是一个很自然的个人希望吗？你看，波浪在海洋里激荡，野马在原野中奔驰，因每滴海水的自由活动，大海才能成为一个威力无比的整体。每个人越是自由发展，马克思的理想也就越是临近。这种自由，比个人主义的自由要高级得多。”

孙越生进一步提问：“越是单纯的内涵，就越有宽广的外延。您的意思，是不是可以理解为对马克思主义也应该采取这样的态度呢？”

思索片刻后，王亚南一字一句地回答：“‘走自己的路’，这是马克思的座右铭。我最懂得什么叫作自由。只有像我那样不愿在别人脑子里跑马的人，才不会让别人在我自己的脑子里跑马。”

这段对话，不仅是对“野马轩”命名的解释，更是王亚南对自由与个人理想的深刻阐述。

王亚南的回答开启了孙越生坚持马克思主义原则基础上的独立思考意识。而王亚南凝神思考时的神态也深深地印记在他的脑海里：“在我等待他回答的一瞬间，我看到一束柔和的但却是明亮的金色光线把他脸部的侧影以动荡的大海为背景清晰地勾画出来了。那是一个思想深沉而心怀开朗的面影……”

在中大，有人写了林则徐的一副对联送给王亚南：“海纳百川，有容乃大；壁立千仞，无欲则刚。”一位学者对王亚南所著《社会科学论纲》的评述则是“实践的，批判的，中国的”。

对于这样的评价，王亚南感到非常振奋。他写道：“我感到非常兴奋，倒不是因为我讲了恭维话，而是因为我由是得知，我的研究尚未太脱离现实；而且这三点，也确是我的全部经济理论所企图实现的目标。”

作为野马轩主人，王亚南经历了坪石山村里的蛰伏与探索之后，找到了扬鞭驰骋的方向，他创造性地应用马克思主义的基本原理研究中国的历史和现状，从 1945 年到 1948 年，他用《社会科学新论》《中国经济原论》《中国官僚政治研究》等一系列著述践行了“要用中国人的立场研究中国经济”的治学理念。

尤其是心血之作《中国官僚政治研究》，既是他为即将获得光明的祖国献上的礼物，也是他对李约瑟 5 年前所提出问题的郑重回答。由此，王亚南被誉为“中国经济学的创建者”。

八

中华人民共和国成立后，时任中央马列学院政治经济学教研室主任的王学文极力推荐郭大力和王亚南到该学院任教，但王亚南已被任命为厦门大学校长，只有郭大力于 1950 年夏调到马列学院任政治经济学教研室主任，中央马列学院由此成为新中国《资本论》传播重要阵地。

1976 年 4 月 9 日，郭大力心脏病突然发作，来不及送往医院，心脏就停摆了。按照他的遗嘱，妻子将他的 1 万元稿费作为最后的党费交给了党。

而王亚南的一生也经历许多波折。

20 世纪 80 年代初在香港，当王亚南的一位学生告诉李约瑟，老师已于 1969 年在那场浩劫中因遭受迫害而不幸辞世时，这位年近古稀的英国学者回忆起 40 年前那次令他难忘的彻夜长谈，不禁潸然泪下。

人们深深缅怀王亚南这位成就斐然的经济学家，还因为他那善良、宽容的高贵品格，人们津津乐道于他任厦大校长时，每当在校园里见到没有“孩子”（他那可爱的湖北口音啊）的赤脚学生，他在第二天就会派人送去鞋子；也感慨于他的宽宏大量，对那个最终坦白解放前曾参与国民党特务排挤恐吓他行动的旧教员既往不咎，力排众议保留了那人的教职；更感叹于他的慧眼识才与胸怀大度，当他的“怪人”学生陈景润毕业后因个性原因，在北京被所在单位误解冷落时，是王亚南把他接回厦大，让他在环境单纯的资料室工作，能继续进行数学研究，而当陈景润在数学界初露头角时，他又慨然应允华罗庚教授，同意陈景润去中科院数学研究所工作。

1978 年，当春回人间，万物复苏之时，作家徐迟在他那篇很快引起热烈反响的报告文学作品《哥德巴赫猜想》中写道：“王亚南不愧为政治经济学的批判家，他懂得价值论，懂得人的价值。”

曾在坪石中大聆听过亚南先生授课的陈其人在《王亚南在中山大学及其百科全书》一文的尾声中写道：“综观王亚南的一生，译著 41 部，论文 300 多篇，创办《中国经济问题》等刊物、厦门大学经济研究所等，培养众多桃李，宣传和捍卫马克思主义，倡导并力行以中国人的立场研究中国问题。对于王亚南的含冤离世，厦门大学（王亚南于 1950—1965 年任校长）的师生员工是很悲痛的，他们在老校长骨灰安放仪式上，敬献了一副挽联：‘辛勤译著传马列，业绩永垂海内；不倦教诲育桃李，深情常存鹭滨。’这副挽联是对王亚南的最恰当评价！”

李达：人生真理润吾身

一

说实话，收到许崇清校长亲署的国立中山大学聘书时，李达还是为许先生勇气可嘉点赞的，当然也为他暗暗捏把汗。李达可是在国民党当局黑名单上挂了号的，他竟然敢聘，不怕引火烧身吗？

李达的担忧并不多余，一年后许崇清就被解除了校长职务，李达也只好离开中大校园，离开喜欢的讲台和学生，再次失业。

李达是中共一大代表，但很少人知道，从 1921 年 2 月到中共一大召开，李达一直代理中共总书记的职务并担任中共一大的发起与组织工作。中共一大的会务都是李达和太太王会悟具体张罗的。后来，因与张国焘意见不合，李达离开了上海的党中央机关，应毛润之之邀，回到长沙担任他和何叔衡创办的湖南自修大学校长的职务，与润之一家人住在长沙的清水塘。

到了 1923 年春夏，国共合作成为中共领导人议论的中心问题。为保证中共三大能够顺利通过与国民党合作的决议，陈独秀在会前找有关人员谈话。但李达对于这一方针策略的重大转变"想不通"，和陈独秀大吵了一顿，最后脱离组织，专任大学教授。

从此，他虽然沉浸在书斋之中，却从未放弃对马克思主义理论的深入研究和传授。他的生活，就像一本厚重的哲学书，每一页都记录着对知识的不懈追求。

在留学日本的岁月里，李达翻译了《社会问题总览》和《唯物史观解说》。这两部作品的出版，仿佛打开了一扇窗，让马克思主义的光辉照进了中国的思想界。1926 年，他的专著《现代社会学》问世，其对唯物史观的系统阐释，被公认为当时中国马克思主义者对这一理论理解的巅峰之作。这本书的出版，不仅引起思想界的广泛关注，更让李达成为反动当局眼中的“赤化”宣传者。

从 1929 年到 1932 年，李达的翻译工作从未停歇，他将多部外国的社会科学著作介绍到中国，其中包括《社会科学概论》《现代世界观》等。这些作品的翻译，不仅丰富中国的社会科学领域，更为他后来撰写的《社会学大纲》打下坚实的基础。

1938 年 2 月，应广西大学校长白鹏飞之请，李达被聘为广西大学经济系主任，千家驹为该校经济系教授。次年 1 月，李达赴重庆冯玉祥支持的研究室讲授“辩证逻辑”，并代“政治学”和“经济学”课程。同年 9 月，李达离开重庆，拟回广西大学任教，但因白鹏飞校长已经去职，新校长马君武未再对其续聘，李达一下面临失业。

就在这时，八路军驻桂林办事处副主任曹瑛为他送来了救济金，还邀请他讲授哲学，这让他的生活重新焕发光彩。

李达对唯物辩证法的讲授，不仅赢得听众的尊敬，更得到毛泽东的高度评价。毛泽东对李达的《社会学大纲》情有独钟，甚至多次阅读并做了详细的批注。

尽管毛泽东曾邀请李达到延安，但李达习惯自由散漫的生活，加之家庭的牵绊，最终未能成行。1940 年春，他回到家乡湖南零陵。

在千家驹的推荐下，许崇清校长向他伸出橄榄枝。是年 8 月 21 日，千家驹致函许校长，表示“允就本校之聘并荐李达先生为经济系教授”，许校长回函称，本校法学院经济学系教授 6 人、副教授 1 人，人数满额，请他代为询问李达“暂在社会学系任课能否屈尊”？11 月 17 日，李达被正式聘请为中大法学院社会学经济系教授，月薪国币 340 元，从 9 月计。

李达在 1927 年 9 月担任过中山大学文学院教授，这次是二到中大。在离开家乡赴坪石前，他有诗赠友：“不才小憩楚江滨，但觉泉林空气新。浮世虚名乖素愿，人生真理润吾身。”

二

1940 年 11 月初，李达只身来到坪石武阳司的中大法学院，被安排在村里一间不到 10 平方米的民房居住。民房陈设简陋，一床一桌两三张凳子，书桌是“特制”的。他用惯了大张书桌，写作时要同时翻阅很多资料，桌子小了资料放不下，给写作带来不便。但这里找不到大张书桌，只好把床板架高，铺上印花蓝布，权当书桌使用。

李达对“武阳司”这个地名颇感兴趣，房子布置好后，就四处走走，边熟悉环境，边找熟悉村情的老人聊一聊，这也算是“田野考察”吧。

一打听，这武阳司村虽距坪石镇约 30 里，但它不属于乐昌县，而属乳源县武平乡管辖。该地自南宋乾道二年（1166）成立乳源县起，历为官衙之地，古称龙辅都衙。明嘉靖八年(1529)，知县胡性、巡检宋人绫等建巡检司于此，故名曰武阳司。所谓巡检，其制起于宋时，凡沿海沿江沿边溪峒等，皆置都巡检或巡检所，辖或州数县，或一州一县，掌训练甲兵巡逻州邑捡捕盗匪所在，听州县令节制。因此巡检设于武水之阳，故名武阳巡检司，后简称为武阳司。崇祯年间改设武阳都衙。清康熙年间设武阳司。该村相沿习称武阳司村。曾用名龙阳都。村民主要姓氏有两个：第一大姓为蓝姓，明朝万历年间从乳源梅花分村迁移至此地；第二大姓为袁姓，南宋淳祐十二年（1252），经乐昌三溪迁移到此地。

该村前倚武江河，背靠长岗岭，岭上有亭，始建于清道光十九年（1839），南北走向，红砂岩条石筑砌，拱券式石门，悬山式屋顶，门额石匾行楷“乐善亭”。乐善亭正处于宜乐古道三岔路口，南往湖南宜章县栗源乡、广东乳源县，北往坪石、湖南宜章县城等，交通还是便利。中大老师吴汉晖过武阳司时写道：“路出武阳入栗源，他乡作客逐风尘。山冈起伏途程险，雨露迷蒙步艰辛。景物不殊人事换，楼墙无恙额门新。村耆纵说沧桑异，都为邦家育后民。”

古道上，李达曾遇到一位邱姓的学生，问他是怎么到中大的。

邱同学说：“我是当地人，从乳源中学毕业后，跟着父亲一起在长岗岭古道上的凉亭普济亭内卖凉茶，没有生意的时候就拿本书看。长岗岭高300余级，比较难行，却是武阳司通往坪石街的必经之路。有一天，一位先生模样的人进来凉亭喝茶，见到我在看《三国志》，便问我读了什么学校。得知我读了中学，他就问我想不想读大学。原来这位先生是中山大学的老师，后来他推荐我到中大读书。”

李达想，看来，中大迁到此，对边远地区的教育和人才培养是大有帮助的。

时值深秋，渐生寒意，李达穿上一袭土布做的灰色长袍，脚蹬黑布鞋，抽着湖南土烟，接待来看望他的师生。他们围着“大书桌”在煤油灯下侃侃而谈，常谈到半夜。

在社会学系，李达主要讲授“社会哲学”“中国社会经济史”两门课。他以其浓厚的湖南口音，简明扼要地传授着辩证唯物主义和历史唯物主义的精髓。他的话语直指问题的核心，条理清晰，旁征博引，用伊索寓言式的比喻，将马克思主义的深奥理论变得通俗易懂。学生们听得津津有味，稍加整理便是一篇宝贵的讲义。

不少进步师生知道他已不是中共党员，但还坚持讲马克思主义，偷偷称他为“带翅膀的”（以“飞”喻“非”）布尔什维克红色教授。

李达喜欢用图表来阐述问题，他的板书如同一幅精致的画作，经济基础与上层建筑的关系被他用箭头和虚线巧妙地串联起来，生动地展示它们之间的相互作用。学生们看着黑板，眼中闪烁着理解的光芒。

当学生们对《社会学大纲》的出版缘由提出疑问时，李达诚恳地回答，他的话语中透露出对学术的尊重和对知识的热爱。他提到，尽管第六篇尚未完成，但他不愿意让这些珍贵的思想被时间的尘埃所掩盖，因此决定将其付印。

面对女生关于中国社会特征的提问，李达点燃一支烟，深吸一口，吐出一个完美的烟圈，仿佛在用这个动作强调他接下来的话语的重要性。他认为中国社会正处于帝国主义殖民地化的过程中，而认清这一历史使命，是每个中国人的责任。

男生提出的问题关于《社会学大纲》在抗日背景下的意义，李达的激情回答，如同战鼓，激励着每一个听众。他认为，这部作品能够帮助人们建立起科学的世界观，用科学的方法去认识和解决新问题，指导实践。

李达的目光穿过窗户，思绪似乎飞向远方的延安，那里是革命的圣地，也是他心中理想的归宿。

为引导同学们认识和了解中国社会，李达以“中国社会发展迟滞的原因”为题，做了一场学术讲座，向学生们揭示中国社会停滞不前的秘密。在武阳司祠堂的讲演中，他的声音铿锵有力，穿透古老的木梁和石壁，直击每个听众的心灵。他的演讲不仅吸引了本系的学生，连其他学院的学子也慕名而来，座位不足，他们便站立聆听，不愿错过任何一个字。

演讲结束后，李达的讲稿在桂林出版的《文化杂志》上发表，他的思想如同种子，播撒在更广阔的土地上。

这天，学生陈明来找李达，想请先生做他的毕业论文导师。

他解释说，毕业论文是每个应届毕业生都要写的，代表着在学校里学习四年之后、毕业时的学识水平。论文及格了，由学校授给学士学位。论文题目一般由学生自己提出，征求系里一位教授当导师，再经系主任审查同意。

李达当即表示同意，问他准备写什么题目。

陈明说：“我的论文题目是《中国战时粮食问题概论》，想把我国在抗日战争时期粮食问题产生的原因和解决的方法作为主要研究对象。先生，这样行吗？”

李达点点头，指点说："关于粮食问题，应该从问题产生的历史社会根源进行分析研究。中国当前的粮食问题是日本帝国主义侵占了半殖民地半封建的中国部分土地之后产生出来的，有它产生的根据和条件。"

李达进一步分析："从根据方面来说，中国粮食问题是帝国主义势力入侵后，中国农村经济解体过程中的必然产物。以鸦片战争为起点，帝国主义势力逐渐深入我国农村，破坏了农村中以男耕女织为主要形式的自然经济，进而发展了农业本身中的商品生产，使中国的农业生产直接或间接依赖于世界市场，成为帝国主义国家工业原料的供给地，被帝国主义所控制。在抗日战争之前，我国不少稻田、麦田改种桑、棉、甘蔗、油桐，因此粮食产量大受影响，要大量进口洋米。在帝国主义的压迫和掠夺下，农村里封建的租佃关系却得到维持。地主、豪绅、商人、高利贷者和帝国主义及其附庸朋比为奸，农业生产更加受到摧残，农村经济越发趋于破产，而农产物则全部被他们垄断。这便是今天中国粮食问题所以产生的根据。抗日战争爆发以后，这个根据受到战争过程中所发生的各种条件的影响，便使战时的粮食问题愈来愈严重。这些条件是产粮区域的沦陷和缩小、农业生产力的受到破坏（包括农村劳动力的缺乏在内）、敌人的掠夺和封锁、汉奸的走私资敌、空前扩大的农村高利贷资本对粮食的垄断、商业资本（游资）对粮食的囤积操纵、战时交通运输的困难、人口的畸形集中、通货的恶性膨胀等。"

李达拿起毛笔，把刚才所说的要点写在一张纸上，交给陈明，作为论文中关于粮食问题产生原因的提纲。

陈明问："先生，这些条件目前是不是正在转化为根据呢？"

李达思索好一会儿后，回答说："这还要看抗战形势的发展，才好断定这些条件是不是正在转化为根据了。”

陈明按照李达的意见，从马克思主义的立场、观点对中国抗日战争时期粮食问题所以产生的根据和条件做了历史的全面的分析，通过大量材料的深入分析来说明帝国主义经济的、军事的侵略和买办官僚资产阶级，以及中国封建势力对我国粮食在生产、交换、分配和消费方面所起的作用，列举战时各地因粮食问题所造成的广大中国人民灾难的事实，并初步提出了一些解决战时粮食问题办法的意见，最后明确指出，要彻底解决中国的粮食问题，只有实行反帝反封建的民族民主革命，实施土地改革才有可能。

大约在 1941 年 5 月间，论文定稿了。按照学校规定，论文封面除了写上题目、学院系别、学生姓名等外，还要写上指导教授的姓名。

李达看过陈明的论文之后表示满意，但对他说：“李达这个名字太敏感了，不要把我的名字和你的名字连在一起，这会引起当局注意的。这样吧，我已和社会学系主任胡体乾教授谈过，改由他来当你的指导教授。”说着，李达拿起毛笔，把自己的名字涂掉，写上“胡体乾”三字。

陈明有些不解和不情愿，李达对他说：“你们班陈丽群同学的论文是由我指导，也改写为胡教授的名字。”

6 月，四年级学生快毕业时，陈明来找李达，有些委屈地说：“胡主任曾说过，我毕业后准备留我在系里当助教，但不知什么原因，留了另一位同学。听说先生您昨天也接到解聘的通知，同学们都因此而抱不平。”

“不继续聘我，我早有准备。”李达安慰陈明，“你不在系里当助教未必不好，年轻人嘛，不妨到社会现实中去多做些实际工作，不要停留在学校小范围内禁锢了自己。”

“先生是因何而被解聘的?”

“我是被国民党的 CC 系头子之一、教育部长陈立夫亲自下令解聘的。陈立夫曾经多次找我谈话，其实是警告，有一次谈了几个钟头，上自天文，下至地理，古今中外旁敲侧击，最后归结到一点，就是想说服我放弃对马克思主义的信仰和宣传。但几次都被我反驳得体无完肤，以彻底失败而告终。这回他听说我到了中大，恼羞成怒，坚决要解聘我。”

许崇清校长特地到李达的住所来看望，对校方迫于压力没能续聘李达表示深深的遗憾。窗外的阳光透过叶缝，洒在桌面上，形成斑驳的光影。

李达轻轻摆手，他的声音平和而真诚：“许校长，不必自责。我明白您在中大迁校之初的雄心壮志，想要将这里打造成文化运动的圣地。虽然现实的限制让您的计划未能完全实现，但您所做的一切，已经为中山大学的学术自由和进步精神奠定了坚实的基础。我总结了四条较突出的成绩，不知对否?”

“但闻其详。”

李达扳着手指说：“第一条，聘请王亚南、石兆棠、梅龚彬和洪深等知名进步教授；第二条，兼任研究院院长，讲授辩证唯物主义与历史唯物主义；第三条，主持举办多场学术讲演会；第四条，提议由中山大学牵头，搜罗孙中山先生的资料，建立中山文献馆。”

许崇清听着，眼中闪过一丝感动，心中充满对这位即将离去的教授的敬意和不舍。

“知我者，李达兄也。从去年 7 月到今天，中大回粤一年来，随着大家流浪心情的安定和按部就班的建设，中大在广东又表现出固有的自由作风。不少港澳学生纷纷前来求学，学校招生人数激增，学生总人数由迁校时的 1761 人增加到 4161 人，其中光是来自香港的借读生就有近 150 人。各类教员也随之增加，全校总计有教师 374 名，其中教授有 183 名，副教授有 42 名，助教 97 名。正是有了你们这些知名教授的加盟，中大这块金字招牌才越擦越亮。”

许崇清深情地回应，话语中透露出对中山大学的热爱和对未来的憧憬。

夜幕降临，两人的谈话仍在继续。

在昏黄的灯光下，李达问起许崇清离开中大后的打算：“先生拟到何处任职?”

许崇清答：“省政府李汉魂主席建议我赴韶关主持第七战区编纂委员会工作。李教授能否跟我一起，李主席想请您帮他审阅《广东省经济五年计划》。”

李达只是轻轻一笑，婉拒了这个提议：“我还是回家养病吧。”

许崇清理解李达的选择，他知道这位教授不愿为权势所累，只愿在学术的海洋中自由翱翔。两人在夜色中告别，月光洒在他们身上，像是在为这段深厚的友谊画上完美的句点。

三

李达离开坪石后，回到他的家乡。生活虽然困顿，但从未屈服。他以摆卖香烟的小摊子维持生计，即使失业达 5 年之久，被特务监视，失去行动自由，他依然坚持著述，用笔尖继续他的抗争。

1942 年，零陵专员受陈立夫之命，试图说服李达放弃马列主义。

在一次宴会上，李达边喝酒边坚定地回答："我是有自己的坚定信念的，叫我轻易地改变立场，抛弃信念是难上难。"他的话语中透露出一种不可动摇的坚定。后来，他风趣地向友人谈起此事，仿佛在讲述一场滑稽戏，但他的心中却充满了对信仰的坚守。

1944 年冬，日本人的铁蹄踏进零陵，李达被迫外逃。

有人捎信给他，说："李教授，你懂日语，可以回来为日本人做事，他们需要你这样的人才。"

李达愤怒地拒绝："我决不做亡国奴！即使饿死、冻死，我也不会帮着日本鬼子做事，当汉奸！"

他的话语铿锵有力，如同冬日里的一把火，照亮黑暗中的希望。

1947 年 2 月，李达到湖南大学任教，当局试图限制他的教学内容，但李达在给学生讲课时，依然坚持用马克思主义观点阐述法律现象。

"要我不宣传马克思主义，办不到！"他的话语中透露出一种不屈的斗志。

1948 年底，全国革命胜利在即，李达身体康复，中共地下党转来一封信函，一看就是润之先生的手迹："吾兄为我公司发起人之一，现本公司生意兴隆，望吾兄速来加入经营。"

李达的心情无比激动，老友还在挂念着他。

李达辗转到达北平后，作为新政协的代表，被安排住在一家高级宾馆。

1949 年 5 月 18 日晚，一部专车将李达接到香山，毛泽东、刘少奇、周恩来、朱德四位中央领导一起接见了他，并共进晚餐。

晚餐后，毛泽东单独将李达留在自己的住所，叙旧谈心，直到深夜。累了，李达就睡在毛泽东摆满书的大床上，而毛泽东仍伏案看书，直到天明。

李达提出重新加入中共党组织的要求。毛泽东表示肯定，同意由他本人和李维汉等做李达的历史证明人，刘少奇做李达的入党介绍人。

不久，中共中央为李达举行入党仪式，特许他没有预备期。李达坚定地说："我决心为共产主义事业奋斗到底，鞠躬尽瘁，死而后已！"

中华人民共和国成立后，李达先后担任湖南大学、武汉大学两大高校的校长。他的著作《〈实践论〉解说》《〈矛盾论〉解说》和他主编的《唯物辩证法大纲》等书，用通俗的言语宣传唯物论，对普及马克思主义哲学思想起到了重要作用。

梅龚彬：传奇隐杰

一

1947年5月31日黎明，广州中山大学的校园沉浸在一片凝重的气氛中。天色微明，几名军警和特务悄无声息地潜入梅家，将梅龚彬和他的妻子龚冰若从睡梦中惊醒，无情地带走。长子梅向明目睹了这一幕，急中生智，从后门溜出，奔向校园的大钟，用力敲响，钟声急促而响亮，划破了清晨的宁静。

钟声如同集结号，师生们从睡梦中惊醒，迅速聚集，他们的目光坚定，步伐铿锵，将特警们团团围住。面对这突如其来的团结力量，特警们显得无奈，只得将梅龚彬夫妇释放，但他们的脸上写满了坚决，决不允许梅龚彬离开校园。

特务们的到来，源于昨日“五卅”纪念日的示威游行，梅龚彬的支持让游行的声势浩大，学生们高喊的口号“反饥饿、反内战、反迫害”，如同利剑直指国民党政府的心脏。

正当梅龚彬深陷困境，思考如何摆脱特务的严密监视时，一辆高级汽车缓缓驶来，停在了他的家门口。这是广州行营主任张发奎的专车，它的出现让在场的每个人都感到震惊。这位“张大王”可不是好惹的，军警和特务谁都不敢轻举妄动。

梅龚彬夫妇抓住机会，迅速登上汽车，逃离了被围困的校园，直奔香港。而这一切的背后，并非张发奎本人的安排，而是一位抗日名将的巧妙布局。

这位将军便是时任广州行营副主任的蒋光鼐，他听闻梅龚彬的困境，毫不犹豫地向张发奎借用了他的汽车，帮助梅龚彬脱离险境。

梅龚彬与蒋光鼐的深厚友谊，源自北伐时期的共同经历，他们在战火与信仰中结下了不解之缘。

那是 1927 年 3 月 20 日，梅龚彬受中共党组织指派，担任铁军第四军第十二师政治部主任，参加了“第二次北伐”，由此结识第十一军十师师长蒋光鼐等。同年 8 月 3 日，梅龚彬和郭沫若、杨翰笙、李一氓赶赴南昌，参加南昌起义，并任第十一军二十四师七十一团指导员。

此后，部队跟随叶挺南下，经历会昌、汤坑等战役，在流沙被打散，梅龚彬从汕头坐船撤退到香港，后又赴浙江组织暴动失败……

正是这个缘由，1941 年，时任第七战区副司令长官的蒋光鼐把梅龚彬推荐给国立中山大学。推荐梅龚彬的还有他北伐时的战友王亚南。

那是 1941 年底，梅龚彬在桂林接到王亚南从坪石寄来的信，得知中山大学决定聘用他，便向李济深先生辞别，赶赴坪石报到。

按常规，大学是在暑假前发出聘书的，梅龚彬却在寒假前接到聘约。他是在 1941 年 12 月正式到坪石任教的，薪额 370 元（当时副教授 270 元，讲师 150 元，助教 90 元）。他在中大足足教了近 6 年书，直到 1947 年 6 月被解聘。

可谁都不知道，梅龚彬还是一个 1925 年便秘密加入中共党组织的老党员。

梅龚彬和叶挺关系不错。1941 年初，梅龚彬本想参加新四军，因突发皖南事变，叶挺被捕，中断了这个计划。而在来坪石前，他还到乐昌县城，和隐蔽于此的八路军驻香港办事处负责人廖承志见过面，商讨起草国民党民主派纲领的工作。

1942 年 5 月，黑云压顶，中共南方工作委员会（简称南委）组织部部长郭潜在韶关被捕，旋即叛变，隐藏在乐昌的廖承志因而被捕，被秘密关押在江西泰和。随后，中共南委机关及所辖江西省委、粤北省委、广西省工委和主要交通站相继遭受严重破坏，包括南委副书记张文彬在内的一批中共地下党员被捕，给华南地区国共合作抗战蒙上一层厚厚的阴影。这就是有名的“中共南委事件”。

由于是和廖单线联系，廖承志被捕后，梅龚彬失去了和中共党组织的联系。

或许，党组织长达 6 年不“唤醒”梅龚彬，是想保护梅龚彬，好在关键时刻发挥作用。

当时在一般人眼中，梅龚彬是灰色文化人，是倾向于“左”的国民党民主人士。正是在这复杂的背景下，他很好地以教授身份在中大隐藏下来。

在中共情报史上有“抗战三杰”之说，即“怪杰”宣侠父、“英杰”陈希周和“隐杰”梅龚彬。而前面两杰因真实身份暴露，分别于 1938 年、1940 年被特务暗杀，只有梅龚彬看到了中华人民共和国的建立，并投入社会主义建设中。

二

那么在儿子眼里，梅龚彬是个什么形象？不妨先来读梅向明《艰难的岁月：记我的父母》。

> 父母是在大革命年代相识和结合的。他们结婚没多久，大革命就因蒋介石和汪精卫的叛变而失败了。从此以后，我们就在白色恐怖的统治下过日子。我是在父亲参加“八一”南昌起义和发动“浙东暴动”失败后出生的。按照湖北黄梅老家的家谱，我应排在“方”字辈，为什么我却起名叫“向明”呢？这说明父母当时多么盼望黑暗岁月早日过去，苦难深重的中国能早见光明。
>
> 1929年秋天，我还不满周岁，我父亲从上海去日本执行党中央交给他的一项任务。本来他应该很快就回来的，可是到了日本，就被捕了。约好回来的时间到了，我母亲抱着我去接船。眼看船上的乘客一个个都走了，但是还没见到我父亲，她只好失望地回家。下一班船她又去接，还是没有接着。这样连接了三次，同样都失望而归。后来邓颖超告诉她，我父亲被捕了。当时年纪轻轻的她还带着一个才满周岁的小孩，如何过日子呢？陈云和邓颖超等按月送些生活费，这才使她度过了最困难的日子。
>
> 我父亲在日本被关了两年，由于他在严刑拷打下始终没有暴露身份，日本统治当局没办法，不得不把他释放了。1931年他回国以后，又接受了党的安排去做国民党军队的工作。1934年，有一天我母亲突然决定把全家从上海搬到

松江，那时我还不到6岁，还不知道为了什么。到后来大了才知道我父亲到福建去参加李济深的人民政府，“联共反蒋”去了，我们家在上海待不住，为了躲避反动派的迫害，所以搬到乡下去避难。我父亲去了以后，家里经济困难，在松江可以节省一些开支。后来福建人民政府失败了，父亲逃亡到香港，我们就一直见不着父亲，家里的生活就靠我母亲来维持。有一天，我大妹妹突然发病了，由于无钱治疗，年纪轻轻就夭折了，我母亲当时哭得死去活来，以自己因为贫穷而不能救自己的女儿而深感内疚。一直到“西安事变”以后，国共重新合作抗日，我父亲才从香港回到上海来，我们全家也在1936年重新从松江搬回上海。

抗战开始不久，中国军队节节败退，我父亲也随着国民党政府撤退到武汉，我母亲则带着家人留在上海租界。1938年我母亲参加了进步团体“上海职业妇女俱乐部”（以下简称“职妇”），是该俱乐部10个理事之一、兼联络部部长。“职妇”实际上是中国共产党地下组织联系知识妇女的外围组织，主席是共产党员茅丽瑛，由刘宁一通过茅丽瑛来领导。我记得母亲经常带茅阿姨到我们家来，两人一谈就到半夜。当时，“职妇”联合上海文艺界人士（如上海剧艺社等）举办义卖演出，筹集款项支援抗日，她们坚持抗日、维护民族尊严的立场招来日伪的敌视，就在1938年的一个晚上，我母亲很晚才归来，我们知道一定是出事了。原来当天“职妇”开理事会，散会后我母亲陪着茅丽瑛走出会场，刚下楼梯要走上街道的时候，三个暴徒捆住了她们，随即开枪，茅丽瑛当场倒在血泊之中牺牲了，我母亲则幸免于难，有一部电影叫《七月流火》就叙述了这一史实。

以上事件以后，“职妇”就被迫解散了。可是我母亲并没停止抗日救亡活动，由于“职妇”解散以后，上海文艺界的进步人士缺少了一个联络中心，对于中共地下党组织也失掉了一个联系他们的据点。1940 年在“职妇”核心人物吴湄（知名话剧演员）等人的努力下，把一家濒临破产的梅龙镇酒家顶了下来，她们自己来办，由吴湄任经理，我母亲是管账的协理。从 1940 年至 1941 年底梅龙镇酒家就成为上海文艺界进步人士的活动中心。

梅龚彬，原名逸仙，字电龙，湖北黄梅人，一位五四运动中的热血青年，以笔名龚彬（化用爱妻龚冰若之名）书写了一段传奇。他 18 岁投身于五四运动的洪流，他的名字与武汉学联的发起人同列，成为时代的弄潮儿。

1923 年，他跨入国民党的行列，担任上海特别市党部秘书长，然而，次年初，他的人生轨迹再次转折，加入了中国共产党，成为徐家汇支部的第一任书记。五卅运动中，他以总指挥的身份，召集全市学生代表，被誉为五虎将之一，声名远播。

然而，1929 年的一次秘密行动，让他的人生轨迹发生戏剧性的转变。受共产国际指派，他赴东京与日本共产党接头，却不幸被捕，经历 16 个月的牢狱之灾。这段苦难的岁月，不仅磨砺了他的意志，更让他的人生走向一个新的方向。

1931 年 7 月，梅电龙重获自由，回到上海，他的身份已经“漂白”，成为中共的秘密党员，由潘汉年单线领导。他改名为梅龚彬，以大学教授和作家的身份，活跃在灰色文化圈中。他的外表整洁，举止诙谐，行事谨慎，行侠仗义，很快便结交了国民党民主派的领袖，如李济深、陈铭枢等，甚至在神州国光社中也占有一席之地。

1934 年福建事变失败后，梅龚彬随十九路军撤至香港，开始了长期卧底的生活。他在香港的寓所，成为中共反蒋抗日联合战线的一个地下机关，而他本人也成了同盟活动的中心人物。

梅龚彬的政论文章犀利而深刻，中国国民党革命委员会成立时的所有重要文件，都出自他的手笔。《中国国民党革命委员会成立宣言》更是被冯玉祥将军赞为“有诸葛武侯文风”，这让他赢得了李济深等人的深度信任。

抗战时期，梅龚彬的行李在长沙被烧光，面对这样的困境，他并没有沉溺于烦闷，而是念起了石达开的诗，用“我志未酬人犹苦，东南到处有啼痕”来安慰自己和他人，展现了他不屈不挠的精神。

三

1942 年，到中大教书，结束长年动荡的生活，应该是梅龚彬最开心的事。他租住在坪石镇的上前街 23 号，内进三间房，房东姓陈，房租每月需 70 元。当时物价：食米 1 市斤，上等，2.32 元；鸡蛋 1 个，0.5 元；火柴 1 盒，1.5 元；牙膏 1 支，12 元。

梅龚彬在坪石小镇的简陋居所里，笔尖舞动，书写着给远在上海的龚冰若的信。信中，他倾诉着对家人的思念和对未来团聚的憧憬。

不久，龚冰若便带着老母亲和四个孩子，踏上千里迢迢的旅途，穿越战火与封锁，来到粤北的山区小镇。1942 年的五一节，他们一家人终于团聚，那一刻，梅龚彬的心中充满复杂的情感。

他的喜悦中夹杂着忧虑，喜悦的是终于能与家人共享天伦之乐，忧虑的是自己的收入微薄，难以支撑起一家七口的生活。龚冰若深知丈夫的困境，但她不愿在上海忍受日寇的压迫，更不愿让孩子们受到日本帝国主义的奴化教育。即使坪石的生活艰苦，她也毅然决然地来到梅龚彬的身边。

龚冰若的到来，为梅龚彬的生活带来温暖和力量。她不仅在精神上支持丈夫，更在行动上分担家庭的重担。她不惜变卖从上海带来的贵重衣物，还不顾山道崎岖，到几十里外的宜章县中学教英语。老岳母则在家中操持家务，她的精打细算和量入为出，让这个家庭在艰苦的环境中也能过得舒适。

在坪石的岁月里，梅龚彬的家充满爱与希望。每当夜幕降临，一家人围坐在昏黄的灯光下，分享着彼此的故事和梦想。尽管外面的世界充满动荡和不安，但在这个小小的家庭里，他们找到彼此的依靠和力量。

后来，梅龚彬读儿子梅向明的文章，才知道妻子带一家人从上海奔赴坪石，是经历千难万险的，此事想来有点后怕：

> 不久太平洋战争爆发了，日本对英美宣战，并且占领了上海的租界，我们家在上海就待不住了。当时我父亲在广东坪石中山大学教书，我母亲不顾亲友的劝告，也不顾一路上可能遇到的困难，毅然带着一家老小六口人（包括我外婆、弟弟和两个妹妹），离开上海到坪石去。一路上共走了一个多月，对于我来说这是我一生中难忘的经历。当年我只有13岁，却是当时我母亲唯一可依靠的助手。我还记得在浙江的丛山中，我的任务是跟住一个挑夫，他挑的是我的两个小妹妹。我们是先从上海到杭州，然后从杭州郊外冒险偷渡

日寇的三道封锁线，逃出敌占区，然后步行到富阳附近。以上所述跟随挑夫的情景就是我们逃离敌占区时的写照。

在富阳上船以后，溯富春江而上，然后在兰溪上岸，再转乘火车到金华。在金华我们变卖了值钱的衣物，筹措了路费，然后继续上路。我们先在金华乘火车到江西鹰潭，在鹰潭转乘汽车，走了三天到达吉安。这段旅行使我有机会经过当年的红色苏区，如宁都、兴国等地，不过说实话我们已经没有心思去观光了。我们到吉安去，本来是想投靠当时在那里工作的姑姑，想在她那里住一段时间，和我父亲联系上以后，再去找父亲。但是很不凑巧，她已经离开吉安了。无可奈何，我们只好变卖剩余的衣物继续我们的行程。我们从吉安乘船到赣州，然后从赣州乘汽车又走了三天，穿过梅岭，翻越江西与广东交界的小梅岭，到达广东韶关，最后再从韶关乘火车到达目的地坪石，终于见到了我们久别的父亲。

这一段路，真是千里迢迢，历尽艰辛，一家老小能够平安健康地到达坪石，真是一个奇迹。记得我们离开吉安的那一天，正赶上敌机来轰炸，我们一家人正好在空旷地带，无处躲藏，没想到万恶的日本飞行员竟低空向人群扫射。当时我们只好趴在地上等死，等敌机过后，每个人摸摸自己的脑袋，觉得还活着，再看看身旁的亲人，没想到全都活着。当时全家那种庆幸的心情，真是难以用笔墨来形容，今天回想起来，当时要不是我母亲无比刚强的毅力和克服困难的百折不挠的精神，我们一家人是到不了坪石的。

到了坪石以后，全家总算与父亲团聚了，可是新的问题又来了。当时我们已经一无所有，要靠我父亲教书的薪水维持一家七口人的生活根本是不可能的。我母亲只好又出去找工作，终于找到与坪石邻近的湖南宜章县的一家中学去教书。坪石到宜章相距 30 里，中间还隔一座大山，为了全家的生活，母亲只好步行到那里去，平时住在那里，假日来回 60 里路翻山越岭，来看望全家。有时她身体不好，走不动，就由我来当坪石和宜章之间的通信员。

中山大学经济学系设有经济调查处和中国经济研究室，各建有一座独立房舍，树皮屋面竹织批荡墙面，两厅四房，教学采用集中分组制。经济学系可谓人才济济，有教授 6 人，副教授 4 人，讲师 1 人。他们是教授王亚南、梅龚彬、汪洪法、刘耀燊、梁晨、李肇义，副教授陈宣理、金根宪、朱荣慕、章振乾，讲师陶大镛。助教梁宏、罗湘林、郑启校、容璧、谭让、王义成。

按聘约，梅龚彬从 1942 年 1 月起在中山大学法学院经济学系任教授，承担经济政策和西洋经济史两门课程的讲授。他抓紧寒假时间突击编写讲义，新学期一开始就登上讲台。

在教书之余，梅龚彬萦系在心的是自己的组织关系问题。

廖承志被捕后，梅龚彬日夜盼望着新的联系人前来和他接头，可是，一直未见党组织派人来粤北找他。他想，组织上暂时不派人来联系，就是要他在中山大学扎下根，长期坚守岗位。在校教好书，广交朋友，就是他的任务。

梅龚彬在回忆录中写道："1943 年，在中共中央南方局的推动下，李济深着手筹建国民党民主派组织时，李章达参加了，我没有参加。从工作的连续性和对情况的了解来说，我继续做这项工作是合适的。但是，我是共产党员，一切行动都得听从党组织的指挥。在尚未同党组织取得联系的时候，我的任务是坚守自己的岗位，纪律不允许我擅自行动。"

尽管校内反动分子的活动十分嚣张，但梅龚彬主动团结那些倾向进步、学识渊博的教授，通过开展积极向上的教学吸引广大学生，让反动分子无法排挤他们。

每当暑期前换发聘书时，中山大学内的国民党和三青团反动分子就怂恿代理校长金曾澄解聘进步教授。金曾澄与梅龚彬并无深厚交情，却始终不同意解聘深受学生欢迎的梅龚彬。相反，法学院政治学系主任刘求南尽管是个后台很硬的反动分子，由于不学无术，1944 年被学生轰出校门时，金曾澄未予挽留。

要在大学讲台上站住脚，学术水平和教学质量是关键。梅龚彬经常在课堂上讲马克思主义政治经济学原理和社会发展史，很受学生欢迎。

在学生眼中，梅先生学问广博，不但能背诵鲁迅、郭沫若、田汉的经典作品，对中国古典文学的修养尤为深厚，能把《桃花扇》开场一直背下去。社会学系毕业生张克明回忆：

> 梅先生非常注意当时广州青年学生的思想情况，尤其对我进行了耐心的教育。他认为钻研马恩的经典著作，就是要抓住马克思主义最核心的东西，即要认清革命的阶段，要懂得组织革命的群众力量，从革命实践中，更深入地理解马克思主义的精神实质。因此，他劝我还应认真地学习列宁的两部著作，《社会民主党在民主革命中的两种策略》和《共产主义运动中的“左派”幼稚病》，以解决革命阶段和组织力量的问题。这一启发，在我思想中发生了极大的影响。我在他的引导之下，由他介绍参加了“中华民族革命同盟”。
>
> ……
>
> 广州沦陷后，日寇在广东沿海各县登陆，中山大学战地

服务团应怎样应付事变而改变工作方法呢？当时，服务团已离开商震部队，在衡阳与梅先生会合，梅先生认为坚持持久战，应在东江上游建立抗日根据地。为了找到地下党的关系，梅先生写介绍信，由方少逸去找叶挺，由我去找古大存和饶彰风……其后，龙川县党内有人叛变告发，我和另两位党员被捕入狱，也是由方少逸、梅先生通过蒋光鼐的关系，始得出狱……

梅先生工作很忙，和他谈话接触的人大都谈严肃正经的大问题，令人觉得他好似是很古板的人。我和他接触数十年，发现他不但对革命理论有特出见解，而且学问广博，尤其令我惊奇的是，他不但能背诵鲁迅、郭沫若、田汉的诗，而且能背许多古诗词，他能把《桃花扇》开场那首《蝶恋花》——“古董先生谁似我？非玉非铜，满面包浆裹。”一直背下去。在衡阳，我们服务团同志们和他住在一起时，他和方少逸的行李在长沙大火中烧光了，正在烦闷无聊时，他不时口中念念有词，我问他念什么？他说念石达开的诗，他将全诗念给我听，我现在记得其中的一句“我志未酬人犹哭，东南到处有啼痕”。因为我们相处惯了，正经的事谈完了，就要海阔天空地漫谈。他学识广博，议论风生，对中国古典文学修养极深，益觉他内心世界之可爱，境界之高尚。凡是与他相处较久的学生或朋友、同人，都会有此感受和体会。

张克明、方少逸都是梅龚彬的得意门生，此时他俩已毕业，成了梅龚彬的得力助手。

进中大后，梅龚彬处于隐蔽地位，只是在授课中用马克思主义理论来分析时政和经济，经常举办讲座和召开座谈会，分析和议论时局，解答大学生对中国和世界反法西斯战争时局最关心的问题，帮助他们消除恐惧心理，鼓励他们抓紧时间刻苦学习。

1942年春节过后，时任《中央日报》的主笔胡秋原来韶关，梅龚彬专门去看望了他。据胡秋原回忆：

> 日本偷袭珍珠港后，民国三十一年（1942）春，政府及重庆各界组织前线劳军团，我代表参政会到第三、第五两战区。2月，我们抵达韶关，住在疍户（水上居民）舟中。此时，广州中山大学已迁到坪石，在中山大学教书的龚彬兄闻讯特来韶关看我。相别几年，在船上畅谈半日，晚上又到附近赵一肩兄（原十九路军将领）家中用餐，并谈至深夜。翌日他才回坪石家中。这第四次相见竟是我们最后之一见。

1944年下半年，张克明来信邀梅龚彬去韶关谈心，两人见上一面。

张克明原在东江工作，曾因抗日活动而被国民党顽固派逮捕。梅龚彬得知张克明被捕后，即托蒋光鼐设法营救。张克明获释后，离开东江来到韶关，在广东省教育厅工作。他在省教育厅长黄麟书手下工作，处境困难，心情很不舒畅。

张克明的感受，梅龚彬是完全能够理解的，因为自己在重庆时也尝过这种味道。梅龚彬鼓励他顶住，目前应为坚守岗位而忍耐，遇到机会就赶快离开。

是年秋，王亚南应厦门大学之聘而离开坪石，梅龚彬接替了他的经济学系主任一职。

此时，日军为打通大陆交通线而疯狂进攻粤汉线，中山大学面临疏散问题，梅龚彬这位新上任的系主任，第一件工作就是安定经济系师生的情绪并组织他们有条不紊地疏散。

为打消人们的恐惧感，他在一次座谈会上做中心发言，分析了华南抗战的形势，指出日本帝国主义侵略军尽管气势汹汹，却存在着兵力不足的根本困难。他分析说："日寇的兵力只能用于进攻交通线，而我们反倒有了回旋余地。"

这篇发言稿后发表在赣州《正气日报》上。

四

1944年底，坪石沦陷前，中山大学师生分东西两路疏散。东路去兴宁、梅县，西路去连县。梅龚彬和法律系主任薛祀光选择了西路，因为他们的家属几个月前疏散去湖南临武县，而连县和临武县是毗邻的。对于坪石逃难这一段，梅向明印象深刻：

> 到了1944年秋天，日寇打通了粤汉线，坪石和宜章都沦入敌手。我们全家疏散到湖南西南部的临武县，躲在一个叫马侯岭的山上。这个山又高又陡，直上2000多台阶，从山脚走到山顶要一个小时。这时我已考入中山大学，所以跟随父亲疏散到当时中山大学集合地——广东连县去了。我母亲则带着外婆和弟妹留在山上，后来生活实在不能维持了，就到临武的一所中学去教书，来养活全家。

1945年初，春节过后，梅龚彬和薛祀光等从临武步行100多里山路赶到连县。中山大学教务长邓植仪指定梅龚彬担任法学院连县分院主任。在梅龚彬主持下，法学院很快恢复上课，基本上保证本学期的正常教学进度。

半年后，日本无条件投降。中大师生得以重回广州校园。

1946 年上半年，梅龚彬接替胡体乾，担任中山大学法学院代理院长，并由学校提名，经教育部批准，成为中山大学为数不多的部聘教授之一。部聘教授由教育部颁发聘书，聘期为两年。

1947 年 5 月 31 日清晨，大批国民党特务和反动军警闯入石牌大肆搜捕中大进步师生，并以“煽动学潮，图谋不轨”的“罪名”将梅龚彬夫妇逮捕。于是有了开头一幕。

梅向明回忆：

> 1945 年秋日本投降了，我们全家下了马侯岭，乘船沿北江南下到了广州。父亲仍在中山大学教书，母亲则在广州的一所中学教英文。可是反动派是不会放过我们家的，1947 年 5 月 31 日，特务半夜闯进中山大学到我们家把父母抓走。但是他们还没走出校门，就被中山大学的学生发现了。2000 多名学生把特务们团团围住，不让特务们离去。特务们不得已，先把我母亲放了，学生还是不罢休，坚持到天明，后来只好把我父亲也放了。我母亲当时非常机警果断，一方面由她出面与有关方面周旋，另一方面暗地让我带着父亲逃离广州，从中山县偷渡出境。
>
> 等我父亲到香港与党组织接上关系以后，她又带着全家离开广州前往澳门，这样，我们全家又一次脱离了虎口。在澳门期间，我们全家受到父亲好友柯麟、柯正平和马万祺等人无微不至的照顾。马万祺经常在经济上资助父亲办报（《文汇报》香港版）和从事革命活动，有好几次钱款是通过我母亲交给我父亲的。

梅龚彬踏上香港的土地，便与中共党组织重新取得联系。在一间简朴的茶室里，他见到了廖承志，这位刚从国民党狱中释放的战友，眼中闪烁着不屈的光芒。

廖承志一见面便激动地说："梅兄，你可知道，中共的'五一号召'已经激起了千层浪，各民主党派和无党派人士纷纷响应，这股力量，正汇聚成一股不可阻挡的洪流。"

梅龚彬眼中闪过一丝坚定："我当然知道，这份声明正是我起草的。"

廖承志赞许地拍了拍梅龚彬的肩膀："李济深先生对您的信任，可见一斑。现在，中共中央正筹划将各民主党派领导人安全送入解放区，筹备新政协。这任务，艰巨而又光荣。"

梅龚彬急切地问："那我的任务是什么？"

廖承志压低声音："根据周恩来同志的指示，这次护送任务由潘汉年、我还有您三人共同负责。您将继续留在李先生身边，确保他的安全。"

梅龚彬郑重地点了点头，他知道，这不仅是对自己的信任，更是一份沉甸甸的责任。

1948 年 8 月，护送任务开始了。梅龚彬和李济深先生一起出席一场公开宴会，晚宴的灯光下，他们的笑容中隐藏着即将启程的秘密。

当夜幕降临，他们悄悄登上北上的船只，消失在茫茫夜色中。

蒋介石得知这些民主党派领导人和民主人士突然离港的消息后，愤怒而又无奈。他对着特务头子大发雷霆，心中却明白，自己已经失去民心。

中华人民共和国成立后，梅龚彬担任了多项重要职务，他的身影活跃在国家的政治舞台上。1975 年 8 月 1 日，梅龚彬离世，留下《太平洋上之争霸战》等著作。

改革开放后，故友胡秋原先生从台北来到北京，专程看望梅龚彬的家人。

在梅龚彬的灵前，他深深地鞠了一躬。读完梅龚彬所写的回忆录，胡秋原这才醒悟过来，自己交往数十年的老友，原来是中共的秘密党员。

中共中央在悼词中，称赞梅龚彬为职业的革命家，但对他的称呼依然是“梅龚彬先生”，这是对他一生革命事业的尊重和肯定。

这里，不妨引马万祺先生 1992 年怀念梅龚彬所填的《风入松》作结：

梅花雨过尚留香，高洁自难忘。真诚敬重如师友，最堪夸道德文章。有幸忘年知己，同舟共济相匡。

世间恩怨怎衡量？人事几沧桑。长江后浪推前浪，看今朝国泰民康。夙愿功成何憾，神州续步弘扬。

卢鹤绂：第一个揭开原子弹秘密的人

别人不理解杜定友馆长为何爱书如命，作为学者，卢鹤绂却感同身受，有时一本书真的比黄金还贵重。

话说 1941 年 10 月 31 日，秋阳高照，碧空如洗。若在美国已进入深秋，天意微寒，黄叶飘飞，人们大清早起来，要披上一件厚大衣。而在南国香港仍是盛夏景象，男士们不少还穿短袖短裤，女士们更是一袭短裙“清凉”上阵。

此时，启德机场入关处，一位身穿大衣、显得有些臃肿的青年男子引起了安检人员的注意，被“请”到一旁接受检查。一摸那大衣硬邦邦的，好似“铠甲”，安检人员礼貌地请男士脱下大衣，发现大衣有二十几公斤重，里面缝满密密麻麻的口袋，装满了东西。

正是战时，中国内地物资紧缺，按照海关规定，乘客每人只能带 20 公斤的行李上飞机，但时常有人变着法子“走私黄金珠宝、药品等紧俏物资”，显然今天又抓了个“现行”。

让安检人员意外的是，那袋子里的东西竟然是一本本厚重的英文书，堆起来有半个人高。那男子显得有些不好意思，推了推金丝眼镜，解释说，自己是留美博士，学成归来，报效国家的，这些资料都是教学研究需要的教材。说着，连忙递上国立中山大学教授的聘书。

安检人员半信半疑地看着。同行的年轻太太帮着解释："我们从美国回来，带了一箱子书，早已超过 20 公斤。我们宁愿丢掉其他行李，可这些书是我丈夫的命根子，万万扔不得，只能出此下策。那袋子还是我亲手缝的呢。请先生通融通融，高抬贵手。"

安检人员被感动了，他们还是第一次碰到"走私"书的，查明他们身份真实无误后，破例放行了。

几小时后，飞机在广东南雄机场降落。原以为还会受到盘问，但安检人员看了眼国立中山大学的聘书，很快就放行了。直到这时，年轻夫妻才轻轻舒了口气，他们真怕这些千里迢迢从美国带回来的书被没收了……

看到这里，读者或许猜出来了，那"走私书"的男子就是卢鹤绂。

一

熟悉卢鹤绂的人都知道，他出生在沈阳，一个充满书香气息的家庭，父亲卢景贵，是那个时代中国首批赴美的留学生之一，一位交通机械领域的专家，与张学良有过交集；母亲崔可言，曾东渡日本，与秋瑾同窗，后来投身教育，培养了一代又一代的学子。

卢鹤绂自小便对自然科学充满浓厚的兴趣。1931 年，他随父亲来到天津，进入河北省工业学院的机电预科学习。不久，他以优异的成绩考入燕京大学物理系。卢鹤绂不仅在学术上有所建树，更在 1935 年的"一二·九"运动中，作为纠察队员，勇敢地护送着游行队伍，声援着古北口前线。

1936 年，卢鹤绂带着满腔的热血和对知识的渴望，远赴美国明尼苏达大学深造。在那里，他的才华得到充分的展现。

说起来很有趣，1937 年，一篇《中国人在称原子的重量》的报道，让卢鹤绂的名字登上了《明尼阿波利斯日报》的头版，他的照片和实验成果成为那个时代的焦点。

在明尼苏达大学的实验室里，卢鹤绂不仅发现"热盐离子发射的同位素效应"，更用他发明的"时间积分法"，首次精确测量锂 7 和锂 6 的天然丰度比，这一成果被国际学界沿用了半个世纪。

1939 年，卢鹤绂获得硕士学位，他选择了一个极具挑战性的课题——如何利用特大的质谱仪长时间积累出足够数量的铀核。3 年后，他成功设计制造出一台新型 60 度聚焦的高强度质谱仪，并以此研究成果撰写了博士论文。该论文被美国政府列为绝密资料，直到 1950 年才得以部分公开。

1941 年 8 月，卢鹤绂在取得博士学位的当天，与未婚妻吴润辉在明尼苏达市政厅登记结婚。他们的婚礼在美以美会教堂举行，整个教堂被甜蜜幸福的气氛所包围。

卢鹤绂在婚宴上宣布，他们即将返回祖国工作，这一决定引起在场亲朋好友的惊讶。

卢鹤绂解释说："我在还未完成博士论文时，即已收到国立中山大学代校长张云签发的教授聘书，是化学系的同学潘友斋将我推荐给中大的，他已学成回国。我现博士毕业了，是时候回国效力啦。"

面对朋友们的挽留，他坚定地回答："我知道我在美国有很好的前程和机会，但这方面的研究成绩再大，若不能为我的祖国所用，对我来说也没有任何意义。"

新婚之夜，卢鹤绂对新娘说："亲爱的，让我们一起回到战乱中的祖国，我要把毕生所学献给伟大的祖国。”

“亲爱的，我无条件支持你。”新娘吻了丈夫一下。

卢鹤绂和吴润辉的决定，虽然遭到亲友们的一致反对，但他们的决心已定。他们舍弃在美国的优越工作和生活条件，选择回到苦难深重、战火纷飞的中国。

新婚的第三天，1941 年 8 月 26 日，卢鹤绂与吴润辉携手离开他们生活 5 年的明尼苏达州。他们的脚步坚定而急促，仿佛能感受到祖国的呼唤。

5 天后，他们站在旧金山的港口，迎着晨光，踏上了归途。

9 月 3 日，他们登上“克利普方顿号”，这是一艘荷兰客货轮，也是当时最后一艘从美国驶往欧亚的船只。随着船只缓缓驶离，卢鹤绂的心中充满复杂的情感，既有对未知旅途的期待，也有对故土的深深眷恋。

在马尼拉，他们转乘另一艘荷兰船“姐妹郎卡号”，继续他们的海上之旅。海浪拍打着船身，卢鹤绂在船舱里给远在天津的父母写信，表达了他归国的决心：“我要回国，与国民共患难，报效祖国。”

然而，天津已沦陷，他们无法探望双亲，只能将这份思念深藏心底，选择经由香港返回。

10 月 5 日，当他们踏上香港的土地时，心中的重担似乎轻了一些。在香港短暂停留后，他们终于买到飞往广东南雄的机票。

在机场，卢鹤绂偶遇刚从德国归来的胡世华和夏好仁夫妇，两位学者的相遇，注定了一段深厚的友谊。

胡世华毕业于北京大学，1936 年偕同夏好仁女士赴欧洲留学。他在西威廉敏思特大学，完成了博士学位论文《伪布尔代数及拓扑基础》，提出了建立拓扑空间中“非完整的点”的概念和理论，此研究处于世界学术前沿。

胡世华向卢鹤绂透露乘飞机回内地的行李限制，即不能带超过 20 公斤重的行李。可卢鹤绂光是所带的专业书，就远超过此限制。

面对这一难题，卢鹤绂机智地想出了一个办法：他找出一件大衣，让吴润辉在内衬缝上一排排插袋，将宝贵的书籍资料巧妙地藏于其中。穿上这件特制的大衣，在安检时，卢鹤绂的这身装扮引起注意，便有了文章开头的一幕。

后来，他常常开玩笑说，自己就像是京剧里的武将，扎着“大靠”踏上归途，回到祖国怀抱的。

这段旅程，不仅是卢鹤绂与吴润辉的归国之路，也是他们心灵成长的历程。在波涛汹涌的大海上，在异国他乡的港口，在归途中的每一次偶遇，都成为他们生命中不可磨灭的记忆。

二

10 月 31 日，秋风送爽，卢鹤绂夫妇与胡世华夫妇一同登上飞往广东南雄的飞机。飞机在蓝天白云间穿梭，如同他们心中对祖国的无限向往。

第二天清晨，他们告别胡世华夫妇，踏上新的旅程。汽车在曲折的山路上颠簸，火车在铁轨上轰鸣，他们穿越广东的山川河流，终于在 11 月 2 日傍晚抵达中山大学所在地——坪石。

当晚，中山大学代校长张云先生为卢鹤绂夫妇举行欢迎晚宴。张校长亲自斟酒，举杯向卢鹤绂夫妇表达敬意，言辞中充满对卢鹤绂放弃美国优越生活、回国报效的敬佩之情。

宴会上，张校长介绍了中山大学在战火中迁至坪石的艰难历程，卢鹤绂夫妇听后表示，无论条件多么艰苦，他们都将尽职尽责，为国家培养人才。

宴会结束后，理学院院长康辛元带领卢鹤绂夫妇穿过夜色中的小河，来到理学院所在地塘口村。他们走进一间农舍，这是间久已无人居住的西厢房，灰尘密布，屋角挂满蜘蛛网，透着浓重的霉味。

康院长皱了皱眉头，说这里不比繁华城市，关切地询问他们是否能适应这里的生活。卢鹤绂笑着回答，再艰苦的条件也难不倒他们，他们会逐步适应新环境的。

卢鹤绂夫妇顾不得旅途辛劳，立即找来扫帚、水桶，开始打扫房间。很快，这间破旧的农舍焕然一新，东西放得井井有条。

住在旁边的物理学系主任方嗣棉来访，看到简陋的陈设，不禁感叹他们从天堂坠入地狱。

卢鹤绂却引用曹植的诗句回应："闲居非吾志，甘心赴国忧。"

吴润辉也微笑着表示，回到祖国，即使生活再苦，心里也是甜的。

卢鹤绂夫妇生活虽然艰苦，精神上却乐观充实。

吴润辉脱下旗袍，穿上布衣，挽起袖子，开始忙活。每天清晨，她都会过河到镇上购买青菜和生活必需品，回来后洗衣做饭，忙得不亦乐乎。

卢鹤绂教书归来，也帮着做家务，动手劈柴，嘴里还哼着京剧小调，享受着这份简单的幸福。

卢鹤绂不仅是理工男，还是位京剧迷。他曾在燕京大学参加国剧社，扮演《琼林宴》中的范仲淹，引起轰动。

在美国留学期间，他还参加宋美龄女士发起的抗日募捐活动，参与京剧演出。在坪石，卢鹤绂也多次参与京剧公演，慰问抗战中的师生，他的“京剧迷”的外号也因此传开。

10月的风，带着一丝丝凉意，卢鹤绂劈完柴，吴润辉的饭菜也已端上小桌。他们相对而坐，虽是粗茶淡饭，却吃得津津有味。

夜幕降临，卢鹤绂在微弱的油灯下备课，吴润辉则在一旁静静地作陪。简陋的农舍里，油灯的火苗跳跃着，映照出两人脸上的满足与幸福。

理学院坐落在塘口村，这里依山傍水，历史悠久。村前店铺林立，村后大塘映月，古色古香的建筑见证岁月的沧桑。卢鹤绂每天穿梭在这座充满古风的村落，感受着乡民们淳朴的生活。

一天，卢鹤绂教书归来，正巧遇到乡民们举行“出巡”的庆典。他们抬着伏波大将军马援的塑像，锣鼓喧天，绕村游行。

卢鹤绂好奇地询问，乡民们告诉他这是先祖传下来的风俗，每年都会举行，以示纪念。

“润辉，你看他们多热闹啊！”卢鹤绂指着游行的队伍，笑着对夫人说。

吴润辉也忍不住笑道：“是啊，这里的风俗真是别有一番风味。”

在塘口村，卢鹤绂夫妇还遇到一种四脚蛇，开始时吴润辉有些害怕，但渐渐地也就习以为常了。卢鹤绂在教书的路上，时常看到田边的蜈蚣，虽然样子吓人，但也成了他们生活中的一部分。

村里的小庙众多，滩头庙、罗家庙、田心庙、经堂庙等，各有特色。理学院物理系就设在滩头庙中，卢鹤绂每天在这里给学生们讲授物理知识，用英语授课，深受学生们的喜爱。

随着时间的推移，卢鹤绂夫妇与村民们渐渐熟悉起来。村民们会给他们讲述塘口街市的传说，讲述朱信忠中军老爷的故事，讲述那些年商贾与乡民之间的趣事。

塘口村朱家，早先是集市，有一条小街，两边皆是店铺，多为湘南及外地商贾经营，市面繁盛。外地商贾财大气粗，看不起该地乡人土里土气邋里邋遢，时常耻笑他们。到了明朝，村中出了个中军老爷，名叫朱信忠。有一年中军老爷回来村里，听说了商贾无礼之事，便有意整治他们。中军老爷离村时，下令轿夫横着抬轿过街，无奈那小街狭窄，哪里容得官轿横过。过不得就拆屋。于是街边店铺被拆得七零八落。商家见势不好，只得搬家走人，到隔河的平石村做生意了。塘口村因而就冷落下来。

朱氏祠堂现成了学生们的大课堂，每日师生进进出出，煞是热闹。

1942 年暑假，怀孕 9 个月的吴润辉快生了，可坪石镇只有接生婆，没有西式医院，这让卢鹤绂夫妇一时感到无措。

这时，胡世华夫妇来访，他们已经育有两个孩子，对这方面颇有经验。

“鹤绂，湖南耒阳湘雅医院有我一个朋友，那里条件不错，你们可以去那里。”胡世华建议道。

卢鹤绂望着吴润辉，关切地问：“润辉，你觉得呢？去耒阳好不好？”

吴润辉温顺地点头：“行，听你的。”

于是，在胡世华夫妇的陪同下，卢鹤绂夫妇乘火车，迅速赶往耒阳。

7 月 9 日，在湘雅医院，吴润辉顺利生下了一个大胖小子。

卢鹤绂激动地抱着孩子，对吴润辉说："这孩子在耒阳出生，就叫他耒儿吧。"

吴润辉表示同意。耒儿后来取学名叫卢永强。

夏好仁主动在医院陪床，照料产后的吴润辉和孩子。而卢鹤绂和胡世华则在一家小旅社住下，每天步行到医院探望。

整个暑假，胡世华夫妇一直陪伴在他们身边，给予无微不至的关怀，直到产妇出院。

趁着两人难得在一起的时光，胡世华还向卢鹤绂介绍自己正在研究的《人造的语言》，探讨了数理逻辑的奥秘。

卢鹤绂表示赞赏，认为胡世华是中国数理逻辑研究的佼佼者，前途无量。

一个月后，卢鹤绂携妻儿返回坪石。新学期开学了。

三

当卢鹤绂的身影出现在理学院的门口，新任院长何健便迎了上来，语气中带着几分期待："卢教授，您在明尼苏达大学的成就，我们早有所闻。学院地质系亟须开设地球物理探油术的课程，不知您能否担此重任？"

卢鹤绂微微颔首，眼中闪过一丝坚定："何院长，我愿意接受这个挑战。"

夜幕降临，卢鹤绂的房间里灯火通明。他埋首于书堆之中，翻阅着资料，准备着新课程的教案。不久，他便站在讲台上，面对着地质系的学生们，用清晰的条理、通俗的语言，将复杂的知识娓娓道来。

一个学期过去了，学生们对卢鹤绂的课程赞不绝口。年底的考核成绩斐然，理学院为了表达对他的感激，在坪石镇的一家餐馆设宴。学生们闻讯而来，纷纷向卢教授敬酒，表达他们的敬意。

然而，学生们不知道，卢鹤绂夫妇的生活十分艰苦。在那个小小的农舍里，屋外环境恶劣，积水腐臭，白天苍蝇成群，晚上蚊子结队。这年秋天，幼子生了一身热疮，吴润辉染上恶性疟疾，卢鹤绂本人也生病了。

一天，他们一家三口艰难地来到小诊所，医生开了药，卢鹤绂坚持抱着孩子回家。不料，吴润辉突然晕倒，卢鹤绂也因体力不支而昏倒，孩子在怀里大哭。

附近的学生听到孩子撕心裂肺的哭声，前来观望，赶紧将倒在地上的卢鹤绂夫妇和孩子扶起，送到诊所。

妻子病倒后，卢鹤绂承担起全部家务，背着孩子劈柴、做饭，照顾着一家人的生活。晚上，哄睡孩子后，还要在油灯下备课。

尽管如此，他也没有耽误任何课程，学生们的学习成绩依然出色。

学生们喜欢卢鹤绂，不仅因为他的学识，更因为他的亲和力。

一次，有学生好奇地问："卢教授，您是留美博士，应该很喜欢西方文学吧？"

卢鹤绂笑了笑，眼中闪过一丝调皮："非也，非也。我更喜欢我们老祖宗的文学经典，《三国演义》是我的最爱。那书中的人物栩栩如生，情节跌宕起伏，美轮美奂。"

尽管卢鹤绂原本是实验物理学家，但战时国内缺乏实验室，他便转向理论物理，坚持最前沿的科学研究。

1942年4月，他撰写了《重原子核内之潜能及其利用》一文，全面介绍了核裂变的实验发现和理论认识，以及其大规模利用的可能性。

卢鹤绂在文中勾勒出“自持式核裂变反应”的雏形：“以应用言，此事尚须设法使中子自给作用实现于方便数量之铀，俾易司理其热量，否则一放不止，损失殊钜，危险尤大。若能得大量铀235分出，独利用热能中子，则事较易，唯其经济价值远逊于铀238。就现事而论，此种浓厚之能源必将有其特殊之用途，然吾人所至望之贱价燃料，求于此事，尚非可能耳。”

这是“第一个给中国读者全面介绍原子能物理知识及其应用”的科学文章，打开了中国读者的眼界。

四

前线告急，日军的铁蹄踏破粤北的宁静。卢鹤绂站在空荡荡的教室前，心中充满了无奈与忧虑。教学难以为继，他只得带着不舍离开坪石，辗转加入广西大学。

然而，命运似乎并不打算放过这位执着的学者。日军的炮火再次逼近，广西大学也被迫迁徙。师生们携家带口，一路向西，逃往贵州。

途中，他们遭遇土匪的劫掠，情势危急。

卢鹤绂挺身而出，他的眼神坚定，语气铿锵：“宁死于匪穴，不受辱于追寇。”他带上一位体育教师，决定亲自去“拜山”，与土匪谈判。

在土匪的山寨，卢鹤绂面对土匪头目，沉声说道：“日本鬼子已打进家门，烧杀抢掠，无恶不作，我特地从美国回来和大家一起抗战。我们是大学教师，途经贵地，前往贵州，请高抬贵手，放我们过去。”他从怀中掏出教授聘书，递给土匪头目。

土匪头目被卢鹤绂的气度打动，他看着手中的聘书，眼中闪过一丝敬意：“教授，您是条汉子！我们敬重您这样的人。”

他不仅没有抢劫，还请卢鹤绂和体育教师吃饭喝酒，并给他们每条船都挂上三角令旗，作为“特别通行证”。

船队在三角令旗的庇护下，一路北行，沿途的土匪看到令旗，纷纷让路。就这样，他们安全到达贵州榕江。卢鹤绂心中感慨万分，他没想到在民族危亡的年代，这些土匪也深明大义，尊重教授。

1945 年春，卢鹤绂又应浙江大学竺可桢校长之聘，经长途跋涉，来到黔北。在湄潭浙大所在地，他写下一篇揭开原子弹秘密的文章，预言“浓厚之能源”的“特殊之用途”。

1947 年，卢鹤绂发表《原子能与原子弹》和《从铀之分裂谈到原子弹》两篇文章，公开介绍原子弹的发明原理，国际学界为之轰动。卢鹤绂因此被称为“第一个揭露原子弹秘密的人”“中国核能之父”。

20 世纪 80 年代初，在上海科学会堂上，诺贝尔奖获得者、美国物理学家巴丁先生，在报告中高度评价了卢鹤绂的成就。“如果卢鹤绂当年留在美国，肯定会获得诺贝尔奖。”

1995 年，81 岁的卢鹤绂与学生王世明合作撰写的《对马赫原理的一个直接验证》在美国《伽利略电动力学》上发表。该文投稿《物理学刊》时曾被拒用，卢鹤绂并未气馁，他坦然地说：“我不过是把天空戳了一个洞罢了！”

“父亲把物理作为一种信仰，作为他生命的一部分，这也就是后来他成功的基础。”卢永亮在总结父亲卢鹤绂一生时说。

吴尚时：踏遍青山人未老

一

1939年的云南澄江，曾昭璇以优异的成绩考入了中山大学地理系。迎接他的，是当时年仅35岁的系主任吴尚时，一位精力充沛、才华横溢的年轻教授。他的课堂总是充满活力，学生们被他的热情所感染。

然而，命运的残酷在于，8年后，这位风华正茂的教授将因肝病英年早逝，成为中国地理界无法弥补的损失。

“小时候，家父吴荫民先生是我心中的英雄。”吴尚时在一次课上，深情地向学生们讲述他的童年，“他不仅学识渊博，而且为人正直，深受乡里人的尊敬。”

学生们聚精会神地听着，吴尚时继续说道：“家父是前清秀才，为人耿介正直，仗义倜傥，办事精明，德高望重，乡里发生什么纠纷，大家都请家父出面调解。他总是能够公正地解决问题，让所有人都心服口服。”

一个学生问：“先生，令尊重视新学吗？您的名字可是令尊取的？”

吴尚时的声音中带着一丝自豪：“是的，家父对于子女的教育既严格又开明，有‘心平行直’之庭训。他自考取秀才后，便不再迷恋科举，而是推崇新学，不仅在我家乡开平县桂芳里村兴办新式学堂，还到广州国立广东高等师范学堂任庶务主任，鼓励儿女们外出求学、谋生，开眼看世界。家父共育有儿女 7 人，除大女儿幼年早夭，他以‘鹰（英）雄志操时势’给我们几兄弟取名。我在家排名老五，因而叫尚时也。

“1915 年 7 月 12 日，广州开往开平的小火车半途突然遭到土匪劫持，车上百多名旅客被劫为人质，关在山中，受尽折磨。家父挺身而出，与土匪周旋百日，最终解救了包括我三个哥哥在内的人质。”吴尚时继续说道，眼中闪过一丝回忆的光芒，“父亲将这段经历写成《开平吴荫缘百日忧患记》，后被译成英文，发表在美国一家杂志，影响很大。”

吴尚时的学术之路并非一帆风顺。他曾酷爱文学，几乎读完了家里所有的古典小说。9 岁时随父亲到广州，就读于广东高师附校，20 岁时考上中山大学英语系。他选择英语，是希望将来能到国外留学，读到更多的西方文学经典原著。他大学毕业时成绩特别优秀，获金质奖章（全校只有 33 人获此奖）。但命运却让他从文科生转为理科生，这一转变对他来说颇为痛苦。

吴尚时回忆起自己的留学经历：“我如愿考取法国公费留学。当时主持中大校务的副校长兼地质系主任朱家骅，是柏林大学地质（哲学）博士生。他对我说，中大紧缺地理学人才，想到法国留学，必须答应一个条件，须攻地理学，学成后得回中大服务两年。虽然开始时我有些抗拒，但在法国里昂大学学习期间，我逐渐爱上了地理学。”

他笑了笑，眼中却闪烁着对知识的渴望：“当然，我并没有放弃喜欢的外语和文学。法国三年，我不仅完成地理学相关学业，获法国波多各大学硕士学位，而且精通英、法、德三国语言，能写会译，算是没有浪费语言天赋。1934 年秋，我学成归国，便被聘为中大地理系教授。”

中国近代地理学发轫于清末明初，而形成于 20 世纪 30 年代。吴尚时刚进中大时，有人质疑其专业水平，觉得他本科是英语，硕士却是地理，跨度有点大。吴尚时管不了这些闲言碎语，上课才一个多月，就带着学生罗开富等，成天到广州郊外跑，披荆斩棘，考察白云山的地质地貌，并细细记录之，没想到收获还很大。

原来白云山东西山麓并不对称，只是由于坡积物掩盖，他人难窥其真实面目，吴尚时通过实地考证，判断东麓为断崖层，东西麓不对称实为断层所致。这一发现，使白云山东西不对称原理找到了正确答案。有人私下议论，之前研究白云山的还不少，没想到让这个法国回来的留学生一下突破了。

20 世纪 50 年代，有苏联专家到白云山考察后，才得出相同结论。后来有记者采访曾昭璇，问苏联专家是否为第一个发现者，曾昭璇翻出吴尚时教授当年回国的第一篇论文《（广州）白云山东麓地形之研究》，呵呵一笑，咱中国人十多年前就发现了。

吴尚时有个学术习惯，在哪里教书，就在哪里就近搞考察研究。1937 年 5 月，他在广州市东南郊的七星岗南麓，发现了一组侵蚀地貌。

吴尚时站在讲台上，手指轻轻划过地图上的某个点：“经过研究，我判断这些都是古代海水侵蚀的遗迹。”他的声音中带着一丝兴奋，“这个发现，不仅证明广州市在四五千年前是一片汪洋大海，也为广州的历史增添浓墨重彩的一笔。”

学生们被他的发现深深吸引。

如今，广州七星岗平台是海蚀地形“古海遗址”，被列入广州市文物保护单位，并树碑纪念。这是尚时先生为广州做出的一大贡献。

二

1938 年 10 月，日军在大亚湾的突然登陆，让中山大学的师生们不得不仓促西迁。吴尚时只能暂避香港，心中满是对学术的执着和对未来的忧虑。

1939 年 1 月 15 日，吴尚时在香港的《星岛日报》上发表《广东西北江之形势》一文。他用笔尖描绘了中国军队在粤北的英勇，字里行间流露出对战士们的无限敬意：“这些镇守粤北的勇士们，是真正的英雄，他们足以让敌人望而却步。”

年底，吴尚时带着夫人李慰慈教授，从香港辗转抵达云南澄江，重新开始他的执教生涯。澄江，这座被群山环抱的小山城，虽有抚仙湖的美景，却也隐藏着生活的艰辛。

“这里虽美，但生活条件远不如大城市。”吴尚时在给朋友的信中写道，他的声音中带着一丝无奈。

战时物价飞涨，米价居高不下，生活的压力让许多人不得不放弃教学，转而从商。但在吴尚时看来，一旦从商，就意味着放弃了对学术的追求。他坚定地说：“我宁愿坚守学术，也不愿追逐铜臭。”

当时，日机经常轰炸昆明，为避难撤至澄江的人不少。当时中大理学院教师，分散居住在澄江附近东浦乡、六人庄、东龙洋等九处，联系很不方便。吴尚时与好几家人挤在一所破旧房子里，一只破烂箱子权当书桌，周围堆满零星什物，大人争吵和小孩玩跳喧闹之声充斥，入夜则蚊声如雷。

昏暗的煤油灯下，他目不交睫，不眠至曙，坚持着学术研究。妻子轻声劝他："休息一下吧，别太劳累了。"

吴尚时抬头，眼中闪烁着坚定的光芒："我正在用不同的语言调节脑筋，这难道不是一种休息吗？"

1940 年 10 月，中山大学迁回坪石，吴尚时继续他的教学生涯。

抗战已转入相持阶段，困难日甚一日，物质生活更不如昔。所居星子坪，家人常至十二三公里以外的坪溪籴米，翻山越岭，晨出暮归，习以为常。他沉痛地说，这种生活"是耶非耶，抑以牛马生活，已成习惯，不自知其为牛为马耶"？

"远看像要饭的，近看是搞地质的，仔细一看是中大地理系的。"吴尚时自嘲地说，语气中带着一丝苦涩，但更多的是对学术的执着。

这天在课堂上，瘦削的吴尚时，望着窗外连绵起伏的山峦，转身对学生说："同学们，书本上的知识固然重要，但实地考察才能让我们真正了解这个世界。明天，我们又要出发了。"

学生们面面相觑，有的眼中带着期待，有的则是无奈。他们知道，这又将是一次艰苦的旅程。

第二天清晨，天还未亮，吴尚时就带领着学生们踏上征途。他们穿着破旧的衣物，脚上是磨损的胶鞋，背上是装满简单食物的背包。一路上，他们穿过古道，攀爬陡峭的山坡，吴尚时总是走在最前面，鼓励着大家。

"看，那座山就是我们今天的目标。"吴尚时指着远方的山峰，声音里带着一丝沙哑。

午餐时，他们围坐在一棵大树下，吴尚时拿出几个煮得发黑的马铃薯，分给学生们："来，这是我们的午餐，简单却能填饱肚子。"

学生们默默地吃着，有的脸上露出苦笑。一名学生忍不住抱怨："老师，我们为什么总是吃这些东西？我们的生活能不能不那么艰苦？"

吴尚时轻轻叹了口气，缓缓地说："生活的确艰苦，但正是这些经历，让我们更加珍惜所学的知识，更加了解这个世界。"

夜幕降临，他们没有找到合适的宿营地，只能在山洞里凑合过夜。吴尚时的妻子在信中写道："亲爱的，我听说你又带着学生们去野外考察了。请照顾好自己，不要过于劳累。"

吴尚时读着信，心中涌起一股暖流，但随即又坚定自己的决心。他知道，自己的使命是传授知识，培养下一代的学者。

在澄江时期，吴尚时就染上疟疾，病痛时常折磨着他。在一次给丁锡祉先生的回信中，他写道："丁先生，我虽然身患疟疾，但仍然坚持工作。一旦病情好转，我就会立刻回到粤北，继续我的系务。"

三

在坪石镇，金鸡岭以其雄伟的姿态矗立于武江之畔，犹如一扇天然的屏风。从远处望去，它或如一堵高墙，或似一座孤峰，从空中俯瞰则宛如一条蜿蜒的巨龙。登顶之后，湘粤两地的山水小镇尽收眼底，而那独特的红层地貌更是吸引了吴尚时的注意。

他激动地对学生们说："这片山水，大有搞头！"

学生们记得，第一堂野外课就是在金鸡岭上的。吴尚时详细地介绍红层地貌，他的话语中透露出对地质学的热爱和对自然的敬畏。

“早在 1927 年，冯景兰先生等人就对这片土地进行首次现代地质调查，他们将那红色的砂岩和陡峭的丹崖命名为‘丹霞层’，并赞叹其为‘岭南之奇观’。1934 年，中大地理系四年级学生陈国达在完成毕业论文时，正式提出‘丹霞地形’这一学术术语，而金鸡岭正是这一地貌的代表。”吴尚时回忆着，“而今天，我们要继续这项研究，为地质学贡献我们的力量。”

随着学校生活的稳定，吴尚时与曾昭璇深入研究红层地貌，并发表多篇论文，为地质学的发展做出重要贡献。1978 年，曾昭璇首次使用“丹霞地貌”这一术语，使得丹霞山成为世界上同类特殊地貌的命名地，这是粤北山水对地质学的巨大贡献。

1941 年，吴尚时与学生司徒德卿在金鸡岭东南的考察中意外发现化石，这一发现填补此前十余年的空白，令他们欣喜若狂。

坪石镇地处南岭关口，吴尚时利用这一地理优势，对南岭一带进行全面的考察。随着研究的深入，他开始质疑“南岭”的存在。

南岭又称五岭，其名称最早见于《史记》，但具体名称一直存在争议。传统上，南岭被认为是长江与珠江流域间的分水岭，影响着气候和文明的交流。然而，吴尚时通过实地考察，得出一个惊人的结论：所谓的南岭山脉并不存在，而是一群山地，其间有许多通道，山脉的走向并非东西，而是多样的。

在吴尚时的眼中，华南的山脉并非简单的“南岭”，而是一条独特的“华南弧”。他通过野外观察和对军用地形图的细致检阅，揭示这一区域山脉的走向：在北纬 27°附近，山脉多呈南北走向；而27°以北，山脉则多呈北北东—南南西或北东—南西走向；27°以南，山脉则多呈北北西—南南东或北西—南东走向。这些山脉的走向合成一道向西突出的弧形，他将其命名为“华南弧”，并认为造山运动的力量是由东向西推进的。

吴尚时进一步将中国的山脉排列系统概括为“一带三弧”。“一带”指的是昆仑—秦岭山脉，它们大致东西横亘全国。昆仑—秦岭以北的山脉，走向多变，从北西—南东到西北西—东南东，再到西—东，最后是南西—北东或西南西—东北东，形成“蒙古弧”。昆仑—秦岭以南的山脉，在东部形成“华南弧”，而在西部，从藏北的大致西东走向，到川滇的北南走向，在北纬28°~34°一带，形成向东北凸出的“藏滇弧”。

这些观点，吴尚时与学生曾昭璇在20世纪40年代就已提出，与后来国际上用来解释其成因的板块学说颇为接近，显示了他们的前瞻性和科学洞察力。

除了山脉，吴尚时还深入研究水文和气候。

作为中国水文地理学的奠基人之一，他早在1934年回国后就开始翻译和讲授水文地理学，引起国内对这一领域的关注和研究。在坪石，他对北江流域进行系统研究，并与学生何大章、罗来兴等合作，写出《广东浈武二河之水文》《广东曲江潦患与预防》和《粤北之水力》等。还由点到线再到面，对粤北进行区域地理研究，先后写有《广东乐昌盆地地理纲要》《粤北国防根据地》《粤北四邑与南路》《县长与地理》《广东乐昌峡》和《仁化县地理》（英文稿，与曾昭璇）等。他的著作注重理论与实践相结合，为地方建设提供服务。

在吴尚时的努力下，中大地理系在坪石建立起水文站，定期发报水文气象资料，为当地积累了大量科学和物候资料。《水文气象简报》月刊的发行，不仅为省内相关单位提供了宝贵资料，也为中央气象局所征集，展现出其极高的科学水平。

《地理集刊》的创办，更是广东省乃至全国最早的地理学术刊物之一。即使在战时最困难的时期，这份刊物也没有停刊，甚至在经费紧张、物价飞涨的情况下，吴尚时通过教育部长的资助，使刊物得以继续出版，赢得广泛的赞誉。

1944 年，吴尚时与何大章合著的《广东省之气候》出版，成为中国第一部大区域气候专著，进一步巩固了他在水文地理学领域的权威地位。

四

天当房，地当床，野菜野果当干粮，这是中大地理人的常态。吴尚时，这位地理系的领头人，更是将这句话演绎得淋漓尽致。

“地理系对于学生之野外实习，非常重视。”《地理与旅行》的复刊号上，吴尚时的话语坚定而有力。他不仅是这么说的，更是这么做的。

曾昭璇回忆说：“余与师之遇也，时在澄江。”那时，地理系移居一山寺中，红叶满山，疏林梵磬。曾昭璇记得，他初见吴尚时时，他正手持竹杖，衣灰色棉衣，绑腿，状与荣军相类，却因那副水晶眼镜而显得与众不同。

“盖师非在野外工作，归家则静读，甚少与外间接触。”曾昭璇的话语中透露出对吴尚时的敬仰。

1941—1943 年，吴尚时带领地理系的学生们，坚持进行大规模的考察 20 多次。他们徒步穿越粤、湘、桂三省，从坪石到宜章，从郴州到桂林，每一处都留下他们的足迹。

野外考察，对吴尚时和他的学生们来说，是一次次与自然的亲密接触，也是一次次对自我极限的挑战。他们渴饮山泉，饿买番薯充饥，一天兼程数十里，背上沉重的仪器和标本，不畏艰难，勇往直前。

“文武全才，上马杀贼，下马写文章。”吴尚时戏称自己的野外考察。晚上，他们在昏暗的油灯下整理资料和写作，将一天的所见所感转化为文字，记录下大自然的奥秘。

1940 年冬天，吴尚时带领学生们赴乐昌盆地考察。北风怒号，寒气砭骨，高山上白雪皑皑，屋檐树枝冰针悬垂。他们冒着恶劣天气，终于完成考察任务。

“虽然蔚为奇观，但对我们来说却是苦寒。”吴尚时后来在论文中写道，这次克服千难万险的成果，让他对自然的敬畏更甚。

1941 年冬，吴尚时与曾昭璇赴粤北天塘高原及蔚岭山脉上象牙仙考察。天气严寒，山下平地结冰，山上积雪厚达 10～20 厘米。他们在山上破庙度过了整整三天，手足冻僵，令人难以忍受。

“野外考察难免有意外或突发情况，但遇事从不张皇，从容对付，化险为夷。”吴尚时的这句话，成为学生们心中的信条。

1941 年夏天，吴尚时与罗来兴同去南岳考察，途中遇上日军飞机在上空盘旋。两人被误以为是汉奸，遭“拘留”了一天一夜。直到中大校方去电解释，他们才获释放。

“这叫作‘文武全才’，不仅要有勇气面对自然，还要有智慧应对突发。”吴尚时对这次经历轻描淡写，但他的眼中却闪烁着坚定的光芒。

又是一个寒风凛冽的夜晚，吴尚时和曾昭璇被困在粤北天堂山顶。天色已晚，下山的路早已被黑暗吞噬，两人只好在一座破庙里栖身。

“看来，今晚我们得在这里过夜了。”吴尚时的声音在空旷的庙宇中回响，他尽力保持着平静。

曾昭璇四处张望，只见庙内四壁萧条，唯有几根破旧的柱子勉强支撑着屋顶。他苦笑着回应：“至少，我们还有这些禾秆。”

两人将禾秆铺在地上，当作被子，紧紧裹住身体，试图抵御透骨的寒冷。外面的风呼啸着，仿佛在诉说着这座山的古老传说。他们在这荒凉的庙宇中，度过一个难忘的寒夜。

还有一次，他们在野外考察时突遇寒潮，衣被不足以御寒。两人机智地将床板家什等物压在身上，以此取暖。这件事后来在师生中传为笑柄，但吴尚时和曾昭璇却只是相视一笑。

“这也算是我们野外考察的一部分吧。”吴尚时打趣地说，眼中闪烁着乐观的光芒。

有一次，吴尚时和曾昭璇在山中穿行，竟迎面遇上一只老虎。

“快，躲进这座山神庙！”吴尚时低声说，他的声音中带着一丝紧张。

两人迅速躲进庙内，屏住呼吸，直到老虎的脚步声渐渐远去。他们彼此对视，都从对方的眼中看到一丝庆幸。

吴尚时和曾昭璇还曾登上粤北瑶族地区的象牙仙山峰。这个山峰笼罩着种种神秘色彩，但经过他们的调查，发现这不过是一种铁质石英岩地形，并无怪异之处。

“看来，有时候传说和现实之间，还是有很大差距的。”曾昭璇感慨地说。

曾昭璇在野外考察中两次遇险，差点丢了性命：一次是在乐昌县境攀登瑶山时摔下悬崖，被瑶胞找土医救活；另一次是在南岳衡山考察时，他与吴教授双双从89米高的悬崖滚下，失去知觉……

“生命有时候真的很脆弱，但也很顽强。”曾昭璇在事后回忆时说，他的声音中带着一丝感慨。

1942年春，广东省政府拨款12万元委托中大地理系编绘广东省地图。吴尚时觉得此事关乎抗战，义不容辞，他立即行动起来，指派何大章前往省政府秘书处接洽。

“这是我们为国家尽的一份力。”吴尚时在动员会上说。

清光绪二十三年（1897）曾由两广总督张人骏主持编制一部《广东舆地全图》，共114幅，分总图和府州县图，为广东历史上最大型和最齐全的一部地图集。但该图袭用我国传统“计里画方”办法绘制，局限性很大，已不能满足广东社会经济发展需要。

吴尚时采用现代西方测量和制图技术，集中地理系师生的力量，仅用15个月，就提前完成编制广东省政治经济挂图和分县地图册。这部图件成为广东历史上规模最大的一项制图工程。

在制图中，吴尚时突破行政区划界线，使用地理学概念，创造性地将广东地理区划分为珠江三角洲、北江流域、西江流域、东江流域、韩江流域、六浥和两阳、南路、海南岛和远海各群岛。

“这是我们地理系的骄傲。”吴尚时在图件完成后对学生们说，他的眼中闪烁着自豪的光芒。

图件编写后，呈送广东省政府主席李汉魂过目。

据1942年10月15日《国立中山大学日报》报道，李主席“均极赞许。由该系主任吴尚时亲赴省府，提出最近10月8日，三、六、九次省务会议，解释该项地图内容，极为详尽。省府以该图工作浩繁，成就伟大，通过增拨35000元”。该图件后由广东省政府统计处付印。消息传出以后，“各方纷纷函电预约，远及青（海）、甘（肃）、新（疆）各省”云。

然而，由于日军的进攻和经费问题，这套地图集一度未能完成印刷出版。直到中华人民共和国成立后，广东才重新编制了内容相类似的地图集，即1966年编制的《广东省地图集》，包括自然地图、经济地图和历史地图，以及1982年编印出版的《广东省县图》。

“我们的努力并没有白费，它们为后来的地图编制奠定了基础。”曾昭璇在回顾这段历史时说，带着一丝满足。

五

吴尚时担任中大地理系主任的六载半，是中大历史上最为艰苦的时期。然而，他以坚定的信念和卓越的学术眼光，聘任一批学术造诣深厚的教授，不仅保持了中大地理系在全国的学术地位，更吸引无数青年学子前来报考。

“我聘任教授，只看他们的学问和对学生的热爱。”吴尚时在一次教职员会议上坚定地说。

这时，受聘的孙宕越教授，不仅自然地理课讲得生动有趣，军事地理的见解也独树一帜。留德归来的叶汇教授，在地貌学上造诣深厚，常带领学生外出考察，让他们亲身体验大自然的奥秘。吕逸卿教授擅长气象气候学，更开设战争地理课，受到学生们的欢迎。

“地理学不仅仅是书本上的知识，更是实践中的智慧。”吕逸卿教授在课堂上激昂地说。

澄江时期，尽管地理系远在大西南，但仍有不少学子负笈千里而来。曾昭璇、罗来兴、梁蕲善等人便是这时期的学子，他们后来都成为知名的地理学家。据统计，1929—1949 年，中大地理系一共毕业 131 人，其中属吴尚时当系主任时入学或毕业的有 82 人，占 63%。中大地理系实际成为我国近代地理教育在岭南的主要摇篮和科学水平的代表。

“无论多远，都不能阻挡我们求学的脚步。”曾昭璇在回忆录中写道。

战时物价飞涨，纸币贬值，即便是教授，吴尚时也感到生活的压力。他的四哥吴尚操在曲江省政府供职，收入稍丰，接济了他 3000 元。

但吴尚时并没有将这笔钱全用在家计上，而是拿出一部分来资助贫困的学生。

“很多学生家里很穷，能帮一点是一点。”吴尚时对四哥的疑虑解释道。

曾昭璇在大学毕业后，面临着就业的困难，一度萌生了转行的念头。

吴尚时得知后，给他写了一封信，信中写道：“昭璇，你的地理学基础已相当扎实，缺少的并不是专业理论和方法，而是实践经验。我希望你能继续在地理学的道路上坚持下去。”

曾昭璇阅信后，深受感动，决定继续追随吴先生，放弃了转行的念头。

曾昭璇1943年获中山大学地理学学士，1946年获中山大学人类学硕士，后随吴尚时到岭南大学任教。

记得1947年的一天，曾昭璇收到国际地理学会会长G. B.葛德石先生的邀请，推荐他到美国锡拉丘兹大学地理系任讲师。他兴冲冲地向吴先生报告。

吴尚时听后，沉吟了下，诚恳地说："昭璇，我认为你的实践经验比理论更为重要。留学固然好，但在国内的野外考察对你的成长更有帮助。"

曾昭璇初时有些不解，但最终接受吴尚时的意见，放弃了出国的机会，默默地在地理科学园地里耕耘。

他经常对自己的学生说："我一生从事教学，以敬师乐业为宗旨，正是受尚时先生的影响。自从我两次由陡崖掉下不死之后，始知为人师之重要也。"

1944年夏，日敌侵扰粤汉铁路，坪石告急。吴尚时携家眷与弟子们逃难，途中吴夫人产下小儿超羽。

"在这艰难的时刻，超羽的出生给我们带来新的希望。"吴尚时在日记中写道。

在逃难的路上，他们历尽艰辛，白天躲进山头草丛中，入夜睡在猪圈牛栏里。一次，小儿超羽几乎被日本兵发现，吴尚时急中生智，用棉被紧压在小儿身上……好在日本兵片刻离去，小儿才免于窒息而死。逃难群众被这位温文尔雅的父亲的惊人之举所感动，纷纷流下热泪。

"那一刻，我感到作为父亲的责任，也更加坚定我对地理学的热爱。"吴尚时后来回忆说。

就是在此艰苦危险的环境下，吴尚时仍继续从事考察与翻译工作。《南岭何在》《华南弧》《仁化县地形》，以及马东男《自然地理学·气候篇》即在此乡下完成。

1945 年 8 月 15 日，日本投降，中大开始从各地陆续迁回广州。吴尚时与曾昭璇、梅甸初等买舟南下，一路上欣赏河山之美，享受战乱后短暂的和平生活。

“战争虽然残酷，但它不能摧毁我们对知识和美好生活的追求。”吴尚时在船上对弟子们说。

六

1945 年冬季，广州城中，吴尚时的身影在中山大学地理系的走廊里渐行渐远。他卸下所有职务，转而投身于岭南大学文学院，成为历史政治系的一名教授。然而，岁月并未因他的转变而温柔以待，他的健康状况急转直下。

在云南澄江，一场疟疾悄然侵袭他的身体，引发腹积水症，这病痛如同不散的阴云，笼罩他近 10 个年头。医生的嘱咐如同风中的细语，他虽听见，却未能遵从。夜以继日，他笔耕不辍，却食不果腹，劳累过度，健康每况愈下，终至病入膏肓。

1947 年 9 月 22 日，清晨的细雨如丝，吴尚时在广州碧澄医院的病榻上，轻轻闭上了双眼，年仅 43 岁的生命之光悄然熄灭。临终之际，他心中充满未竟的事业和未了的心愿，言语中流露出深深的遗憾和悲伤。

他的六弟吴尚势站在床边，轻声安慰：“兄长，你的文章已经照亮许多人的道路，你的精神将永远流传。”

吴尚时微微一笑，叹息道：“我所书写的，不过是心中所愿的冰山一角。我的事业才刚刚起步，真是可惜啊。”他的目光转向身边的弟子们，语重心长地叮嘱他们继续前行，开创属于自己的未来。

随着他的最后一口气，理智的明灯熄灭了，一代地理学巨星的心跳停止了。他的故事，如同细雨中的广州城，湿润而深沉，留下了无尽的思念和敬仰。

黄际遇：文理兼精的博学奇才

“白日放歌须纵酒，青春作伴好还乡”，正好形容黄际遇先生此刻的心情。

那天是1945年10月21日，黄际遇仍记得7年前的今天，日本兵打进了广州，中大师生十分狼狈地离开石牌校园，这是中华民族的耻辱，也是中大人的耻辱。如今总算抗日胜利了，他颠沛流离了7年，又可以重返广州，重返校园，此心情是值得放歌纵酒的。

大概是上午8时，天阴阴的，不见太阳，人尚在途中。黄际遇看了眼两岸景色，对儿子黄家枢说：“刚过白庙，前面就是清远峡了，过了清远峡，广州城也就不远了。”

船是铁壳大木船，是学校专租的，坐了80余人，北江南流，顺风顺水，正切归心似箭之情，果真船头上有人唱起了歌，歌声嘹亮，是那种凯旋的。

黄际遇也想唱歌，或者吟诗，可忽然感到内急。船有点颠簸，风也有点大，他让家枢扶着自己到船尾去解手。家枢见父亲头发开始花白，忽想到他已是花甲之年，有点力不从心了。

黄际遇让儿子扶着腰，有些哆嗦地解开扣子，掏出家伙拉个痛快。

这时，船头有人喊：“有人落水了。”家枢不觉松开了手，探头看个究竟。

一阵风冲来，船身一阵摇摆，家枢想起了父亲，回头一看，一袭长影飘进江中，很快没入白浪中，不禁惊喊："父亲，我父亲落水了——"

"黄教授落水了，快救人啊!"

不少人拥进了船尾，教务处长邓植仪弄明原委，急令水手下水救人，重金有赏。水手磨磨蹭蹭的，似乎并不着急。

家枢自知犯下了大错，不顾他人阻拦，纵身跳入水中，两个水手也跟着下水。可水流实在太急，哪里得见黄际遇的踪影?

黄际遇就这样无影无息没入大江，此前无任何征兆。

噩耗迅速传到中大，整个校园沉浸在一片悲痛中……

一

有人说，民国时期的中大，有两个大师级人物，无人不知，无人不晓，一个是陈寅恪，一个即是黄际遇，而黄际遇因早年去世，渐渐淡出人们视野，连现在的中大师生，知道得也不多。

黄际遇是谁?一下也难以三言两语说得明白，不妨先读读散文家梁实秋的回忆文章，让人有个初步印象：

记黄际遇先生

> 先生字任初，广东澄海人。他性格爽朗，而且诙谐。
>
> 先生未携眷，独居第八宿舍楼上。闻一多后来送家眷还乡，也迁入第八宿舍，住楼下。所以这一所单身宿舍是我常去的地方。我经常是到一多室内打个转，然后偕同上楼去看

任初先生，喝茶聊天。潮汕一带的人没有不讲究喝茶的，我们享用的起码是“大红袍”“水仙”之类。任初先生也很考究吃，有一天他邀我和一多在他室内便餐，一道一道的海味都鲜美异常，其中有一碗白水汆虾，10来只明虾去头去壳留尾，滚水中一烫，经适当的火候出锅上桌，肉是白的、尾是红的，蘸酱油食之，脆嫩无比。此时主人方从汕头归来，携带潮州蜜柑一篓，饭后飨客，柑中型大小，色泽特佳，灿若渥丹，皮肉松紧合度，于汁多而甜之外别有异香长留齿颊之间。

任初先生有写日记的习惯，写在十行纸的本子上，永远是用毛笔写，有时行书，有时工楷，写得整整齐齐，密密麻麻，据云写了数十年未曾间断。他的日记摊在桌上，不避人窥视，我偶然亦曾披览一两页，深佩其细腻而有恒。他喜治小学，对于字的形体构造特别留意，故书写之间常用古体。他对于时下一般人之不识字深致感慨，有一次他告诉我某公高吟红楼梦的名句“茜纱窗下公子多情，黄土陇中佳人薄命”，把茜读作西。他的日记里更常见的是象棋谱，他对于此道寝馈甚久，与人对弈常能不用棋盘，即用棋盘弈后亦能默记全部之着数，故每有得意之局辄逐步笔之于日记。他曾遍访国内名家，棋艺之高可以想见。

先生于芝加哥大学数学系获有硕士学位。其澄海寓邸门上有横匾大书“硕士第”，真是书香门第，敦厚家风。长公子家器随侍左右，执礼甚恭，先生管教甚严，不稍假藉。对待学生也是道貌岸然。但友朋欢宴之间，尤其是略有酒意之后，他的豪气大发，谈笑风生。他知道的笑话最多，荤素俱全，在座的人无不绝倒，甚至于喷饭。

……

我离开青岛后一年，任初先生也南下到中山大学。抗战军兴，先生避居香港，中山大学一度迁到滇南，后又迁返粤北坪石，先生返校继续教学。三十四年抗战胜利，先生搭木船专返广州。一夕，在船边如厕，不慎堕水，遂与波臣为伍，时公子家枢奋不顾身跃水救捞，月黑风高，不见其踪迹。

先生博学多才，毕生劳瘁，未厄于敌骑肆虐之时，乃殒于结伴还乡之际，噫！

此文虽有删节，但把黄际遇性格开朗，幽默诙谐，爱喝酒、爱喝茶（潮汕人爱喝工夫茶）、爱写日记、爱下棋和博学多才的特征，一一描绘下来，可谓栩栩如生。

民国是出大师的年代，但多数大师偏重于文史哲方面，像黄际遇那样文理精修的可谓寥若晨星。他首先是数学家，其次才是文学家，既能在数学系上数学课，也在文学院上骈文和文学课。这与其深厚的国学“童子功”，又留学国外钻研数学的背景有关。

黄际遇出身广东潮汕名门望族，自幼饱读诗书，13 岁时便以秀才之名震惊乡里，成为同科考生中最年轻的佼佼者。广东学政张百熙对他青睐有加，赠予他《后汉书》以示鼓励，这部书也成为黄际遇一生挚爱，晚年著文时仍频频引用其文辞典故。

18 岁那年，黄际遇东渡日本，于东京高等师范学校数理科深造，成为日本数学巨匠林鹤一的得意门生。有趣的是，后来的数学大家苏步青也曾受教于林鹤一，按辈分算是黄际遇的师弟。黄际遇可谓我国最早以数学为主科留学的先驱之一。

归国后，黄际遇不仅参加京试，荣获格致科举人，更在民国成立后，受教育部派遣赴欧美考察，后入芝加哥大学深造数学，荣获硕士学位。

1923 年，河南省第一所大学——中州大学成立，校长张鸿烈力邀黄际遇执教数理系，兼任校务主任。然而，好景不长，1926 年，奉系军阀的铁蹄踏进了开封，中州大学陷入困境。黄际遇愤然离校，转而受聘于国立中山大学，担任数学教授。

1927 年，北伐军光复开封，黄际遇重返开封，受聘担任国立开封中山大学校务主任兼数学系教授，3 年后，出任该校校长，并兼任河南教育厅厅长，为当地的教育事业殚精竭虑。

然而，黄际遇的坚持与原则，在一次与韩复榘的冲突中展现得淋漓尽致。

时任河南省政府主席的韩复榘，是个喜怒无常、杀人如麻的大军阀。因不满学生闹学潮，他怒气冲冲地来到学校，要求黄际遇下跪认罪。

黄际遇挺直腰板，傲然拒绝："士可杀不可辱！"

韩复榘听罢，大怒："好，我就成全你！来人！"

四个凶神恶煞的警卫上来，就要把黄际遇押下去正法。

在场的河南省建设厅长，是一个跟了韩复榘很久的幕僚，知道自己主子的脾气，很担心他在气头上真的把这位名教授杀了，酿成惨祸。为了保护黄际遇，他不惜跪下求情。

韩复榘本来是一时怒火，见建设厅长跪下了，也便自找台阶，称刚才的话不过是玩笑话。

这次事件后，黄际遇对韩复榘的反感越发强烈，不久便辞去职务，转而投身于国立青岛大学，继续他的学术生涯。

二

1930年秋，青岛的海风带着咸咸的味道，国立青岛大学的开学典礼上，闻一多和梁实秋的目光被一位风度翩翩的先生吸引。他面带和煦的笑容，步履从容，身着朴素的布长衫和黑皂鞋，那便是新任理学院院长兼数学系主任黄际遇。

黄际遇的到来，与闻一多和梁实秋一样，都是受校长杨振声的邀请。杨振声，蔡元培的得意门生，将北大的自由学术气息带到青岛，促成了这三位学术巨匠的相聚。岁月流转，1932年，青岛大学更名为山东大学，黄际遇不仅继续担任数学系主任，更荣升为文理学院院长。

在青岛的岁月里，黄际遇与闻一多成了近邻，闻一多居一楼，黄际遇则在二楼。山东大学流传着“酒中八仙”的佳话，黄际遇便是其中的灵魂人物。他们八人，意气相投，常聚首畅饮，黄际遇更是以豪饮著称，酒后总能即兴吟出妙趣横生的对子。

一次酒后，黄际遇吟出：“酒压胶济一带，拳打南北二京。”虽是戏言，却也显露出他的豪情万丈。每当酒足饭饱，黄际遇便带领“七仙”造访潮州富商老乡蚁兴记，品茗潮州工夫茶。黄际遇乘着酒兴，传授茶道，让这群北方人领略了潮州茶的韵味。

胡适先生来访时，也被“八仙”热情款待，却因胡适手上的“戒酒”戒指，让豪饮变成笑谈。胡适回京后，一封“酒中八仙宜散不宜聚”的信，让这段佳话画上了句号。

谁能想到，黄际遇到青岛后不久，韩复榘也由河南省调任山东省政府主席。真可谓“不是冤家不聚头”。

韩复榘的到来，让黄际遇感到不快，黄际遇不愿在青岛仰人鼻息。1936 年，他决然辞去职务，重返广州。离别青岛时，他在日记中感慨："今大学讲师，无能背诵《大学章句》者矣。"而那些官吏与嚣世之士，却能倒背如流，却只是空谈，不修身齐家，导致政局败坏，民不聊生。

三

20 世纪 30 年代的中国，风起云涌，黄际遇，这位数学界的领军人物，足迹遍布大江南北。

那年冬天，黄际遇从开封启程，穿过上海的繁华，踏上南下的旅途。然而，命运似乎总爱和这位学者开玩笑，海上的风浪无情，轮船触礁沉没，海盗的威胁接踵而至。黄际遇虽然安然无恙，但他的著作、行李和日记却付诸东流。

但这一切，并未阻挡他的脚步，次年春，他依旧带着微笑，站在了中山大学的讲台上。

黄际遇不仅是数学理论的建设者，更是高校数学教育的推动者。在日本留学期间，他便开始翻译西方数学教材，填补了国内数学教育的空白。他的《论一》一书，被誉为敲开中国数学科学向纵深发展的大门。旅美数学家陈省身更是称赞他的《定积分一定理及一种不定积分之研究》为"世界科海一青灯"。

在中山大学，黄际遇的身影穿梭在各个教室之间，为数学天文系的学子们讲授微积分、代数、数论等课程。他倡导教师必须在教学第一线不懈历练，一专多能，他的教学生涯，如同他的数学理论一样，严谨而充满激情。

1936 年，黄际遇再次回到中山大学，新朋旧友纷纷邀请欢叙。时任校长黄巽特地邀请他到大三元茶楼用餐。那晚，黄际遇在日记中写道：“点心可口，粉面宜人，小饮盈樽，旷怀千里。”他对校长的尊重和雅意，感到无比感激。

1937 年的七七事变，将黄际遇从学术的宁静中唤醒。日寇的铁蹄步步紧逼，中国军队的失利，舆论的不实报道，都让他感到深深的不满和忧虑。他深知国民政府管制舆情，担心有人试图一手遮天。

广州的空袭，让黄际遇的生活陷入了动荡。在敌机的轰鸣声中，中山大学不得不分散上课，黄际遇冒着危险，坚持到各分散点上课。即使躲在防空洞里，他依然不忘读书，翻阅《资治通鉴》。

国家危难之际，黄际遇虽然郁闷，但依旧保持着镇定。他在日记中写道：“有棋可弈，忘却一切，人云饱受虚惊，我却漫无所觉，岂不善哉！”他的棋局，如同他的人生，充满了智慧和勇气。

1938 年，广州沦陷前，黄际遇曾一度避难于香港，后打听到中山大学已迁往粤北坪石，便于 1940 年 9 月重回中山大学。

是年 11 月 11 日，是中山大学到坪石过的第一个校庆。那天，校本部大门口的一副数字贺联特别醒目：“十有一月，旬有一日；礼仪三百，威仪三千。”

师生一见，忙打听作者是谁，竟是数学天文系主任黄际遇教授。

有人请黄际遇解读对联的准确含义。黄际遇摇头晃脑解释说，中山大学以孙中山先生的生辰 11 月 11 日（笔者注，实为 11 月 12 日，后来中大改正）为校庆日，上联所谓“十有一月，旬有一日”，即是 11 月 11 日；而下联典出《中庸》，阐释孔子对待学生的要求，既要礼节精微，又要心胸阔大，达到道德和行为的最高境界。

听者无不交口称誉，此联简练典雅，既巧妙点明校庆日子，又概括大学办学宗旨，真乃大手笔也。

四

黄际遇这位数学界的泰斗，他的教学生涯不仅在数字与公式间穿梭，更在文学的海洋中遨游。他的个性，如同他的教学，独树一帜，别具一格。

他爱穿粗布长衫，左右缝有两个口袋，一个细长，一个短宽，分别装着钢笔、铅笔或粉笔，以及他的眼镜。这种独特的装束，常常引得学生们窃笑，但黄际遇从不以为意，依旧认真授课，他的声音洪亮，声情并茂，课堂上的精彩演讲总能赢得满堂彩。

黄际遇的忙碌，是出了名的。在理学院，他开群论、实用数学、代数数论三门课程，常为备课忙到深夜。在文学院，他还开讲骈文研究等课程，因此即便是周末日，依旧能看到他在课堂上课的身影。

中大中文系主任龙榆生教授感慨："哎，数学系夺去我文学系名教授一名也。"

黄际遇认为，学问无界限，必须"泛滥各科，沟通文理"。他对文学课的备课，比数学课还要认真，深入研究音韵、文字、方言、训诂，圈点了《资治通鉴》《昭明文选》等书，还开设说文研究课程，其精辟见解，展示他在文学、方言学等领域的深厚功底。

黄际遇上文学课很是享受，乐此不疲，不计报酬，称“此义务功课，较诸受薪而为者，兴趣更浓”，甚至笑言“（数学）系主任可以不当，骈文却不可不教”。在课堂上，他随着抑扬顿挫的潮州口音，以手击节，用脚打板，两眼细眯，脑袋晃动。课室里总是座无虚席。

黄际遇的好友黄海章教授，也是一位沉默寡言的学者，但与黄际遇一起散步时，却能“说论生风”。黄海章在《黄际遇先生文集·序》中，赞美黄际遇的骈文造诣，称他为“当日号为作手”，并称赞他“勾通文理之郎，除先生外，校中无第二人”。

黄际遇的教学，虽然看似轻松，实则十分辛苦。他常站着讲课，一讲就是三个小时。骈文考试改卷，他让学生站在旁边，边改边批，手把手地教，让学生受益匪浅。

黄际遇书法水平颇高，始学颜柳，博览诸家，尤精碑学，形成健朗清癯、俊逸淳穆的书风。应人之请，他兴致淋漓作书，有时一日可多达 20 余幅。慕名求字者，络绎不绝。

最让人佩服的是，黄际遇坚持写日记，几十年如一日从不间断。他的日记内容丰富且不拘一格，形式多样，以中文为主，偶尔夹杂日、英、德语。行文灵活，或散或骈，还掺杂书信、对联、棋谱和方程算式，展现他丰富的人生经历和治学心得。

直到 2020 年，黄际遇先生的日记才由其孙女黄小安与何萌坤整理为《黄际遇教授日记类编》一书，由中山大学出版社出版。黄天骥教授读后评价：

> 日记全用文言写成，有时简约畅练，有时骈散兼备，其中不少是流丽典雅的骈文。看得出六朝辞赋，西汉文章，他均烂熟于胸，可以顺手拈来，随心驱使。在早年，他参加过

孙中山的同盟会，以科学救国为己任。在抗日战争时期，他看到山河破碎，悲愤不已，家国情怀，蕴积于胸。在日记里，他记录了许多珍贵的史料，也让我们看到民国初年和抗战时期，学坛中许多知识分子的思想状态和生活方式。所以，日记虽然是文绉绉的，却又是活生生的，是一部如诗如史的典籍。

黄际遇的日记，让人不禁联想到钱钟书先生用古文写就的《管锥篇》，也是一部内涵丰富、让人难读的“天书”。著名学者饶宗颐先生这样评述黄际遇先生和他的日记：

黄际遇先生，字任初，号畴盦，广东省澄海县人。先生自幼颖异，书过眼终身不忘。精力充溢，体貌俊伟似齐鲁人。其学长于数理解析，蜚声国际，尝发明一定积分定理，著有《Gudermann 函数之研究》《潮州八声误读表》《班书字说》，及《畴盦数学论文集》。门子弟遍南北。平居效李蓴客排日为记，举凡科学、文学理论、畴算演证，与所作骈散文章，及与人来往书札、联语、棋谱，靡不笔之于篇。小楷端书间，杂以英、德、日诸国文字。月得一册。其在青岛所记者，曰《万年山中日记》，曰《不其山馆日记》。广州所记者，曰《因树山馆日记》。在临武所记者，曰《山林之牢日记》。积数十年。其民二十年以前所记，惜于飞鲸轮古雷山遇难时全漂之海，今所存共五十四册，蔡孑民先生谓：“任初日记，苟付梨枣，非延多种专门学者，难与校对。”其精深博大，于兹可见。

今天的我们，无法领略黄先生在坪石山水间讲授南北朝骈文时的神韵，却可以从他的《金鸡山纪游》中管窥其文采。

金鸡山近在牖下，乘兴可往，不必聚粮。会吉林胡子筠岩来共□屐，往约子□不果，徐颂平黄庆华偕焉。渡河复渡河，步抵山麓，五里许耳。

迎面如壁，何处是终南山之径也？村童六七，方聚而嬉，籲其一人，为我前驱，披莽斩榛，径仅可辨。

横看成岭，侧看成峰，远近看山各不同。不识庐山真面目，只缘身在此山中。屡屡问童子，金鸡何处是也？昂首以望，峭拔百仞，极目无从，不可方物。

行一里许，折入山中。奇石断崖，缀成一片，中空如罄，裂处欲坠。颓垣赤壁，庶几似之。负壁而行，渐入深处。两岩夹道，有门焉。门去安在，犬吠已闻。此中纵有人焉，则又安所得水也。

转影入森林，山溜何泠泠，在坡中阿，涓涓不绝，以灌以溉，五亩之间。桑者闲闲，辟纑织履。斯亦井上之仲子，灌西之老父乎！叩之曰姓戴，宜章人。率妻子躬耕于此六载矣。山食略可自给，惟水源不克共十口以上。遂亦无后至者，予相来径，游者亦希。偶然相与，如宿缘焉。为具衣食，食以黄秫白菜。粒粒辛苦，菜根皆香。助以晚蕣之茶，长生之果，虽非陈酿，弥爱新汲。泉清而洌，回甘滋永，山居自有至乐，今人欲弃百事而从之游也。

童子曰，先生兹来，未穷其胜可乎？欲穷千里目，何惜马蹄遥？振衣高岗，荡胸云表。层峦叠嶂，奔凑肘下。当前异石，如蹲如鸣。仰焉欲飞，仰焉若□，过山河之百二，未睹斯雄。既风雨之晦冥，弥思君子。坐看云起处，不知日落时，比归暮色苍然。

此文从何昆亮的《读黄任初先生的〈金鸡山纪游〉》中得到。根据作者何昆亮注解：上文内容摘自黄庆华《坪石的余恋》（刊于 1945 年《旅游杂志》），文中的“□”为刊印本中辨认不清的字。原文前面有一段引文：“金鸡山是坪石的胜迹。坪石有了这个巍峨的石壁耸峙着，真是可以高傲。说来这一次的旅行是民国二十九年（1940）12 月 22 日的事，同行的黄任初老先生，曾经有过纪游的如下一段文字。”

顺便说一句，金鸡岭是学生常游之地。中大三年级学生何冠来在《游金鸡岭》一文中写道：“考试完相约金鸡岭登山。渡船泊在对岸，我们喊一声，船夫答道等一下就撑过来。因为他正在吃早饭。过了对岸，再走三四十分钟的山径，便到了坪石车站。”说明当时武江上并没有桥，要靠渡船。

吴汉晖因而在《武水远眺》中写道：“武水枫林绿映红，轻舟急潮去如风。残阳返照光虽艳，惟惜西沉入幕中。”

五

1941 年 7 月，许崇清被解聘中大代理校长一职，由教务长张云接任，初时还遭到不少师生的反对，引起学潮。黄际遇力挺张云，主动兼校长室秘书，协助张云治校。

在黄际遇的心中，张云不仅是他的得意门生，更是天文学界的璀璨明星。

张云，这位文理兼通的才子，以旧体诗寄情，与黄际遇心心相印。他早在1920年就赴法国里昂大学深造，天文学博士学位的荣光映照着他归国后的征途。1927年，张云在中山大学开启了他的教学生涯，食变星、物理变星的测光，造父变星的统计和脉动理论，他的研究，为中国天文学的发展描绘浓墨重彩的一笔。

张云的远见卓识，促使中山大学在1927年设立数学天文系，成为国内首家开设天文学科的高等学府。两年后，中山大学天文台的落成，更是标志着中国天文学的又一里程碑。1937年，中山大学在石牌新校区新建的天文台，面积是旧址的四倍，仪器先进，彰显学术的雄心。

1938年10月，广州沦陷的阴影下，中山大学不得不将珍贵的天文台设备紧急转移。在张云的学生邹仪新的带领下，天文台在战火中迁徙，最终在粤北坪石的塘口村后山，以简易的姿态，继续守望着星空。

黄际遇对天文学的热爱，让他对张云的成就赞不绝口。尽管张云在行政上略显生疏，但黄际遇，这位曾在河南担任大学校长的教育家，却以丰富的经验，默默支持着张云的工作。书札、题词、日常管理，黄际遇无一不亲力亲为，他的秘书身份，不是虚衔，而是对教育事业的深沉热爱。

张云深情地回忆："我在坪石掌理中大时，黄师慷然降尊，屈就记室，事无大小，莫不躬亲，职权所关，必谦虚研讨，减轻了我对事务的关怀，而增加了我奋进的活力。他常对人言：'青出于蓝，我当辅之，以成大业。'诚挚热烈的心情，令我感激到无可言状，唯有尽着弟子敬师之礼，事之如父而已。""我在职时一切的书札和题词，多由黄师代笔，虽片言只字，受者如获拱璧。夺他人之美，我常表歉意，而黄师却常引中国社会文字应酬之习惯以为解慰。嗣更以积极的鼓励，以代消极的慰安，说：‘有为者，亦若是，世上无不可之事，汝天赋高，努力多读多作，自然有成。’”

黄家枢曾问父亲：“何以做秘书?”黄际遇答：“以师入幕府，自古都有先例。”

在中大师生眼中，黄际遇的风趣幽默，使他在学术的严肃之外，更添了几分亲和。他的身材魁梧，相貌端庄，却从不以宿儒自居，反而喜欢讲述幽默的故事，让听者捧腹大笑。在嘉会之际，他击节而歌，声震屋瓦，激昂慷慨，尽显古燕赵豪士的风范。

然而，就在抗日胜利的曙光初现之时，黄际遇却意外“消失”。这位可敬可爱的大先生，在儿子的眼皮下离去，让人扼腕叹息。

老舍先生特撰挽联：“博学鸿才真奇士，高风亮节一完人。”黄际遇的一生，如同他的学术，博大而精深，他的精神，将永远激励着后人。

1945 年 12 月 16 日，广州国立中山大学旧校址小礼堂内，黄际遇的追悼会隆重举行，张云主祭，以教育部特派员的身份，向这位博学的学者致敬。1949 年，黄际遇的著作得以出版，书名《国立中山大学丛书　黄任初先生文钞》，这是对他学术生涯的最好总结。

1947 年 2 月 8 日，国民政府发布褒扬黄际遇的命令，这是对这位数学家的最高赞誉。

国立中山大学教授黄际遇，志行高洁，学术渊深，生平从事教育，垂四十年，启迪有方，士林共仰，国难期间，随校播迁，辛苦备尝，讲诵不辍。胜利后，归舟返粤，不幸没水横震，良深轸惜，应予明令褒扬，以彰耆宿。此令。

斯人已逝，风采长存。黄际遇的一生，是学者的一生，也是教师的一生。他的故事，如同他所热爱的数学和文学，充满逻辑与美感，也充满传奇与希望，他的人格魅力，赢得世人的敬仰。

丁颖：从“谷种佬”到中国稻作科学之父

1938年10月19日，西天乌云低垂，只剩一道金边。珠江码头，汽笛长鸣，丁颖气喘吁吁地向一条准备起航的柴油轮船奔跑，大喊着：“等等我——”

船上的人连忙对正在收搭板的水手说：“还有一个，还有一个！”

丁颖好不容易上得船来，一位瘦高个老师帮他取下身上背着的几个麻布包：“丁颖老师，您跑到哪里去了？日本人眼看就来了，您命都不要了，还带这么多宝贝？”

丁颖抹了把脸上的汗，打开包裹让大家一看，哪里有什么金银细软，除了种苗还是种苗。

面对惊愕的目光，丁颖拱手作揖说：“对不起，让大家担心了。昨天晚上，我到稻作试验总场，将今年夏天收获的400多个水稻品种包装好，忙到深夜；今日一早，又把几百个良种番薯种苗分类装包，恨不得把实验室里能带的种苗都带走。说实话，对于我们这些搞农学的，种苗可比命重要啊。”

一

在那个没有名门望族背景，也非书香世家的石塘村，丁颖这个普通农民的儿子，于 1888 年 11 月 25 日诞生。家中排行十二的他，从小就尝尽饥饿的滋味。他的父亲，虽是乡间的一介布衣，却有着非凡的见识，坚信文化是改变命运的关键，哪怕是借钱，也要让儿子读书。

中学毕业前夕，同学们围坐在一起，谈论着各自的梦想。有的想成为金融大亨，有的立志成为工程师，还有的渴望步入政坛或艺术殿堂。轮到丁颖时，他站起身，声音坚定而响亮："我，报考农科!"

同学们面面相觑，有人惊讶地问："你可是全优生啊，为何选择农科?"

丁颖眼中闪烁着光芒，他慷慨激昂地回答："我家世代务农，我深知农民的辛劳与苦楚。他们辛勤耕作，却依旧饥寒交迫。我要用现代科学的力量，改善他们的生活。我们，作为热血青年，应当为农民的温饱而努力。"

1916 年，丁颖以优异的成绩获得公费留学日本的机会。

然而，留学之路并不平坦。1919 年 5 月初，他即将毕业时，东京的中国留学生走上街头，声援祖国的五四运动。为抗议日本当局的血腥镇压，丁颖愤然决定，辍学回国。

回国后，丁颖担任广东省教育厅的督学。但官场的腐败让他深感无力，他意识到，只有继续深造，才能真正实现"科学救国"的梦想。1921 年 4 月，他再次踏上前往日本的旅程，考入东京帝国大学农学部，成为中国第一位研修稻作学的留学生。

1924 年秋天，36 岁的他，带着学位证书和满腔热血，回到了祖国。

回到广东后，丁颖在广东大学农科学院（中山大学农学院的前身）任教。他深知，作为一名教师，编写讲义是首要任务。他不想简单地复制外国的教材，但国内农科院系刚刚起步，参考资料极其匮乏。他开始向古人学习，从古农书中寻找关于品种、栽培的记载，同时也向身边的老农学习，汲取他们的实践经验。

一次，丁颖就水稻铲秧与拔秧的问题，向家乡的老农丁德才请教。在绿油油的稻田边，丁德才一边示范，一边详细解释，丁颖则认真记录，将这些宝贵的第一手经验融入自己的讲义中。

随着教学的深入，丁颖逐渐认识到，单纯的经验并不能等同于科学理论。他决心开展更为系统的稻作试验研究。

19 世纪末到 20 世纪 20 年代，中国农村的贫穷与饥荒触目惊心，广东作为缺粮大省，每年需要进口大量的洋米，耗费巨额的白银。农民的生活更是苦不堪言。

丁颖的心中，始终燃烧着革新农业、造福苍生的热情。他从研究水稻灌溉和吸肥规律入手，深入调查广东的粮食生产问题，撰写了《改良广东稻作计划书》和《救荒方法计划书》，建议政府每年拿出 1%的洋米进口税作为稻作科研经费。然而，这些建议如同石沉大海，迟迟没有得到回应。

面对残酷的现实，丁颖意识到，要实现广东的粮食自给，必须解决水利、肥料、品种和耕种技术这四个关键问题。而种子，作为农作物生长的基础，更是关键中的关键。他决定从培育并推广水稻良种做起，尽可能地帮助农民增产增收。

就这样，丁颖开始搜集、培育各种水稻良种的征程，成为中国水稻育种的先驱者之一。他的努力，如同那片他深爱的稻田，充满希望与生机。

二

在广州东郊，犀牛路的尽头，一株野生水稻在风中轻轻摇曳，它孤独而坚韧，就像丁颖自己。1926 年的某个清晨，他发现了这株被命名为“犀牛尾”的水稻，心中燃起探索水稻起源的火焰。

丁颖沉浸在古籍之中，翻阅《说文解字》，他的目光在“秔”和“穛”两个字上停留，仿佛穿越了千年，看到汉代的稻谷在田间摇曳。1927 年，他发表了《中国作物原始》，在学术界掀起了波澜。

1930 年，日本农学家加藤茂范对水稻的命名方法，让丁颖感到不满。他坚信中国是水稻的起源地。1949 年，他在《中国古来粳籼稻种栽培及分布之探讨与栽培稻种分类法预报》中，提出了自己的命名方法，尽管未被接受，但他并未放弃。

丁颖将更多精力投入水稻育种上，经 8 年多反复筛选，育成以中山大学校名命名的“中山一号”，创下世界上首例把野生稻抵抗恶劣环境的基因转移到栽培稻的成功试验。

回顾这 8 年，充满坎坷和探索。

1927 年春，他好不容易争取到政府 260 元开办费，又变卖祖产，拿出自己所有的积蓄，在老家附近的高州公馆圩，租下 20 多亩稻田，筹建了国内第一个稻作专业研究机构——南路稻作育种场。

育种场里，只有三个工作人员。白天，丁颖戴着草帽，高挽裤脚，和另外两名工作人员一起下田耕作。晚上，他们上床休息了，丁颖仍在油灯下伏案研究。他的身影在油灯下拉长，映照出他对科学的执着追求。

几年间，丁颖相继办起 4 个稻作试验场，广东成为中国南方的水稻育种中心。1936 年，他创造性地将印度野生稻与广东栽培稻“早银占”杂交，培育出世界上第一株“千粒穗”水稻类型。

1936 年 9 月，邓植仪在中大附中的开学典礼上，激动地讲述了丁颖的成就。

在讲话中，邓植仪总与农学联系起来，讲到丁颖育成的一穗 1400 多粒谷的稻禾时，激动地说，这株稻禾“实可称为嘉禾”，“这是破世界纪录的”，“通常广东收获，每一粒谷只可收实百余颗”，“在全国内最高成绩也不过 600 余”，“这一种 10 倍于通常收成的生产，要如何使它确立起来！能够确立了以后，广东粮食问题以至我国民生问题，都可以从学术上解决了！”

邓教授这番鼓励，让丁颖有些汗颜。

邓植仪却对他说：“丁教授，我一点也不夸张。说实在的，你创立了‘区制选种法’，在试验场所育出的良种，比当地原有品种增产 5%～25%。在这个饿殍遍野的年代，所增产的粮食，可是千千万万人的救命口粮啊。”

回国服务 22 年间，丁颖共培育出 60 多个优良水稻品种，并在两广地区推广种植，推广面积数千万亩。

他还把自己辛苦培育出来的水稻良种，提供给当地农民。农民只要用普通稻谷，就可以换优良品种，丁颖在每担稻谷，只象征性地多收一斤谷子。农民见丁颖完全没大教授的架子，一个个叫他“谷种佬”，显得特别亲切。

三

还是回望抗战时那段难忘的岁月吧。

在1940年的风雨飘摇中，中山大学农学院的迁徙如同一场史诗般的旅程。迁校前，因原院长邓植仪已任农林部技术总监，丁颖临危受命，出任农学院院长，肩负起引领学院渡过难关的重任。

8月的热浪还未完全退去，丁颖便接到迁校的命令。10月，他们终于抵达湘粤交界的湖南偏僻山村——栗源堡。这里的山清水秀，民风淳朴，却也隐藏着不为人知的艰辛与挑战。

11月20日，当晨光穿透山间的薄雾，农学院在栗源堡的复源村正式复课。丁颖站在古老的栗源书院前，心中涌动着复杂的情感。这座始建于1394年的书院，曾因战乱化为焦土，如今又迎来了新生。青砖青瓦，灰浆抹面，古朴典雅的气息中，似乎还能感受到历史的厚重。

师生们分散在堡城、留览、石波潭等地，借住在当地百姓的家中。他们的到来，给这个宁静的小山村带来了一丝喧嚣，也带来了新的希望。善良的栗源百姓用他们的宽厚与善良接纳了这些外来的师生，有的让出住房，有的出借用具，这份淳朴的乡情，成了农学院师生在异乡最温暖的依靠。

丁颖深知，师资力量是学院的核心竞争力。他不遗余力地增聘了汪厥明、王益滔、王仲彦等知名教授，以及赵善欢、黄昌贤等年轻教师。他们的加入，为农学院注入新的活力，也让学生们在战火纷飞的年代里，依然能够感受到知识的力量。

在丁颖的严格要求下，教师们认真授课，担任两门课的教学任务。学生们也必须修满 140 学分，完成农林场实习和毕业论文，才能顺利毕业。这样的制度，虽然严格，却也确保了教学质量，让学生们在实践中学会了如何将知识转化为力量。

为了解决教学实验场地的问题，丁颖与栗源堡的头面人士协商，划定狮子山附近的荒山荒地给学院垦殖。在这片贫瘠的土地上，师生们挥洒着汗水，种植绿肥，进行土壤改良，间种耐旱及耐瘠的作物，甚至种树。这片土地见证农学院师生的智慧和勤劳，也见证他们对农业科学不懈的追求。

省政府赋予农学院一个重要任务——负责稻种的推广工作。

面对战时粮食短缺的严峻形势，丁颖深知这项任务的重要性。他亲自跑到曲江，争取到省政府的补助款项，购得民田 50 亩，新设北江稻作试验田。在这里，他们与南路、韩江分场一起，为解决战时粮荒贡献力量。

1941 年 4 月底，丁颖接待了远道而来的李约瑟博士。陪同李博士的黄兴宗回忆：

> 我们也于 4 月 27 日离开了韶关，并乘火车于 10 点到达坪石。我们在那待了一周，访问了中山大学的不同学院，包括岭南农学院。中山大学是我们在中国访问过的最大的大学。在主校区，这有艺术学院、科学院、法学院、工程学院和教师楼，有将近 2500 名学生。农学院位于距离栗源堡 20 公里的地方。李约瑟对这两个农学院很受震撼，这里有很多有趣的研究工作正在进行中。我们拜访了蒲蛰龙教授、李翠英教授，他们在之后的岁月里成为中国控制虫害生物应用的先锋。

在栗源堡的岁月里，丁颖和农学院的师生们，用他们的智慧和汗水，书写了一段段感人至深的故事。他们不仅播种了知识的种子，更播种了希望和未来。

四

在20世纪30年代初的某个春日，丁颖站在讲台上，他的声音铿锵有力，穿透农学院的礼堂。他提出的农业教育理念，如同晨钟暮鼓，唤醒了在场每一位师生的心。他强调，农业教育不仅是为了振兴农业、复兴农村、安定农民生活，更是为了解决农业技术推广问题，提高民族文化素质。

“学农、爱农、务农”，这是丁颖经常对师生说的话，也是他身体力行的座右铭。

在栗源堡，他再次站在讲台上，这次他讲述的是“纯粹科学的农学观”。他的话语深刻而富有哲理，直指学农人心中的误区：

> 学农的人，带有一种极欠妥的理解：便是一入校门，即具有极大勇气，要将整个农业改造责任担负起来，要把数千年来民族文化之酿成品，历史演进之生产物，由自然环境及经济条件所选择淘汰之自然结果的经验农法，一掌推翻，而代以科学的理论的书本的现代的外国的新农法，所以看不起农夫，以为蠢笨顽固；看不起旧法，以为不合学理；看不起固有的农业制度，以为落后逆行。但是当我们农学者负起实际改造责任时，究竟通到什么程度？质之四十年来讲求农学的大家，不免哑然；质之现在的大家，恐仍不免哑然。然而质之未来的大家，若再哑然，则我们当初滥用的勇气，错误

的理解，也非从根改造不可。

假使我们冷静一点想想，则我们都知道农学是应用的科学，都知道要把所学用到某方面去的。那么，我们的学，我们的研究，自不能离开某方面而独立存在。换句话说，某方面的实际情形，便是我们学的研究的对象。假使我们实干时，三翻四复，用不着，干不通；那么，不通的责任，当然不属于对象，而在我们。假使我们确有责任心的话，我们自应归咎自己学的错误，而不要谩骂农村、谩骂农民、谩骂旧法，强把自己矜饰，把自己地位抬高，把自己责任放卸，便算了事。所以我觉得学农的要求：第一要认定，没有需要应用的对象，便没有农学存在余地之一点。不过“应用”两字，不限于经济收益问题。就我看来，要说农学是理论的纯粹的自然科学，也未尝不可。假使我们能够这样看，则我们的最后目的在“真”，我们中华民族文化所酿成的真的经验农业，究竟怎样？五千年历史演进的经验农业，究竟怎样？由各省各地的自然环境经济条件所选择淘汰的自然结果的经验农业，又怎样？假使我们能够就“真”的实际对象研究起来，自然会得到真的解决办法，也会得到真的改造效果，而且在纯粹的自然科学里边看不见的物种改造的秘奥，想不到的自然条件和生物的关系，管不了的复杂的农村经济情形，胥由我们研究应用科学之农学者就真实陈旧的经验农业中加以探讨。

随着中山大学农学院的到来，栗源堡这个昔日平静的小山村变得热闹非凡。院属社教委员会举办民众夜校，编辑出版《社声》壁报，设置民众阅览室。畜牧兽医系与湘粤两省农业推广繁殖站合作，通过举办耕牛健康比赛，推广农业新技术，提高当地耕牛的健康水平，促进农业发展。

师生们走村串户，下到田间地头，手把手指导当地村民采用新种子和新技术。他们的努力使得当地的水稻种植水平飙升至全省最高。宜章县政府专门划拨一块土地，在农学院的指导下，建立了柑橘场。这种立足底层、经世致用的中国教育精神，在抗战中得到新的发展与弘扬。

俗话云，不怕贼偷，就怕贼惦记。丁颖经常夹着鼓鼓囊囊的公文包，来往于农学院与校本部之间的山区，难免被人“惦记”。

一次，他在返回栗源堡的途中，遭遇了一伙强人。他们抢走了他的皮包、衣服和烟斗，甚至索取 5 块钱的“买路钱”。

丁颖被劫一事很快在十里八乡传开。当地人恨恨地说：“娘卖拐的，怎么连‘谷种佬’都抢?”

县政府得知后专门派人上门慰问，还给了丁颖 5000 元“压惊费”。

丁颖并没有接受这笔钱。他把大部分钱用于购买防治牛瘟的牛血清，剩下的则交给学院做研究。

后来剧情反转，有了圆满的结局。那些“强人”得知丁颖是帮助农民种田的“谷种佬”后，感到愧疚，主动将皮包和烟斗寄回，并附上一封简短的道歉信，连说“对不起”。

1944 年夏，日军扬言进犯粤北，气氛异常紧张。农学院开始为疏散工作做准备，改组公物保管委员会为疏散委员会，推举林亮东、杨邦杰、余蔚英、梁展文教授等组织购贮粮食委员会；

挑选师生工警人员组织运输及保护队伍，向中山大学校本部领用枪支准备自卫，对疏散地点做实地查勘等。

后来证明，这些措施使农学院在栗源堡遭受突然袭击时减轻了损失。

1945 年 1 月初，一支日军突击队突然出现在栗源堡一带，农学院奉令紧急疏散，分开两路，一路就近迁往连县，一路迁往广东五华县。丁颖沉着地将实验室种子就地转移，蒋英教授则将植物标本藏到十多公里外的坪游山村，躲过一劫。

抗战胜利后，这些珍贵的种子和标本被安全运回广州中大石牌本部，成为农学院宝贵的教学和科研资源。

五

中华人民共和国成立之初，年逾花甲的丁颖迎来了他人生的第二春。他再次被任命为中大农学院院长，肩负起重建战后农学院的重任。

面对满目疮痍的校园，他没有退缩，而是以一颗赤子之心，接受党和政府的重托。在短短两年多的时间里，他团结全院师生，不仅治愈了战争的创伤，更让农学院的教学秩序焕发了新的生机。

1952 年，随着全国院系调整的浪潮，华南农学院在中大农学院的基础上成立，丁颖荣任首任院长。1957 年，他又被任命为中国农业科学院的首任院长，并荣获中国科学院学部委员（院士）的殊荣，同时成为多个国家农业科学院的通讯院士、荣誉院士。周恩来总理赞誉他是“中国人民优秀的农业科学家”，这是对他一生奉献的最好诠释。

丁颖的生活朴素而勤俭。在粮食短缺的年代，他以红米和萝卜干的营养价值教导孩子们过着清贫的生活。每当饭桌上有饭粒掉落，他总会借机讲述“谁知盘中餐，粒粒皆辛苦”的道理。他十分爱惜公物，哪怕是实验田里遗落的一把镰刀、一根麻绳，都要一一拾起，送回仓库。

学生们为庆祝他的60岁生日，集资购买一只怀表和一支自来水笔，这两件礼物成了他身上最贵重的物品。

他的大女儿想考入广州的一所公立中学，尽管校长是他的学生，丁颖却坚持不写介绍信。小女儿高考时报考华南农学院，仅差两分未达录取线，丁颖同样坚持一视同仁，不给予特殊照顾。抗美援朝战争爆发后，他毫不犹豫地送两个女儿参军，展现他坚定的爱国情怀。

一次，中共广东省委书记陶铸同志来到丁颖家看望，见他的住所简陋，打算为他另建新居，丁颖当即婉言谢绝。“陶书记，我在这里过得挺好的。”

尽管身兼数职，丁颖依然坚持学术研究，重视论文的质量。他的《中国栽培稻种的起源与演变》一文，从1926年发现野生稻开始，经过31年的思考和征询，最终在1957年定稿发表。这篇论文的诞生，不仅是丁颖学术生涯的里程碑，更是他矢志不渝追求科学真理的见证。

1964年10月14日，丁颖因肝癌晚期病逝于北京。在生命的最后时刻，他留下一句让女儿丁和筠终生难忘的话：“我这辈子都没有懒过。”

中国农科院对他的评价是，在数十年的科研路上，他身体力行地体现着矢志为民、务实求真、身教以德、敬业乐群的精神，实现了自己“为农夫温饱尽责尽力”的誓言，无愧为“中国稻作之父”。

丁颖的学术精神和科研成就，激励着一代又一代的农业科学家。他的学生卢永根，于 1993 年当选为中国科学院院士。卢永根的学生刘耀光，也在 2017 年当选为中国科学院院士，书写了华南农业大学“一门三院士”的佳话。

丁颖常说：“真诚的科学工作者，就是真诚的劳动者。”这句话，成为他一生最真实的写照。

朱谦之：从北大怪人到百科全书式学者

一

1920年3月26日，北大校园里的春光格外明媚，但一封简短的信函却打破了这份宁静。信是北大学生朱谦之所写，他用坚定的笔触向教授胡适宣告自己的决定："朱谦之现在自决，从此以后不受任何等被动的考试了。"

朱谦之，这位福建考区的状元，北大哲学系的才子，曾以惊人的阅读量让图书馆馆长李大钊先生都感到惊讶。有人说，图书馆的藏书几乎被他翻阅了一半。尽管这可能只是夸张的传言，但朱谦之对知识的渴求却是有目共睹的。

"朱谦之，你又来借书了？"李大钊先生望着眼前这位光头又有点近视、爱穿蓝大褂的青年，眼中满是赞许。

朱谦之微笑着点点头："是的，李先生，知识是我唯一的追求。"

然而，这位酷爱读书的青年，为何会拒绝参加毕业考试呢？原来，受到美国学者杜威的影响，朱谦之开始反思传统的考试制度，他认为这是一种压迫，一种对学生思想的束缚。他决定以自己的行动来反抗这种制度。

“我不同意这种考试方式，它不能真正考查一个人的能力。”朱谦之在《北京大学·学生周刊》上发表的《反抗“考试”的宣言》中写道。

北大对这位青年的勇气表现出了宽容。代校长蒋梦麟在回复朱谦之的信中，虽然提醒他不参加毕业试将只能按肄业处理，但语气中充满尊重。

“谦之先生，你的选择我能理解，但规则就是规则。”蒋梦麟在信中写道。

朱谦之对此并不在意，他甚至嘲笑那些参加考试的人。但命运却给他一个意想不到的转折。12 年后，他成为国立中山大学的教授；32 年后，他更是回到北大，成为哲学教授。

朱谦之对学问的热爱从未改变。他经常去听胡适的课，并在课后到胡适家中请教。他对周易哲学和杜威的实用主义都充满兴趣。

“胡先生，我对杜威的哲学有一些自己的看法。”朱谦之在一次课后对胡适说。

胡适微笑着鼓励他：“我很乐意听到你的见解，朱谦之。”

五四时期是百年中国最让人心潮澎湃的年代，各种舶来品在中国大地纷呈出笼。朱谦之不是北大学生领袖，但他因经常发表言辞激烈的文章推崇无政府主义，与傅斯年、罗家伦、康白情、段锡朋等北大学生领袖的声誉和威望不相上下。崇尚无政府主义的吴稚辉认为朱谦之“是一个印度学者而有西洋思想。他的论调叫人完全可以否认，也完全可以承认”。陈独秀不以为然，说朱谦之是“中国式的无政府主义”，“是现实思想界的危机”。鲁迅专门撰文讽刺朱谦之的“反智说”。

当然，朱谦之的无政府主义主张也吸引许多年轻人，包括北大图书馆助理员毛泽东。

延安时代，毛泽东坐在窑洞里向斯诺娓娓道来自己成长心路历程时回忆到：“我读了一些关于无政府主义的小册子，很受影响。我常常和来看我的一个名叫朱谦之的学生讨论无政府主义和它在中国的前景。在那个时候，我赞同许多无政府主义的主张。”（《西行漫记》之《毛泽东访谈录》）

朱谦之生于 1899 年，幼时父母双亡，由姑母抚养成人，悲观情绪较重，常萌生自杀念头。废除考试的运动失败了，埋在心底的无政府主义理想告吹了，他极度失望，以至走向要自杀的境地。早熟的他这不是第一次自杀，他在 10 岁时就自杀过一次，在 17 岁时第二次自杀。第三次自杀不成，他便想做邹容式革命者，实践其自杀式革命主张。

1920 年 10 月 9 日，好友毕瑞生因上街发传单而被捕，朱谦之所作的《中国无政府革命计划书》从毕瑞生身上搜出。朱谦之决计与毕瑞生同生共死，主动到省警察厅投案，在牢狱做了赴死的准备，写下了《绝命书》。

在狱中 100 多天里，朱谦之仍不忘读书，先后读了《成斋易传》《仁学》《孙文学说》《革命英雄小传》《邱樊唱和集》和《劫后英雄略》等书，还秘密宣传革命理想，竟然感化了一名看守。

也正是这名看守把朱谦之绝食待死的消息传递出去，使得外面的学界同人展开营救，朱谦之于 1921 年初终获自由。

二

心怀理想的朱谦之，却在现实的泥沼中步履维艰。他曾梦想通过改造人心来改变社会，但现实的冷峻让他转向了佛教的慰藉。1921 年 5 月，他毅然离京南下，至杭州兜串寺，从太虚大师出家。

然而，出家的生活并未能平息他内心的波澜。在《反教》诗中，他宣布与佛门断绝关系，开始了他的江湖之旅。他的足迹遍布京、沪、杭，过着一种无拘无束的生活，同时发表了《无元哲学》《周易哲学》等文章，宣扬宇宙人生的真谛。

1923 年，朱谦之的生命中出现一道光——北大才女杨没累。两人的相遇，如同宿命的安排，两颗孤独的心找到彼此的慰藉。

“朱先生，您的思想真是深邃。”杨没累在一次书信往来中写道。

朱谦之回信：“杨小姐，是您的出现，让我的世界重新焕发了光彩。”

他们的爱情，如同一首唯美的诗篇。朱谦之曾激情澎湃地给杨没累写了一万字的情书，倾诉他的真情。“我的一万余言的披肝沥胆的真情，好像一掬清净之水，她所有的一切刚性傲性通被真情之流融化了！我们俩从此决定做那一双相依为命的‘更生之鸟’了。”

他们的感情迅速升温，5 月 18 日成为他们的定情纪念日。

然而，杨没累对爱情有着自己的理解。她追求的是一种无性之爱情，一种超脱尘世的精神之恋。他们长达 5 年的同居生活，虽有情人之名，却无夫妻之实。

“朱谦之，你不觉得这样的生活有些奇怪吗?”好友吴稚晖曾这样问他。

朱谦之淡然一笑：“爱情，本就是两个人的事。我和没累，有我们自己的方式。”

1925年，他们在西湖边的小屋里，共同研究音乐与文学。然而，幸福的时光总是短暂的。1928年，杨没累因病去世，留下了一首《荷心》诗，让朱谦之痛彻心扉。

“荷自清芬，露自晶莹，素心还比月华明。”朱谦之轻声吟诵着爱妻的诗句，泪水模糊了他的双眼。

为了纪念杨没累，朱谦之撰写了《中国音乐文学史》，将她的爱永远镌刻在文字之中。

对于杨没累这位同学加老乡，丁玲不无叹息：“那个时代的女性太讲究精神恋爱了，对爱情太理想了。我遇见一些女性，几乎大半或多或少都有这样的情形。看样子极需恋爱，但又不满意一般的恋爱。即使很幸福，也还感到空虚。”

这一年，丁玲的小说《莎菲女士的日记》发表，并因此敲开文坛的大门。小说中女主角莎菲，一边追求个性解放一边在爱情中又充满矛盾和痛苦。据丁玲所言，莎菲有一半原型出于杨没累，此外小说中的女孩毓芳更是直接排斥与男友的任何身体上的接触。这是赤裸裸的“杨没累第二”。

爱情没了，生活还要继续。1931年，朱谦之赴日本进修，潜心研究历史哲学。在日本，他首次接触马克思的辩证唯物主义，开启新的学术探索。

1932年，朱谦之回到中山大学，开始他长达20年的教学生涯。他的《现代史学》杂志，以“考今”为目的，用现代的思想来重新审视历史。

在中山大学的岁月，朱谦之的思想日渐成熟。他不再是那个充满感性的青年，而是以更加理性的视角来看待这个世界。

“历史，不仅仅是过去，更是现在和未来。”朱谦之在课堂上对学生说。

三

自1932年起，中山大学的校园里便多了一个身影——朱谦之。二十年如一日，他在这里历任历史系主任、哲学系主任、文学院院长等职。岁月的洗礼让他从一个充满感性的青年成长为一个思想成熟的学者。

在办公室内，朱谦之凝视着桌上的《现代史学》杂志，这是他出资创办的心血之作。他轻抚着封面，自言自语：“历史不仅是过去的回响，更是现代思想的映照。”

中大时期的朱谦之，学术成就斐然。他的著作等身，从《历史哲学大纲》到《太平天国革命文化史》，每一部作品都显露出他深厚的学术功底和独到的见解。

而在中大，朱谦之也重新找到爱情的归宿。何绛云，一位出身名门、深受新学影响的才女，走进他的生活。1935年7月，何绛云毕业之际，两人携手步入婚姻的殿堂。

“绛云，感谢命运让你出现在我的生命里。”朱谦之在婚礼上深情地说。

何绛云温婉一笑，回应道：“谦之，能与你并肩，是我此生最大的幸福。”

婚后的生活，尽管充满波折，但两人始终相知相守。何绛云放弃了自己的事业，全心全意支持着朱谦之的学术追求。在朱谦之心中，爱情不仅是生活的动力，更是学术创作的灵感之源。

岁月流转，朱谦之在《中年杂咏九首》中，用诗句表达了对两位至爱女性的感情。对于早逝的杨没累，他的诗句充满哀愁与怀念："中年哀艳可怜渠，造物劳人两地书。"而对于何绛云，他的诗句则流露出深深的感激与爱恋："中年且喜玉无形，鱼水生涯乐有家。"

在中山大学的校园里，朱谦之与何绛云的身影成为一道独特的风景。他们一起漫步在林荫道上，一起探讨学术问题，一起度过无数难忘的时光。朱谦之的学术成就，离不开何绛云的默默支持与付出。

"谦之，你的成就，也是我的骄傲。"何绛云在一次深夜的学术讨论后，温柔地说。

朱谦之握着她的手，感慨道："没有你，就没有今天的我。"

四

朱谦之自称书斋型学者，却在抗日救亡的浪潮中挺身而出。当九一八事变的炮声震撼着中华大地，他深刻地意识到，要救中国，必须从根本上着手文化复兴。

"文化，是民族的灵魂，是复兴的关键。"朱谦之在广州的一次演讲中，声音铿锵有力。他提出了"南方文化运动"，强调南方文化的本质是民族的无产阶级文化，对抗帝国主义的革命文化。

1937 年卢沟桥事变后，中山大学成立了御侮救亡会，朱谦之担任了文学院第三团团长。每当日本人的轰炸来临，他总是坚守在学校，即使周围的房屋倒塌，他也毫不动摇。

对于日本人的残暴，朱谦之是有亲身经历的："无论如何轰炸，只要学校上课，我是一定在的。1938 年五六月间广州大轰炸，我所住的前后左右，房屋倒塌不少，杀伤人的数目，更惨不忍睹。"

广州沦陷后，他随学校来到坪石，那里的艰苦环境并没有打败他。

1940 年，中山大学换了新的代校长许崇清，朱谦之被邀请担任文学院长。他本不愿意做官，后在张云校长的再三邀请下，他勉强接受了院长一职。为了表明自己的心意，他送给张云校长一本《不得已》，暗示自己接任院长的无奈。

尽管如此，朱谦之对学生的关怀和信任却无微不至。他总是把优秀学生的名字记在本子上，以免遗漏，并说："有才而无德，其才不可用。"他还设立了"谦之学术奖金"，鼓励学生们从事学术研究。

"朱院长，您的教导如同春风化雨，我们感激不尽。"学生们将一面写有"诲人不倦"四个大字的锦旗赠给了他。

朱谦之将写作思考视为生命，学术是他的根本。每当夜深人静，他还在书案前埋头苦读，思考着问题。一旦完成一本著作，他的脸上便会露出孩子般的笑容。

文学院原在乳源县清洞乡办学，后因地盘太窄，文学院借用镇东头小山岗铁岭上原铁路局一些房子做教室，条件有所改善。

文学院詹安泰教授致力古典诗词研究与创作，曾有诗书写当年的艰苦学习环境："危疑消息露风梢，不道重山复水遥；夏变雨晴天莫测，多生哀怨句谁骄。守残短焰余荒屋，响答霜钟起夜潮；真欲缄书寄乡里，横冈了了见春苗。地僻常时违节物，山深犹自啼忧嗟；离群盘岭艰羸马，乱日呼天只暮鸦。削稿可堪尊左衽，望台终古乐长沙；聊持气运与人财，苦楝当门正发芽。”

文学院下设中国文学系、历史学系、哲学系和外国文学系四个系，全院师生除一年级外共有154人，女生占了三分之一。

文学院的师生们在教学之余，还得提防日机的来袭。每当警报响起，朱谦之总是背上他的书稿，那是他最宝贵的财富。

“朱院长，您怎么只带书稿？”有学生好奇地问。

“这些书稿，是我的灵魂，是我的生命。”朱谦之微笑着回答。

即使是战时，朱谦之的著述也不少。在自述里，他写道：

我是一九四三年（卅二年）五月，从桂林回到中大的。一到坪石，便住在研究院里，开始整理我过去几年的著作和讲稿，并陆续付印各书，其中尚未出版者，在写“休假进修一年之工作报告”时约八十万言，曾举目录如下：

（一）《现代史学概论》共二十八万言，贵阳文通书局大学丛书之一。

（二）《文化社会学》共二十四万言，中华正气出版社学术丛书之一。

（三）《太平天国革命文化史》共十二万言，中华正气出版社。

（四）《周易哲学》共六万言，中国文化服务社（复版）青年文库之一。

（五）《中国文化之命运》共五万言，中山大学训导丛书之一。

（六）《国民革命与世界大同》共六万言，大道出版公司（复版）国民革命丛书之一。

（七）《音乐文学运动》共三万言，艺文丛刊第二期。

（八）《中国古代乐律对于希腊之影响》共三万言，文科研究所集刊等第二期。

（九）《文化社会学发端》共一万五千言，中山学报第八期。

（十）《五四运动史》共一万言，中华正气出版社。

……我在广州沦陷时，曾失却“现代史学方法”全稿约二十万言，在香港沦陷时，把在商务付印即将出版的《扶桑国考证》，全归乌有，但无论如何，我再接再厉，并没有因此丧失我著述的勇气！

朱谦之还担任中大研究院专职教授，曾在研究院院长崔载阳出席全国教育会议期间，一度主持研究院工作。为活跃学术气氛，他积极组织各种有益的活动。他回忆道：

（一九四三年）七月我被聘为研究院专任教授，我和研究院发生关系，早在筹设该院的时候。该院成立迄今，我均担任文科研究所历史学部主任之职。但使我能以全力为研究院尽力的，却从此时开始。我曾为历史学部担任各种重要科目为史学理论及方法、史学方法实习、历史哲学、文化哲学、中国社会经济史、中西文化交通史、文化专题、近代史专题等，又曾为历史学部研究生指导硕士论文与学期论文，历届毕业者有陈国治、潘莳、江应梁、王兴瑞、区宗华、黄福銮、梁钊韬、戴裔煊、王启澍、丘陶常、李肇星，现均为学术界知名之士。我已经主持十年的历史学部研究工作了，却是只有这一年，我才能以全力提倡近代史的研究，从此而史部的面目当为之一新，从此而史学研究才可走上新的阶段……翌年三月，崔院长载阳赴渝出席全国教育会议，我奉令代理研究院院务，直至六月。……因此我便提倡以个人私款来举行各种集会，以唤起同人同学的注意，当时可举者有：

第一，诗歌朗诵大会。五月五日是纪念屈原的诗人节，我觉得这一天不可错过，于是由文科研究所做主，发动一个空前的诗歌朗诵大会，来宾当中有从文法师农各学院来的，他们都毅然担任节目，在我致开会辞之后，便举行古诗朗诵、新诗朗诵、唱片朗诵、外文诗朗诵及创作朗诵等节目……情况极其热烈。又五月十五日举行音乐文学讲会，请黄友棣先生来院讲演“歌剧与朗诵”，到会听众七十余人，极一时之盛。

第二，中国经济学座谈会。……来宾有法学院教授胡体乾、王亚南、董家遵，文学院教授陈安仁、郑师许及研究院员生全体……这次座谈会实为中大罕见的学术辩论会……

第三，中国科学史社。一九三六年（民国廿五年）我发起中国科学史社，并为史学系特设中国科学史奖金规程于廿八年（一九三九年）及三十年（一九四一年）曾两次由学校公布。此项提倡，旨在发扬中国固有之科学文化，发扬新型历史，并课历史学者与科学者通力合作以发扬及推进中国之科学文化。五月二十日我为谋重整会务，推进工作起见，特假座研究院召开会员大会，我报告开会宗旨后即修正本社社章，选出理事何杰、朱谦之、梁伯强、容肇祖、张作人、王亚南、胡体乾、陈定谟、莫绍揆、李白华、黄际遇、吴大基等十五人，并推出常务理事何杰、朱谦之、张作人、王亚南、胡体乾五人，通过借文科研究所集刊第四期为科学史专号。

20世纪初的中国，梁启超的“新史学”革命掀起一股思想的浪潮，史学的天空因此而焕然一新。中山大学的史学系，由朱谦之引领，掀起“现代史学”运动的风潮。

朱谦之与一群志同道合的师生——朱希祖、陈安仁、杨成志等，他们或是在中山大学文学院史学系就读，或是在这里工作，共同拥护着“现代史学”的宗旨。他们以史学研究会为依托，以《现代史学》期刊为阵地，肩负着三大使命：现代性的历史之把握，现代治史方法之应用，注重现代史与社会史、经济史、科学史等研究。

“你们看，”朱谦之在一次会议上指着期刊说，“这是我们的战场，我们要用现代的眼光，重新审视历史的每一个角落。”

中山大学的其他文史科系，也受到了这股新风气的影响，纷纷加入社会科学化的潮流中。中山大学文史学科，如同一颗新星，在南方学界冉冉升起。

“现代史学”运动不仅更新史学研究的理论、方法、内容及旨趣，更推动中国史学的现代化转型。朱谦之和王亚南，这两位学者，常常因为学术问题争得面红耳赤，却又彼此尊重。

“朱先生，您对这个问题的看法真是独到。”王亚南在一次激烈的讨论后，不禁赞叹。

朱谦之微笑着回答：“王教授，学术讨论本就应该如此。我们既要尊重他人的意见，同时也要坚持自己的见解。”

王亚南回忆道：“朱先生的时代感非常强烈，他的研究涉猎之广，钻研之精，让人钦佩。每次争论，我们都能达到面红耳赤的程度，但最终，他总会给你一个满意的答复。”

这种做学问的态度，被友人们称为“为生活而学问的态度”，这正是学者应有的风范。

在中山大学的校园里，无论是图书馆的静谧，还是讲堂的热烈，都能感受到这种学术的自由与严谨。

五

朱谦之一心想教书做学问，但战争却无情地把这种平静打破，他有两次逃难的经历，一次在广西，一次则在坪石，记得颇为详细，不妨照录之：

> 我（一九四四年六月）在坪石参加主持硕士学位考试之后，便逢着湘北战起，长沙失守，三十余箱，以迁运事宜，原由研究院疏散会办理，我之公务完结，乃开始办理个人离坪（石）赴连（县）手续。廿九日将文所印信暂交崔院长代理预备起程。卅日得高委员信之助，得车票三张，以二张畀文所助教黄（繁琇）雷（镜鎏）二君，是晚余宿于水牛湾培联中学。七月一日搭车赴星子，车上挤拥非常，皆为避难赴连者。翌日乘船抵连县，住连州中学，在连原拟发动再建南方文化中心，而这时时局动荡不定，还谈不到……七月十七日安抵梧州，那时梧州也在疏散声中，绛云任教女中，已疏散至长发，她特地回来，已经相隔一年没见面了。我们欣喜重聚，却是从相见日起以迄九月中旬，几乎无日无夜不在空袭之下讨生活，我们大部分的光阴均躲在云盖山的防空洞里。这是惨痛的故事，还是快乐的回忆呢……

我这一次自梧脱险回坪，许多人都意料不到，但怎么知道这似乎一生最难得的痛苦经验，又再一次的循环呢……但不幸得很，正在我为文所的前途而努力的时期中，正在我从事学术讲演的时期中，粤北敌人的炮声响了。最初只是东陂一带小规模的蠢动，接着便是正规军的来临，这期间经过是很快的。一九四五年（三十四年）一月十五日研究院遣送公物及同人家眷赴乐昌，我和绛云做了先头部队。我们挤在无篷的货车上，到乐昌时已夜深，翌日访医学院，得医所梁伯强主任之助，住于病理研究所，过二日崔院长和办公所严主任（永煜）来了，接着师范学院脱险的员生，也背负着简单的衣服来住，我们知道时局急了，经一番会议之后，即决定乘船赴韶转往始兴，我和绛云及崔院长夫人等一行十人，于廿日上午十时离开乐昌，但即在这一天晚上，乐昌便在敌人炮火之下，旋告失守，许多中大员生于事急时孑身而逃，以致流离失所，无衣食者有人，捱饥忍寒者有人，真狼狈极了。研究院虽事先准备，损失亦属不少，我们一路顺水行舟过夜，闻枪声不绝，尚疑是船旁水击声。及到韶关，才知早下疏散之令两日，因和各方商洽车辆不成，费了许多唇舌，乃得乘原船逆水而上，是夜宿中厂。翌日而中厂陷，我们千辛万苦，五日才到达江口，抵始兴时拉缆的许多人，已经精疲力尽了。从始兴至罗坝，我卸下文所重要文件一箱，由院保存。只自己携带一包，这是无论如何不能放弃的了。由罗坝到都亨，由都亨到中寨，一路上山路崎岖，我们爬山过岭，时闻炮声不绝，在罗坝路上，是日有匪把自卫队的枪支缴了。都亨路上，忽传前面有匪抢劫。我们待着不敢前进，幸而对面军队开来，知道把土匪赶了，我们只吃了一顿虚惊。中寨以下，我们听不到炮声，代替它的，却是那漫天的风雪，要我们在冰天雪地之中，第一次和“新赣南”相见。到了虔南，本可小住，以时局关系，仍冒寒上道，二日抵龙南，我们很喜欢在那里看得见地方报纸，很喜欢逢着我们的院长，得知中大消息，这时因旧历年关在迩，盗匪堪虞，乃以每人国币三千元之代价和绛云搭车往和平，“和平”二字是何等地使人引领企望着呀！却是在到和平前，夜宿定南，旅店主人告诉我此路前曾发生劫案二十余起云。在和平，我们住万福栈里，迎接着一个旧历新年没有几日，我们又再踏着泥泞的道路，向着龙川前进了。我们走过彭寨，走过东水，从东水乘船至老隆，在东水路上因下雨路滑，我们几个人都跌跤了。终于二月十九日抵达龙川，这是广东的临时省会，我在这里看见省府的李主席和夫人（吴菊芳）、教育厅的黄厅长（麟书）、龙川县的邓县长（鸿芹），他们都是很热心于中大的复校运动，我在定居正相寺的翌日，即起草一篇“发起中大教校运动”宣言，投稿于兴宁大光报，其中最沉痛的话是：“余任教中大十二年，以一生最宝贵之光阴均费于此，实不忍见此校之沦亡也。”“须知中大之存亡，不但关系广东全省之面目，且可以此决定三民主义文化之命运，余在乐昌时，梁伯强教授告余，敌人广播谓‘中大搬不动了，他们来接收’。余耻其言，愿与国人立志雪之。”由此可见我对中大的热忱，已经可矢天日了。我爱学术研究之最高学府的中大，我尤爱作为中大学术研究之最高机关的文科研究所，只要我自己生存一日便须负责维持此研究所的生存一日，我无论如何，不避艰难，决不说“我不干”。

虽然有战火威胁，1944 年 11 月，朱谦之还是由梧州返回坪石校园上课，还在 12 月 8 日，给学生主讲了“现代史学思潮十讲”“文化类型学十讲”等，坚持上好“最后一课”。

坪石的经历，让朱谦之印象深刻。他曾以一首律诗，表达其诸多感受，这也是坪石先生们的共同感受：

> 中年粤北讲台开，战地春风桃李栽。坪石岭前歌剧闹，桂林洞里警钟哀。
>
> 诲人不倦吾滋愧，抗敌图存志不灰。封豕长蛇终殄灭，夜深犹盼捷书来。

洪深：切换于戏剧人生间

一

1941年2月6日清晨，重庆这座雾都笼罩在一片朦胧之中。在城市的一隅，洪深和妻子常清贞的家中，发生一幕令人揪心的悲剧。幸得长女洪铃及时发现，才避免了这场悲剧的发生。

翌日，消息如一颗重磅炸弹，在全国范围内引发了震动。人们在震惊之余，纷纷议论："洪深不是那个总是面带微笑的戏剧家吗？为何会做出这样的选择？"

其实，自从1940年秋天来到重庆后，洪深的生活便陷入困境。为了节省开支，他不得不将两个小女儿寄养在福利院，自己则与妻子和长女挤在歌乐山赖家桥的大杂院中的一间小平房里。那里阴暗潮湿，阳光难以穿透。

洪深虽在文艺资助金保管委员会任职，月薪有300元，但战时物价飞涨，300元只够买50斤大米，入不敷出。他甚至卖掉当年政治部任职时的一条武装皮带来维持生计。生活的重压让他原本壮硕的身躯日渐佝偻，额头上的皱纹如同岁月的刻痕，痛楚时常在他的脸上显现。

1941年初，为了支付女儿洪铃高昂的住院医药费，洪深举债2000元，仍难以为继。他自己和妻子也都身患疾病，却无钱治疗。绝望之中，洪深对妻子说：“咱们不如一死了之。”妻子竟然同意了。他们便服下了安眠药，等待命运的终结。

洪铃发现后，立刻求助于郭沫若先生。郭沫若带着医生及时赶到，这才救了洪深夫妇一命。在书桌上，郭沫若发现洪深的一封遗书：“一切无办法。事业，家庭，食、衣、住，种种，如此将来，不如且归去，我也管不尽许多了！”

遗书中透露出的绝望，让人无法言表。洪深的自杀，不仅是因为生活的困迫，更深层的原因在于政治的压抑。一个月前的皖南事变，让许多文化人士开始撤退，这对洪深来说是巨大的精神打击。

文化工作委员会得知洪深的遭遇后，决定赠予他医药费并聘他为设计委员。但洪深婉拒了这份好意，他的友人代笔写道：“生性狷介，否则以不致有今日也。”

吴玉章、徐特立等32名文化界代表致电慰问，周恩来同志也代为转达他们的关心和希望。社会各界纷纷伸出援手，洪深虽一下子收到2万元捐款，但他一律婉言谢绝。

自杀未遂，重庆有些不好意思待下去了。正在踌躇间，洪深接到中大代校长许崇清的电报，拟聘他为中大文学院英文系主任，月薪360元，并预支6个月薪水，以解其燃眉之急。为给女儿治病筹钱，洪深欣然接受。看来许先生真是懂他。

然而，洪深尚未成行，他最心爱的女儿洪铃于2月22日病逝，年仅18岁，他由此陷入更大的悲痛中，他本想多写文稿，偿还债务，但心情异常恶劣，往往举笔不能着一字。

3月中旬，烟花迷雾，怀着失去爱女的悲痛，洪深离开了伤心地重庆，踏上赴坪石的路程。他到校时，《国立中山大学校报》是如此介绍的：

> 洪深先生为海之名，剧作家，前曾在本校任教，嗣以抗战军兴，辞职从事政训工作。许校长长校后，即敦聘洪氏为奉校文学院英文系主任。业经洪氏来函应聘。

二

在中山大学，师生们对洪深的再次到来充满期待。他可是一个传奇般的文化人，带着满腔的热忱和才华，走进他们的视线。

洪深出身于江苏常州的一个官宦之家。1912 年，18 岁的他考入北京清华学校，在那里，他不仅学习知识，更热心于新剧活动。《卖梨人》和《贫民惨剧》——他的处女作，已经初步显露出他对社会的关注和现实主义的创作倾向。

1916 年夏，清华毕业后，洪深远赴美国，原打算学习陶瓷工程，但国内军阀混战、人民受苦的景象深深触动了他的心。他站在人生的十字路口，最终选择了戏剧——这个在当时被许多人视为“贱业”的道路。他坚定地说：“我要做个易卜生。我要以戏剧为武器来揭露和鞭挞旧的社会。”

在哈佛大学，他成为中国第一个学习戏剧的留学生。从前台到后台，从登广告到卖戏票，他亲身体验了戏剧的每一个环节。他与人合写的《木兰从军》，不仅融合中国戏剧的表现手法，更向美国观众展示中国传统戏剧的魅力。

1922 年春，洪深带着满腔的热血回到了上海。他自编自导自演，上演了代表作《赵阎王》，一扫文明戏的污秽，开启中国现代话剧的新篇章。他与欧阳予倩、应云卫等人发起并领导了上海戏剧协社，导演了《泼妇》《终身大事》等剧，彻底改革戏剧的内容和形式。

“电影比舞台剧更能深入民众，是更好的教育社会的工具。”洪深这样写道。他不仅在话剧舞台上留下自己的足迹，更在电影领域开辟了新的天地。他写出中国第一部较完整的电影文学剧本《申屠氏》，引进有声电影技术，摄制了第一部有声电影《歌女红牡丹》。

1930 年，中国左翼作家联盟成立，洪深任英文秘书，与田汉等人一起，推动中国左翼剧团联盟的发展。他，一个文化战士，用笔和镜头，记录着时代的风云。

“洪先生，您真的认为戏剧能改变这个世界吗?”一个学生在课后问道。

洪深微笑着回答：“孩子，戏剧是一面镜子，它能映照出社会的真相，唤醒人们的良知。”

1930 年 3 月 22 日，上海大光明电影院放映的辱华影片《不怕死》，激起洪深的愤怒。他站在台上，大声疾呼，抗议影院放映这部影片。

那一刻，他不仅是一位戏剧家，更是一个勇敢的斗士。

抗日战争爆发后，洪深投身于抗日的洪流之中。1938 年，他任国民政府军事委员会政治部第三厅戏剧科科长，与田汉一起，在周恩来、郭沫若的领导下，组建抗敌演剧队，深入战区宣传抗日。

是年 11 月，一场大火烧毁了长沙城。周恩来派洪深为善后委员会总指挥，负责灾民救济金的发放工作。洪深立即率领三厅人员和两个演剧队第一批冲入余火未尽、硝烟弥漫的长沙，投入对数十万市民的艰巨而又细致的救灾工作。

周恩来后来高度赞扬洪深："我没有想到洪深同志有这样强的组织能力。"

三

洪深再次进入中山大学，这已是他第二次在这里执教。1936年的岁月仿佛就在昨天，那时他作为文学院英国语言文学系的教授和系主任，住在东山庙前西街43号的二楼。那是一个充满挑战和创新的时期，他不仅教授英文，更将戏剧艺术的精髓传授给了学生。他的课程从每周10课时逐渐增加到15课时，每学期都有新课程的开设，如文学批评、近代文艺思潮、戏剧与舞台技术等，展现了他深厚的学识和对戏剧艺术的热爱。

象征派诗人李金发，是洪深的老友。在他的抗战日记《庐山受训记》中，记录了1937年6月24日至7月18日的点点滴滴。在一次宴会上，洪深的幽默风趣给李金发留下了深刻印象，他在日记中写道："食时洪深说笑话最多，我常说，能幽默就是聪明的表现。"

洪深的幽默不仅在私人场合展现，更在公共演讲中大放异彩。

《清华周刊》1926年的报道中提到，洪深在戏剧社的演讲中妙语连珠，讲述时极尽滑稽之能事。他甚至提出，要成为一名好演员，必须将"不要脸"作为唯一的秘诀，这体现了他对戏剧艺术的深刻理解和独到见解。

《电影周刊》1940年的文章则描述了洪深在戏剧学校的风采，称他"精究戏剧，擅长英文文学，秉性旷达，举动幽默"，每次上课都吸引众多学生，教室中几乎无立足之地，可见他在学生中的受欢迎程度。

洪深初到坪石时，中大文学院的条件并不理想，但随着时间的推移，学院迁至铁岭，环境得到了改善。洪深重回学校，依然开设多门新课程，如西洋文学概论、戏剧选读等，他的课堂总是座无虚席，学生们被他渊博的知识和生动的讲述所吸引。

文学院英文系实行导师制，洪深指导的学生包括刘锡祥、潘承德等，他们在他的引导下，不仅学习了知识，更学会如何思考和表达。洪深还定期到管埠的师范学院上戏剧选修课程，他的课堂总是充满活力，学生们在他的启发下，对戏剧艺术有了更深的理解和热爱。

洪深学问渊博，备课认真，讲课内容丰富而生动，他的课堂常常被挤得水泄不通，这不仅因为他的幽默风趣，更因为他对知识的热爱和对学生的关怀。

师范学院学生刊物《生活思潮》第 8 期，刊登英语系学生李觉清写的通讯，记录洪深到师范学院讲课的内容，生动描述了洪深的相貌："他的外表高大，头发不长不短，略觉憔悴的脸上架着一副蓝墨色的眼镜，但仍然掩不了那坚毅敏捷的眼光；穿着的是一套白底灰纹的文装，裤脚被黑色袜裹住，正是行远路的打扮〔这就苦了他，因为他的脚是稍为有点拐的；从清洞文学院（到管埠）来总有八里路呢〕。"

洪深的个性颇为戏剧性。他曾撰文称："我的脾气很是躁烈，同时自己觉得很是刚直……我还有些黑旋风李逵的牛脾气，就是富贵不能淫，贫贱不能移，威武不能屈，情面也不能拘。"

一个学生这样评价洪深："他的不拘小节，在表面上看起来，洪先生确是个便宜行事的人物。但是在骨子里，他对于他所热衷信仰的东西，却丝毫也不肯苟且……待人接物还是太天真，并且他的感情作用很重。因此，他从前在外面常常受到意外的麻烦。在遭遇碰壁之时，有时他甚至气愤不能自已。据他自己说，他的胃病就是这样害出来的。这固然是他的一个弱点，但这也正是他的可爱之处。”

洪深不仅以幽默风趣著称，更将这份天赋融入剧本创作，使每个角色都鲜活起来，每段情节都充满欢笑。“配合人物性格的表现和戏剧情节的发展，巧妙地使用诙谐、风趣、幽默的戏剧语言”，这正是洪深的艺术特色。在《包得行》《狗眼》《咸鱼主义》等剧作中，他的才华得到了淋漓尽致的展现。正如李金发在日记中所评价的：“能幽默就是聪明的表现。”

坪石的岁月，对洪深来说，是一段逐渐摆脱丧女之痛，恢复开朗风趣本性的时光。而他最拿手的，莫过于导演话剧。许崇清校长，一个对学生课外活动极为重视的教育家，聘请洪深为全校学生戏剧教育训练的名誉戏剧导师。在洪深的悉心指导下，校园里的戏剧氛围变得异常浓厚。

“看，洪深老师又在排练了。”学生们窃窃私语，眼中满是敬佩。

1941 年 5 月 30 日至 6 月 1 日，中山大学大礼堂内灯火通明，各学院剧团轮番上演了《血十字》《醉梦园》等精彩节目。演出结束后，6 月 3 日上午，学校在坪石学生服务处举行了一场特别的招待会，许崇清校长亲临现场，对洪深的专业指导表示了极高的评价。

7 月 4 日晚，中大剧团在洪深的导演下，排演了宋之的五幕剧《雾重庆》，为 1941 届毕业生送上了一份特别的礼物。接下来的两天，他们又为驻坪石的军队演出，赢得了热烈的掌声。

尽管身处粤北，洪深并未缺席中国戏剧的重要活动。1941年，他参与了多项文艺戏剧活动，从联名发表《中国文化界致苏联科学院会员书》，到慰问和支持抵抗德国法西斯侵略的苏联戏剧电影界，再到广东戏剧界举行的欢迎大会，洪深的身影无处不在。

9月16日，文学院的音乐晚会上，朱谦之院长提倡音乐文学运动。洪深先生的笑话和京剧表演，以及黄友棣先生的小提琴独奏，博得了观众的热烈掌声。那是一个星光璀璨的夜晚，洪深的笑声和掌声交织在一起，成为中山大学永恒的记忆。

四

1941年，太平洋的怒涛汹涌，战争的阴影笼罩香港。随着这座城市的沦陷，许多文艺工作者纷纷踏上归途，其中不乏洪深多年未见的挚友。在这片动荡的土地上，洪深重新点燃了创作的火焰。

新中国剧社在桂林成立，剧社负责人杜宣亲自来访，请求洪深的支持。洪深毫不犹豫地答应，承诺每年至少利用假期为他们导演两部戏。1942年春，洪深如约赴桂林，参与修改和排演《黄花》，一部以香港为背景，讲述舞女悲惨命运的话剧。

在桂林，他与老搭档田汉重逢，这是自长沙撤退后的首次见面，两人的拥抱充满激动和温情。

2月5日，夏衍化名抵达桂林，洪深与田汉等人在车站热烈欢迎。抗战爆发后的再次相聚，让三位老友激动不已，以至于夏衍在拥抱中不慎受伤。

2月15日，田汉设宴招待欧阳予倩、夏衍和洪深。在轻松的聚餐中，他们讨论了新形势与新艺术。洪深提议暂停《黄花》的排演，转而共同创作一部新戏《再会吧，香港》。剧本迅速完成，反映抗战期间爱国侨胞在香港的艰苦斗争。

3 月 7 日，《再会吧，香港》在桂林首演，上座率极高，三周的戏票一抢而空。

谁知首演当天，国民党宪兵突然要求停演。洪深得知消息后，一方面寻求欧阳予倩等人的帮助，另一方面镇定地主持演出。

演出结束后，洪深向观众解释了情况，并在军警的监视下，带领演员们上台，向观众展示了政府的许可证。

洪深举起许可证对观众说："朋友们，《再会吧，香港》只不过表达了中国人民对日本帝国主义的愤怒，和要求坚持抗战，坚持民主，这样的戏是应该被许可的，政府也许可了，这是政府对这个戏的许可证！新中国剧社这个穷团体为了演出这个戏投下了所有的人力、物力，现在忽然坚决不让演了，人力物力都白费了。但是我们得服从政府，以下几幕戏只好停下来了。感谢大家对'新中国'社的支持和信任，有的票子还是预售的，现在钱已经准备好了，请观众们有秩序地退票吧。"

他的话语沉痛而有节制，观众们在义愤和同情中离场，许多人撕毁了票根，以示抗议。

当晚，夏衍、田汉、欧阳予倩等人来到剧场，向洪深表示慰问。

尽管剧社因禁演遭受经济损失，洪深却默默地典卖自己的西装，支付了费用，并独自返回中山大学。

3 月 14 日，洪深在给田汉的信中表达自己的失望，但仍然希望新中国剧社能够坚持下去。

所幸远离重庆的中山大学是沙漠中的绿洲。桂林不让演，不妨在中大校园演。洪深从桂林回坪石后，心有不甘，将《再会吧，香港》改名为《风雨归舟》，亲自为中师剧团导演此剧。

演出获得好评。洪深兴奋之余，还将中山大学演出《风雨归舟》的上演税寄田汉。

5月，洪深收到田汉的回信。

在信中，田汉对洪深桂林之行给予赞扬与肯定："……但你此行并非'一事无成'。尤其是你在导演方法上给戏剧青年的影响太深了，你教我们写的'听，时刻在做戏，注意反应接得紧'的标语依旧贴在'新中国'的壁上……"

洪深深受鼓舞，参加了在韶关的抗敌演剧七队学术讨论会，还应邀为学校戏剧工作者协会导演《鞭》《风雨归舟》两部名剧，并于5月4日起在学校大礼堂演出。

6月22日，洪深与其他文艺界人士在《新华日报》上联名发表致斯大林的信，表达了对中国抗战的支持。

在中山大学任教期间，洪深出版专著《敲门》，其独特的风格和创新的体裁受到广泛关注。

洪深这一系列进步思想和行为，为反动当局所不容。中大校方也感受到压力。《国立中山大学日报》于1942年7月27日的校闻栏目登出《剧本演出须送审查处核准上演》：

> 本校昨奉教部社字24261号训令略谓关于学校嗣后剧本演出审查事宜，经由中央图书杂志委员会，奉行政院核定，今后剧本演出在重庆者须依期送交中央图书杂志审查委员会审查，在各省市有审查处者，须送审查处领得准演证后，方可上演，未设处者由教育行政机关代办，并附演出剧本审查办法及已成立各省市审查处一览各一份，希各注意。

学校以校闻公布这个规定，用意十分明显。

面对压力，洪深于 1942 年 7 月偕妻子和三个女儿，离开了中大。

1942 年 12 月 31 日，洪深 50 岁生日（其实洪深 1894 年 12 月 31 日出生，按中国习惯男人 48 周岁过五十大寿）。王尧在《无钱买酒卖文章》（《收获》2018 年第 5 期）中写道：

> 1942 年 12 月 31 日是洪深 50 岁生日。他在生还后，一度到广州中山大学任教，此时已回重庆。阳翰笙记得洪深的生日，他觉得老洪在戏剧文化领域活动了将近 20 年，应该替他祝贺。阳翰笙和戏剧家陈白尘商谈了为洪深祝寿的具体事宜，致电洪深，洪深极为高兴。25 日，洪深来到文工会，与阳翰笙、翦伯赞、杜国庠相聚甚欢。是日晚，阳翰笙到中艺主持祝洪寿筹备会，他在日记中说："大家都表示得很热心，很起劲。"
>
> 在筹备洪深祝寿活动时，茅盾也回到重庆，细心周到的郭沫若特地到生活书店看望茅盾。23 日晚上郭沫若在家中设宴招待茅盾夫妇和时在重庆担任周恩来谈判助手的林彪。周恩来也特地参加晚宴。因为茅盾的归来，筹备洪深祝寿会的同志决定将 30 日的晚会扩大举行，"一面寿洪寿沈，一面迎茅、迎翦"。30 日午后一时的重庆百龄餐厅，与会者"像潮水样地涌进来了"。阳翰笙说："一年以来，在陪都恐怕这次要算是最有生气也最有意义的一次盛会。"

30 日这晚，重庆电影戏剧界在百龄餐厅集会以庆祝洪深的

50岁生日，周恩来与文艺界人士300余人到会祝贺，老舍任主席。

郭沫若在致颂辞中指出，应学习洪深：第一，保养身体之健康；第二，思想之深远宏博；第三，生活之艰苦；第四，作品之丰富。赞扬洪深在戏剧艺术上的多才多艺，是“艺术界的完人”。

洪深致谢辞：“人总是要过去的，而事业——对人类的贡献——是永生的。”

马思聪：思乡一曲动山河

1959 年，金秋时节，桂花的香气弥漫在韶关的大街小巷，马思聪和夫人王慕理带着对韶关的深情，回到这片他们曾经战斗过的土地。11 月 25 日至 26 日，韶关市人民大戏院内，小提琴的旋律与钢琴的和声交织，马思聪的演奏会吸引无数市民。尽管票价高达 1 元 2 角，创下韶关历史上的最高纪录，但热情的观众仍旧排起了长队，两场演出，场场座无虚席。每当马思聪的琴弓落下，掌声如雷，这是对他音乐才华的最高赞誉。

这已是马思聪第三次踏上韶关的土地，也是他最后一次回访。时间回溯到 1941 年 7 月，那个炎热的夏天，因抗战局势紧张，重庆的生活难以为继，马思聪夫妇决定南下香港谋生，途经韶关。当时的韶关不仅是战时广东省的临时省会，更是文化艺术名流的聚集之地。他们的到来，受到当地文化艺术界人士和市民的热烈欢迎，在西河孝悌路桥头的“三六九”茶室，举行了一场盛大的欢迎会。

在韶关市区，马思聪夫妇举办了为期两周的小提琴演奏会，十几场的演出不仅是艺术的盛宴，更是支援抗战的义举。他们的音乐，为那个时代注入力量和希望。除了正式的演奏会，他们还深入市区、东河等地的茶楼，为普通群众带去音乐的慰藉。在韶关的半个多月，他们与这座城市结下不解之缘。

离开韶关后，他们到了香港，谁知半年后，风云突变，香港沦陷，马思聪夫妇不得不再次回到内地。他们接受了国立中山大学的聘书，于 1942 年 9 月 18 日抵达粤北坪石任教，与韶关再次结缘。

岁月流转，马思聪的音乐和故事，如同韶关的桂花香，留在了这片土地上，成为一段不可磨灭的历史记忆。

二

在广东海丰一个不起眼的小镇上，马思聪出生在一个普通家庭。这里，音乐似乎是个遥不可及的梦想，连一位能拉胡琴或吹洞箫的人都难以找到。那年，9 岁的马思聪跟随父亲来到广州，就读于培正学校附小。在这里，他第一次吹响了口琴，弹起了月琴，音乐的种子在他心中悄然生根。

“阿爸，你看我吹得怎么样？”小马思聪兴奋地向父亲展示他的新技能。

父亲微笑着点头：“不错，不错，但音乐的路还很长，你要继续努力。”

11 岁时，马思聪跟随长兄马思齐踏上前往法国的旅程。两年后，他考入南锡音乐学院，成为中国第一个出国学习小提琴的人。在巴黎，他遇到了影响他一生的恩师——犹太作曲家毕能蓬。

“马思聪，记住，学习时要严格，创作时要自由。”毕能蓬严肃地说。

在巴黎的街头，马思聪结识比他大 7 岁的广东同乡冼星海。冼星海的处境十分窘迫，失业多次，甚至在浴室当过堂倌。但马思聪却被他那种历经万难、从不灰心的精神所打动。

“星海兄，你是怎么做到的？”马思聪在一次深夜的街头漫步中问道。

冼星海淡淡一笑：“只要心中有音乐，就没有什么能够打败我。”

1929 年，17 岁的马思聪带着对音乐的热爱和执着回到了祖国。在广州长堤青年会等地举行独奏会，成为“现代中国第一个举办个人独奏会的音乐家”。《民国日报》的报道更是将他的才华推向了巅峰：“马君天才，名副其实，技艺已登峰造极。”

然而，马思聪并不满足于“音乐神童”的称号。他每天练琴 6 小时，风雨无阻。“我傻吗？不，我只是热爱音乐。”他常常自问自答。

这期间，马思聪的早期作品《古词七首》问世。他在《创作的经验》一文中写道：

> 中国古词的意境，也帮助我去创造一种气氛，我企图像德彪西的《毕里底士的歌》描画出古希腊一样，描画古代的中国……每个旋律、每个和声都是在黑夜中摸索出来，没有受到和声学的现成帮助。像古词那般短小的曲子，我花去很大的力量去摸索、探求，我决定好好地去学习和声学和作曲。

1932 年，马思聪在广州与海丰同学陈洪一起成立了广州音乐院，并担任正、副院长。在这里，他不仅教授小提琴和钢琴，还教授视听练习等课。

广州培英中学学监王恒兄妹俩慕名前来报考刚开办的广州音

乐院，哥哥考入小提琴高级班，妹妹王慕理则考入钢琴初级班，两人同时成为马思聪的学生。

“马院长，您的琴声真是美妙绝伦。”王慕理在一次课后对马思聪说。

马思聪微笑着回答：“音乐是心灵的语言，我很高兴你能感受到它。”

两人的爱情如同他们的音乐一样，和谐而美好，“琴”定终身。王慕理升上高级班后，两人很快结了婚，成了让人羡慕的音乐伉俪。此后，每当开音乐会，马思聪演奏小提琴，夫人便在一旁钢琴伴奏。他们的婚姻，不仅是音乐上的合作，更是生活中的伴侣。55 年的风雨同舟，无论是顺境还是逆境，他们都携手同行，不离不弃。

后来，王慕理的小学同窗刘慧娴透露了一个“秘密”。原来，已有 3 年学习钢琴经历的王慕理，是因爱慕马思聪的才华来报考的，她比马思聪大两三岁，担心马不收自己，便装作是个初学者报读初级班，跟他学琴。马思聪这才恍然大悟，难怪这个学生进步神速。

1937 年，马思聪从南京回到广州，被国立中山大学校长邹鲁破格聘为文学院英国语言文学系教授。在这里，他不仅教授音乐，更围绕抗日救国的题材，创作多首抗战歌曲。

当青年诗人金帆拿着一首诗《我爱》来请他谱曲时，马思聪被诗中的情感打动，他将标题改为《自由的号角》，以表达反抗侵略者的压迫、争取祖国自由的强烈愿望。

“这不仅是一首歌，更是我们的心声。”马思聪在完成谱曲后，对金帆说。

二

1938 年 10 月，战火纷飞，中山大学不得不从广州迁离。马思聪因为夫人怀孕，选择在香港暂时避难。当长女马碧雪呱呱坠地后不久，他便带着家人踏上了前往云南澄江的旅程，那里是中山大学的新址。

“碧雪，看看这个世界，虽然现在充满了硝烟，但总有一天会恢复和平。”马思聪轻抚着女儿的头，眼中闪烁着对未来的希望。

在澄江，马思聪不仅作为音乐教授，更以小提琴独奏会的形式，为抗日战士募集衣物，宣传抗日救亡的理念。《云南日报》连续几天对他的演奏会进行了报道，称这次演奏会为“难得机会”。

1940 年初，马思聪赴重庆，创办了中华交响乐团，并担任乐队指挥和小提琴独奏家。他的演出吸引了无数观众，成为重庆文化生活的一道亮丽风景线。

“音乐，是跨越战火的桥梁，是连接人心的纽带。”马思聪在一次演出后的采访中说道。

2 月的一个晚上，周恩来出席了马思聪的音乐会。这是他们第一次见面，两人的手握在一起，传递着对音乐和抗战的共同信念。

同年 5 月，马思聪在重庆嘉陵宾馆的一场音乐会上，再次与周恩来握手。这次握手，不仅是对音乐的共鸣，更是对抗战胜利的坚定信念。

1941 年秋，马思聪离开重庆，经过韶关，再次回到香港。

然而，12 月 8 日，太平洋战争爆发，香港遭受了猛烈的轰炸。在防空洞里，马思聪开始创作《第一降 E 大调交响乐》，用音乐表达对抗战争的决心。

“即使在这黑暗的时刻，音乐也能照亮人心。”马思聪在防空洞里，手中紧握着笔，眼中闪烁着不屈的光芒。

香港沦陷后，马思聪一家在中共有关人员的帮助下，历尽艰险，回到了海丰。家乡的白字戏、正字戏、西秦戏，这些独特的曲调，成为马思聪最宝贵的民间音乐素材。

“思周，听说民间乐师鄞降临擅长演奏家乡的白字曲，能否请他来？我想学习我们家乡的音乐。”马思聪对堂弟说。

鄞降临拉完后，想考考正在记谱的马思聪，要他用小提琴拉一遍自己刚才拉的曲调。马思聪二话不说，拿起小提琴准确无误地拉了起来。

鄞听毕，啧啧称奇：“我还从来没有收过像你这样聪明的徒弟。我一条曲在农村要教三年，徒弟们才学得会。”

后来，马思聪以白字戏曲调为创作素材，创作了《钢琴弦乐五重奏》。同时，他还与堂弟马思周合作，为《思乡曲》填词，表达对家乡的深深眷恋。

“举目回望，四野荒凉，落日依山，雁儿飞散。”马思聪在填词时，心中充满对家乡的思念。

早在 1936 年，马思聪第一次来到北京，为京韵大鼓等北方曲艺所震撼。他以绥远（今内蒙古）民歌《情别》为主题，写了《第一小提琴回旋曲》；以河套地区一首民歌《城墙上的跑马》为基础，创造了管弦乐曲《绥远组曲》，由《史诗》《思乡曲》《塞外舞曲》三部分组成。其中，《思乡曲》写于广东肇庆七星岩附近的广利。

完稿后，他拉给夫人听，她听完流下泪来："太美了，可是，好悲凉啊！"

《思乡曲》在海城首演后，很快传遍全国，成为一首充满乡愁的经典之作。徐迟在给郭沫若的信中提到，听了《绥远组曲》后，他激动得失眠，仿佛读到《屈原》和鲁迅的《阿Q正传》。

马思聪的音乐，穿越战火与岁月，传递着和平与希望。

三

1942年春节过后不久，马思聪偕同夫人、小姨、岳母和3名学生前往桂林。9月18日，又由桂林来到粤北坪石，他被金曾澄代校长聘为中山大学师范学院不分系教授，夫人王慕理则被聘为不分系讲师。

9月19日的《国立中山大学日报》报道了《马思聪许幸之两教授抵校》的消息：

> 师院不分系教授许幸之先生业于上周抵管埠，将任美术及戏剧指导。又名提琴手马思聪亦于昨日抵坪，不日当入师院授课。并闻该院新购钢琴，今日可一并运入管埠。

为迎接马思聪夫妇的到来，学校专门购买了一台钢琴。

管埠是坪石镇附近一个小乡村。这里紧靠武江河，山明水秀，树木苍郁。然而起初，乡民对师院的到来并不欢迎，认为学校侵占了村里的土地。而中大师生则积极主动到村中沟通，与村民搞好关系。他们发现不少村民患有癞痢头，久治不愈，便在校医室门口贴出告示："校医院有计谋，包治好不用酬。"告示一贴出来，患者将信将疑地找上门来，果然被治好，还免费。此事一传开，乡民对学校产生好感，相处融洽。

马思聪听后大笑，说：“校医有秘方，我们有音乐。在这片幽静的大自然里，最适合音乐创作和演奏。”

是年 11 月 9 日，师院为纪念校庆 18 周年在该院礼堂举办音乐演奏会，这是马思聪在管埠中师的首次亮相。节目有马思聪的小提琴独奏、王慕理的钢琴演奏和黄友棣指挥的中师合唱团合唱等。

在管埠，马思聪夫妇既要教学生，又要搞创作，还得练琴。家里没有钢琴，他们晚上得到住地对面山上师院大礼堂去练琴，学校专为他们新购的钢琴放在那里。

同一栋木屋分成 10 间宿舍，马思聪夫妇占了一间，厨房则是共用的。邻居袁哲教授的夫人张筑音，是和张爱玲齐名的女作家，主要作品有《天涯芳草》《落花时节》《阳春曲》等。她写过一篇《马思聪夫妇在粤坪石》很有意思：

> 1942 年秋冬之交，我从湖南耒阳移居到广东的坪石。坪石，是粤汉铁路线上广东境内最北的一个小镇，它南接曲江，北交郴州。抗日战争初期，广东中山大学师范学院，北迁到坪石镇数里外的一个村子里，其他一些学校如工学院等，也分别迁来坪石镇附近不远的地方。
>
> 我们居住的村子，是一个荒凉的农村，充满了“田园寥落干戈后”的战时景色，野地里杂草丛生，村道旁边，尽是野生的灌木。自从师范学院迁来以后，因增加了近千名的师生员工，村里的气氛骤然活跃多了。
>
> 第二年开春，我家从小街上的一间破旧平房搬到对山新

建的一“幢”教授宿舍里，这座宿舍一字儿排开，有10多间，旁边横造了两间杂屋，兼做厨房的小屋，屋顶铺的是杉木皮，墙壁是些未经加工的横钉着的杉木板，虽然是粗线条儿，但棱角分明，风格别致，颇具岭南田舍风光的特色。我家在邻近厨房的第三间，第二间住的是史地系鄢教授夫妇，他俩与我俩同是湖南人，我们彼此常叙乡情。第四间住的是地理副教授王君夫妇，第五间住着一对年轻人，男的常穿一件布制的长袍，女的穿着也很朴素，看样子，他们不过是30岁以内的光景，个儿都不很高，但很健壮，其他几家，因是单人居住，稍感陌生，也就不一一细表了。我们住的房子很小，各家只有向公家借来的一床一桌和两张条凳。彼此间，平日很少来往，只有在走廊上相遇时，才寒暄客气几句，便各自点头回“府”了。

坪石镇位于粤汉线上，日本侵略军占领广州以后，经常出动轰炸机轰炸铁路沿线的古城镇。受害最惨的要算湖南的衡阳，其他如耒阳、郴州等，也挨过多次的轰炸和枪机扫射。我们定居在新宿舍不久，有一天中午，正好对面山有几位教授前来我们这儿闲聊，忽见敌机轰隆隆地掠过我们的上空，还在车站上空盘旋了两三圈，然后像魔鬼似的朝北方窜去。一位穿西装的教授说：“敌人连日轰炸衡阳，看来，是有企图的，估计是想打通粤汉线，围攻长沙。”“鲜血！废墟！”站在与我家隔两家的长廊上穿着深棕色长袍的年轻人，他语调低沉，但充满着激愤地自语着。我问我丈夫：“那穿棕色长袍的年轻人是谁?”

“马思聪。”

“音乐家马思聪?”我惊异地问，“这么年轻?”

“有名的神童嘛！当然年轻。”

提起马思聪，我在长沙母校周南读书的时候，便已闻他那才华横溢的音乐家的盛名，如今，他竟然也在这儿任教，并且是我的芳邻，真感到有点惊喜和意外。于是，通过交往，我认识了马思聪。当然，也同时认识了他的夫人王慕理女士。

马思聪夫妇的感情是十分和谐的，他俩在音乐会上的演奏，配合得更是十分默契，马思聪是用小提琴，而王慕理则是弹钢琴伴奏。在坪石这荒村里，他夫妇俩既要教学生，又要搞创作，闲暇时就练琴。当年，他们家里没有钢琴，要练琴，他们只能到对面山那食堂兼大礼堂去，那里有一台学校的大钢琴。在我们宿舍和对面山之间相隔一大片田丘，琴声传到我们这边时，很难听得清楚，只能辨别出那洪亮的钢琴声和小提琴的袅袅之音。隔壁鄢夫人听到琴声总要敲着我的窗框说：“听！王慕理又在练琴了。”在抗战时期，学校没有高音喇叭，家里也没有收音机，这琴声是我们当年的最好享受。何况，它还出自知名度很高的演奏者之手。他们奏的一般是西洋名曲，当然也少不了演奏我们民族的乐曲，有时还弹奏那令人振奋的抗战歌曲。当马思聪自己创作的思乡曲的旋律传了过来时，我们的心情也随之激动起来，思乡忧国之情不禁油然而生。

夜静，人也静，只见对面山的教师宿舍和学生宿舍灯火明亮，我们这边的宿舍也同时亮着灯光，但我发觉，马思聪家里的灯火常常亮得最早，又熄得最迟。这是出于对一代艺术家的仰慕和好奇，不知不觉地留意上了马氏夫妇的动静。他俩的日常起居最有规律，白天，除了教学，在家时间极大部分用来写作、看书；而晚上，则是全部利用上了，那时室内恬静，夫妻两人相对看书或写作，间中，在马思聪凝神写作的时候，马夫人会离座做点小食，送到马思聪的桌边。马思聪是一位寡于言笑的人，每当夫人递上一小碗亲手做的小食时，我才看得到马思聪难得的笑容。就是这样，当夜已深，四周灯火已阑珊，马家还常常亮着灯光。据说，马思聪所作的小提琴协奏曲，有好几首就是在这里创作出来的。

我们在坪石执教，大家的生活都十分艰苦，在穷愁潦倒的情况下，也曾发生过如生物系熊教授，含悲忍痛，嗜服砒霜自杀的事。后来他虽然遇救，但工作的艰辛和生活的煎熬，依然是他和我们这些知识分子当时最普遍的问题。

我丈夫是一名“越教越瘦”的教授，他得了肺病，已进入浸润性阶段，而我也患了疟疾，打了近三年的“摆子”。当丈夫去了对面山上课，来回须得一个小时，若连上两课，回到家时已到中午了。在这段时间，我若发病，孩子可难侍候了。后来，我想了个办法，在小孩的臂膀上系上一根布带子，另一端悬在条凳上，凳上放几个小玻璃瓶，让他自个儿玩去。当我发冷时，躺在被窝里，用说话哄着孩子自己玩；等到高热一来，我就昏迷不醒了。开头几次，这法儿倒顺当，可有一次，我高热后醒来，发觉孩子不见了，地上有几个破瓶子，布带儿拖在凳边。我一骨碌爬起身，拖着发软的双腿，出门寻子去。可是，怎么也找不到，我便一个劲地往小街的泥道上跑，并声嘶力竭地叫着孩子的小名“阳阳”。后来，在路上碰上了我的好邻居鄢夫人，她叫我回去，到马家那里找。于是我又匆匆走到马家门前，只见王慕理正忙着在小火炉边盛赤豆沙，马思聪坐在后窗旁的桌子右侧，抱着我的孩子在喂吃的。此时，我心定了，叫了声“马夫人”，又叫了声“马教授”，轻轻地走进了马家的门。马夫人含笑招呼着我，请我坐下，指着马思聪笑着说：“他最喜欢孩子，他说您家的这孩子，像一尊小小的自由神……”我由衷地感谢道：“多谢您夫妇关心和照料……”马思聪也转过脸来，欠了欠身，又继续用小汤匙喂着孩子。马思聪一派书生本色，还带着几分乡土感情，他不讲交游，不爱说话，邻里之间偶尔相遇，除了平静得没有任何表情的点头外，便默然而过。为了不浪费他夫妇的宝贵时间，我走到马思聪跟前，尊了他一声：“马教授，打扰你了！我来接小猛子回家！”孩子侧过头来：“妈妈，豆豆。”他意思是告诉我，马叔叔在给他吃豆豆。我连忙接口说：“快谢马叔叔。”马思聪站了起来，把孩子递给了我：“不用谢，孩子挺好。”我拍打着孩子的胖腿儿说：“多么脏啊，看你把叔叔弄了一身沙粒子。”马教授站起来，毫不介意地抖了抖身上的泥沙，和夫人一起把我母子俩送出门口。这件事使我记忆犹新，他们的音容笑貌至今仍浮现在我的脑际。

我们在坪石，与马思聪夫妇为邻不过是半年光景，同年秋天，我全家离开了这个村子，远赴四川重庆去了。

在重庆，我家住在林森路距储奇门不远的一条小巷里。翌年春，有一天上午，约莫九十点钟，我和丈夫带着孩子们，上林森路买东西，此时正是山城雾色迷漫的季节，当我们走近储奇门的时候，只见一对年轻人从雾色中走来，女的穿着深蓝色便装，男的穿着深咖啡色长袍，还抱着一个小娃娃，这是多么熟识的面孔，我碰了一下丈夫，轻声地说：

“是马思聪。”

我们真意想不到，在粤北坪石荒村里做了半年的邻居与同事，虽然算不上有什么深厚的情谊，但能在艰难的岁月里，竟意外地相遇在山城的街头，也可算是人生难得的机缘。此时心头不免有些激动，可是彼此相顾，两家人仍然如此寒碜。我清楚地记得，当时我们几个人的表情，都一样流露着凄然的苦笑。那时相遇，谈话不多，马教授一向不善多言，故双方简单地谈了一些别后的情况就分手了，我们匆匆地把他们送上了公共汽车。从此，我们再没有见到过马思聪夫妇了。

而当年随王慕理学过钢琴的学生钟立民则这样回忆道：

1942 年，马思聪重返中大师院，时间应在 1942 年 9 月学期开始。我在同年 11 月从澳门到坪石的培正培道联合中学念初三时，马先生早已收了两个比我高班的同学作提琴学生，其中一个为温詹美（后为中央音乐学院林耀基教授的启蒙教师）。马思聪这时期演奏活动频繁，常来往于韶关（曲江）—坪石—管埠一带演出。我首次听到马思聪独奏就在培联中学，记得他演奏了《思乡曲》《圣母颂》《流浪者之歌》等。当时我们中学生多爱好音乐，培联先后由林声翕（作曲家，曾作培联校歌）、卓明理任音乐教师。马先生的演奏受到热烈欢迎，可惜学校的钢琴五音不全，难为了马先生和他的太太王慕理（钢琴伴奏）。后我随王先生学过钢琴，在管埠见过马先生，那时候学琴交鸡蛋当学费。

马先生常来往坪石—管埠一段路。坪石多指水牛湾火车站，那儿有著名的金鸡岭，据传洪秀全的妹妹洪宣娇在那里抗过清兵。金鸡岭顶上的金鸡，嘴朝湖南，尾向广东。湖南人认为它吃了湖南的米，蛋下到了广东去，所以将其嘴尖打掉。坪石火车站到管埠，一般人多走旱路，水路甚慢。这段旱路有过山的地方，后来我听了马思聪的《山林之歌》，总觉得“过山”那一乐章，多少与来往坪石—管埠这一段过山旱路的体验有关。

“马思聪先生，我们是《中央党报》的记者，听说您在韶关举办筹款义演很成功，专程从重庆过来采访。”几位记者围住刚在韶关市区举办完义演的马思聪问道，“您能否和我们一起到重庆，也为我们的记者俱乐部举办一场筹款义演呢?”

“对不起记者先生，韶关是战区，人民处于水深火热之中，我才通过义演，尽自己的微薄之力，而重庆现在是大后方。我认为，你们的要求，其实是在敲韶关人民和难民们的竹杠，恕马某不能答应，我还得回去上课。”

马思聪的当面拒绝，让记者们面面相觑。

马思聪刚回到管埠校园，一群学生前来拜访。

“尊敬的马教授，我们是新成立的中大师范学院合唱团的队员，明天晚上将到坪石镇校本部演出，同学们都渴望能与您同台演出，以壮声威。”一位戴眼镜的女生代大家提出邀请，“只是马老师这么忙，不知您是否愿与我们这些小字辈一同出场?”

“行，我们一起去。”马思聪看了眼身边的夫人，二话没说，欣然应允道，“届时，我拉小提琴，还让王老师担任钢琴伴奏，怎么样？你们喜欢听哪些曲子?”

“我想听《思乡曲》。”

"我想听《西藏音诗》。"

"我最想听舒伯特的《圣母颂》和《小夜曲》。"

同学们一听，激动得热闹鼓掌，把马思聪夫妇团团围住。

马思聪老师将与学生同台演出的消息很快传开了。分散在各地的全校师生，不顾山路之遥，纷纷前来观赏。

在那个年代，西洋音乐对大多数普通民众来说还是个陌生的领域，马思聪的小提琴独奏时常会遭遇一些尴尬的场面。

一天晚上，马思聪的小提琴独奏会如期举行。为了筹集资金，票价从1元到300元不等。特别是第一排中间的一张椅子，靠背上刻着"马思聪小提琴独奏会纪念"，售价高达300元，吸引了当地一个财主的注意。

财主佬得意扬扬地坐在那张特别的椅子上，期待着一场视听盛宴。然而，当马思聪第一次登台演奏完毕，掌声中他退场休息时，财主佬忍不住嘀咕："又是他?!"第二次登台，财主佬的声音更大了："还是他!!"到了演奏会中途，他终于按捺不住，站起来，提起椅子就走，边走边嘟囔："我还以为是马师曾来唱大戏呢!"

原来，这个财主佬误将"马思聪"听成了粤剧名伶"马师曾"，闹出一个大笑话。广东话中"思"和"师"发音相近，让他误以为能听到粤剧大师的现场演唱。

在柳州的一次露天独奏音乐会上，情况同样不尽如人意。听众们没等音乐会结束就纷纷离场。马思聪站在台上，心中难免有些失落，他写信给好友李凌倾诉这份伤感。

李凌在回信中安慰他："老百姓连野菜根都吃不到，根本没有机会接触音乐。你不要嫌弃他们。"他还引用了《奥涅金》中的诗句来鼓励马思聪："我也许不免爱得浅薄，爱得粗鲁，只要爱是出于真诚，那是应该乐于接受的。"

这番话深深触动了马思聪，他开始重视音乐的普及工作。在曲目选择上，他特意保留了几首群众熟悉和喜爱的曲目，如广东音乐《步步高》，赢得了观众的阵阵喝彩。

马思聪的音乐才华和对艺术的执着追求，使他在演奏和创作上都达到当时中国音乐界的顶尖水平。他在《创作的经验》中写道："在交响乐里，我要描绘我们这浩大的时代，中华民族的希望与奋斗、忍耐与光荣！"

四

1943 年夏天，马思聪的《第一降 E 大调交响乐》终于完成，紧随其后，他以西藏民歌为灵感，创作了《西藏音诗》，分为《述异》《喇嘛寺院》《剑舞》三个部分，每一部分都充满了浓厚的民族风情。

6 月，马思聪与徐迟的《两封关于音乐的公开信》在《大公报》文艺副刊上发表，引起了广泛关注。信中，徐迟提出了关于音乐的一系列问题，而马思聪则以理论家的深度和音乐家的敏感给出了回答。

堂弟马思周在报章上读到这些信件后，误以为两人在进行激烈的学术论战，于是急忙找到马思聪询问。

"兄长，你和徐迟先生是不是在报纸上争论起来了？"马思周忧心忡忡地问。

马思聪笑着摇头："哪里是什么论战，我们只是在学术上进行友好的探讨。徐迟先生是我的挚友，他对音乐有着深刻的理解。"

马思聪与徐迟最初是在重庆认识的，在香港交往颇深。徐迟在回忆录中写到马思聪时说："来到香港之后，他已经有很多乐思，等待他来落笔写出它们了。在天文台道，他写下了《剑舞》初稿，曾演奏给我听过。他正在构思着，要写他的《第一交响乐》。他还有一个小提琴协奏曲要写，我们多次谈到这些作品。"

在日军轰炸香港时，他们一起进入防空洞，徐迟写道："12月9日，天尚未亮，望舒和我一家子先到学士台，找到钱能欣，五人一起来到中环大防空洞前面，巧得不再巧了，刚好就在洞口，我们碰到马思聪夫妇，他们是从九龙乘坐'哇啦哇啦'过来的。九龙是无法防守，已经乱得可怕，我们一共七人，七人一起进洞。""所有人中间，我看马思聪是心情最稳定的人了，他甚至拿出五线谱来，在上面画着音符。我问他：'你在干什么？'他笑说：'我要开始谱写我的《第一交响乐》了。''这种时候？'我摇头了。'就是因为在这种时候啊！'他回答我，便不说话，他自己只管画他的音符了。"

1944年元旦，中山大学举办了"马思聪音乐会专场"，迎接新年的到来。马思聪的音乐活动日益增多，他的创作和演出成为校园文化的重要组成部分。

4月，马思聪的次女马瑞雪出生，与此同时，他的《第一F大调小提琴协奏曲》也问世了，这是中国人创作的第一部大型小提琴曲。

在一次音乐会上，马瑞雪的哭声意外地传到前台。马思聪的夫人不得不中断演奏，向观众致歉后，退到后台给孩子喂奶。马思聪静静地站在台上，观众席上一片寂静，所有人都在静静地等待。

“父亲热爱大自然，他的作品常常反映出大自然的淳朴和辽阔。”马瑞雪回忆说，“我出生在粤北坪石，那时我们家在山上，周围是满山遍野的杜鹃花，各种鸟声此起彼伏。父亲为此欣喜异常，把他的书房命名为‘听鸟斋’。”

1944 年 7 月，随着战局的紧张，马思聪携家眷离开坪石，经过梧州、桂林、柳州、贵阳，最终到达昆明，然后是成都。

1945 年，毛泽东到重庆与蒋介石举行会谈时，马思聪和徐迟在红岩村受到毛泽东和周恩来的接见。毛泽东鼓励马思聪，可以像鲁迅一样，成为能写出高质量作品的作者。

徐迟后来请毛泽东为一本包含敦煌壁画、画作、舞姿和马思聪音乐符号的册页题字，毛泽东欣然写下“诗言志”并签名。

1951 年，周恩来总理任命马思聪为中央音乐学院首任院长，这是对他音乐才华和贡献的高度认可。

晚年，旅居国外的马思聪和夫人一直沉浸在思乡情绪中，常怀念在坪石中山大学的那段生活。王慕理在信中对友人说：“那里环境幽静，生活安定，他（指马思聪）几个大作品，如第一交响乐、协奏曲等，都在那时不吃力地完成，那可说是他写作的黄金时代，自然，他希望重温那些日子，我们也在努力设法。”

他的女儿马瑞雪回忆说：“父亲的音乐，给许多华侨带来了信心和安慰。他希望通过《思乡曲》表达我们中华民族的自豪，以及对美好未来的期待。”

马思聪的音乐生涯，不仅是个人艺术追求的历程，也是中华民族音乐文化发展的见证。他的作品和理论，至今仍然激励着后来的音乐人，继续在音乐的道路上探索和前行。

许幸之：美术、戏剧、文学“三栖教授”

很难想象，1940 年深秋，许幸之还在为新四军设计臂章，一年多后也穿上长袍，和马思聪一起，成了中大师院教授。

当然，更多的人知道许幸之的名字，是因为他是电影《风云儿女》的导演。那首《义勇军进行曲》就出自《风云儿女》。因此，许幸之和马思聪刚到坪石管埠时，一度引起轰动。学生们像追星般来听他俩讲话。

许幸之先马思聪一步，于 1942 年 8 月 1 日到职坪石，被中大师范学院聘为不分学系教授，还兼任中山大学剧社编导委员。

许幸之上第一节课，学生就让他讲讲如何导演《风云儿女》，聂耳是如何为电影作曲的。他索性放下课本，给他们讲述其中的故事。

一

扬州三月，烟花如海，许幸之就出生在这样诗意盎然的地方。自幼酷爱绘画的他，13 岁时便拜入著名美术教育家吕凤子的门下。岁月流转，他考入上海美专，20 岁那年，他踏上赴日勤工俭学的旅程，在川端画会深造素描，随后又考入东京美术学校。

在东京，许幸之与郭沫若、成仿吾、郁达夫等文化名流结下深厚的友谊。郭沫若先生更是慷慨解囊，每月资助他，帮助他渡过生活上的难关。

1927 年，许幸之应郭沫若的电召回国，参加北伐，成为北伐军总政治部的一员。“四一二”政变突如其来，他被怀疑是共产党员，不幸被捕入狱。幸运的是，东京美术学校校长出面保释，他得以重返校园，师从著名油画家藤岛武二。

1929 年，许幸之应夏衍先生的电召回国，投入如火如荼的中国左翼文艺运动。1930 年，他与沈叶沉等创办左翼美术团体，积极参与左联、剧联、美联、文总等组织，用笔锋犀利的文章，抨击“为文艺而文艺”的观点和拜金主义的创作态度。

至于电影，对许幸之来说，完全是一次全新的尝试。1934 年，他加入天一影片公司。他与吴印咸联合举办的绘画摄影展在上海引起轰动。夏衍在看过展览后，找到他们，希望他们加入电通影片公司，拍摄以抗日救国为主题的电影《风云儿女》。

夏衍满怀激情地对许幸之说：“影片原故事由田汉所写，他把故事交出后被捕，我已把它摄制台本。这部片子对当前的政治斗争有着推动鼓舞作用，要尽快将它拍出来。”他顿了顿，又认真地叮嘱道：“我和司徒慧敏、孙师毅商定，请你担负起导演的责任。”

许幸之和吴印咸毫不犹豫地接受这个重任，分别成为电影《风云儿女》的导演和摄像。

这部电影讲述了青年诗人辛白华在国难当头、民族危亡之时，毅然冲破个人感情藩篱，投入抗日救国的斗争中去的故事。在国民党的严密监控下，拍摄这样一部电影无疑是一次巨大的挑战。

在拍摄过程中，许幸之发现剧本中有关主题歌《义勇军进行曲》和插曲《铁蹄下的歌女》的歌词部分都是空白的。

不久，田汉在狱中写在香烟盒包装纸背面的一段歌词，辗转送到许幸之的手中，这就是《义勇军进行曲》的原始手稿。而《铁蹄下的歌女》的歌词，则由许幸之亲自操刀。

聂耳主动请缨，为电影谱曲。他兴奋地告诉许幸之："为创作《义勇军进行曲》，我几乎废寝忘食，夜以继日。"

在一次通宵拍片后的清晨，聂耳兴冲冲地来到许幸之的住处，一进门就举起乐谱，激动地说："好啦！老兄！《义勇军进行曲》谱好了！"

许幸之听后，也激动不已，两人便一起合唱起来。

在合唱过程中，许幸之提出了一些修改意见，聂耳经过一番思索后，拿起铅笔，认真地修改起来。修改后的曲子更加激昂、轻快，尤其是最后三个"前进"，以铿锵有力的休止符来煞尾，把坚决、勇敢、跨着轻快步伐挺身前进的情绪，表现得更加明快、强烈。

在八一三战火中，许幸之还和吴印咸深入抗日战场第一线，拍摄反映淞沪会战真实战争场景的新闻纪录片《中国万岁》。他们冒着枪林弹雨，将摄像机架在高层建筑上，抢拍到 800 壮士坚守四行仓库浴血奋战的过程。这些珍贵的影像，成为历史的见证，也展现艺术家的责任感和勇气。

然而，此片送审时不仅没过审，还以"宣传赤化"为由，被武汉反动当局扣留，甚至将底片和正片全部销毁。辛苦制作的影片化为乌有。

二

《风云儿女》的损失，对吴印咸而言是一次沉重的打击，他选择离开上海，踏上前往延安的旅程。许幸之却选择留在上海。在许多文化人纷纷撤离的背景下，许幸之坚守着这片“孤岛”，成为文化界中为数不多的坚守者，这份坚持一直持续到1940年。

1940年的一个深秋，司徒阳秘密来访，他邀请许幸之前往苏北新四军抗日民主根据地，从事文化工作。许幸之没有犹豫，他和司徒阳一起，悄无声息地离开上海，来到海安，住进了原左联著名诗人丘东平的家中，他现在是新四军敌工科科长。

在海安的某个午后，许幸之和丘东平在镇上散步，偶遇新四军的负责人陈毅。在丘东平的介绍下，他们像久别重逢的老友一样握手。陈毅用他那浓厚的四川乡音说道：“许先生的到来，我早有耳闻。这几日实在太忙，未能前去拜访。今晚我已经安排了欢迎晚会，希望许先生能出席。”

“我一定参加。”许幸之回答，尽管是初次见面，但陈毅的热情和对文化工作者的尊重，给他留下深刻的印象。

几天后，丘东平通知许幸之，陈毅想要单独接见他。许幸之独自一人前往陈毅的住处，原来陈毅希望他能参与筹建鲁迅艺术学院华中分院的工作，并希望他能回上海邀请一些专家和教授来苏北教学，同时号召一些青年来解放区学习和工作。陈毅用陈仲弘的名字写了三封信，分别给许广平、王任叔和李平心。

许幸之带着这三封密信，通过地下交通回到了上海，与他们秘密取得联系。但许广平因为要照顾儿子和编辑《鲁迅选集》，不能离开上海。王任叔和李平心也各有任务，无法前往。最终，许幸之动员了一批了解的爱国进步青年，前往苏北解放区。

当他们到达盐城时，正值 1940 年的除夕。陈毅和粟裕亲自来到旅馆探望，大家的情绪非常激动。

新年的第一天，鲁迅艺术学院华中分院的筹备处举行了一次盛大的欢迎会，刘少奇、陈毅等领导同志出席迎新会。

几天后，筹建鲁艺华中分院的会议召开，许幸之也参加了这次会议。会议决定成立文学系、音乐系、美术系和戏剧系。原本戏剧系的系主任位置是为许幸之准备的，但他表示自己更愿意专注于教学，而不是行政工作。

皖南事变后，新四军军部在盐城重建，为重塑新四军新形象和树立军威，陈毅提出要重新设计新四军的臂章，并点名让许幸之来设计。

许幸之立即开始收集资料，发现已有多种样式的臂章。他认为新的臂章应该保留一些传统元素，同时体现出新四军的特色。他决定使用新四军的英文缩写“N 四 A”，并将其设计得醒目而有力。陈毅对这个设计非常满意，并提出将汉字“四”改为阿拉伯数字“4”的建议，使设计更加国际化。

最终，这个设计被接受，并由美术教员庄五洲绘制成正稿。他在设计中增加“1941”和两颗五角星，突出新四军历史的转折点。这个臂章被广泛使用，直到抗战结束。有趣的是，许多战士开始用“恩爱”来记忆臂章上的英文字母，这成为一种特殊的记忆方式，也体现了他们对国家的热爱和对人民的深情。

7 月的风，带着战争的硝烟，吹拂过盐阜区。日伪军的扫荡如同无情的风暴，让这片土地上的人们感受到前所未有的危机。为了躲避敌人的锋芒，军部决定撤离盐城，而许幸之和著名音乐家贺绿汀，被安排乘坐一艘小船，前往开明绅士杨芷江的家中隐藏。

就在此时，许幸之得到不幸的消息，他的好朋友丘东平和华中鲁艺的20多名师生在这次扫荡中壮烈殉国，他一听，不禁泪流满面。

许幸之还接到新的命令，新四军军部为确保部队的灵活性，决定精简队伍，解散华中鲁艺等组织，将一批文化人秘密送回上海隐蔽。

许幸之秘密返回上海，不久又前往香港，利用香港独特的地域环境，投身于进步电影工作。然而，随着太平洋战争的爆发，他的生活再次面临变故。

1942年除夕夜，许幸之与茅盾夫妇等文化人，在东江纵队的掩护下，离开香港，经过惠州，最终抵达韶关。在这里，他们度过一个难忘的春节，然后踏上前往粤北管埠的旅程。

四

管埠新村，这个位于乳源县四区清洞乡的小村庄，距离中山大学校总部约4公里，村口就是武江河，水运十分便利。相传村庄始建于东汉熹平三年（174），有村民在此经营水运。据《乳源县志》记载，宋代已有管埠村，还设有圩市。

许幸之来到这里，才知道国立中山大学的师范学院已经成立，学院设有8个系，涵盖了教育学、公民训导、国文、英文等多个领域。学院首任院长由崔载阳教授担任。崔载阳与校长张云，同为第一批中国赴法国里昂的留学生，他在里昂大学获得博士学位。

因师范学院教程需要，学院重点聘请教育学的新生力量，如史国雅、侯璠两位在美国研究课程学和心理学领域最新理论的博士。他俩是在 1941 年完成论文答辩获得博士学位后马上回国的，比许幸之稍早几个月到这里。

许幸之在师院的教学任务，除指导学生的绘画，还为爱好戏剧的学生排演话剧。他的课堂总是充满活力，学生们在他的引导下，不仅学到绘画技巧，更体会到艺术的魅力。

在管埠的后山，有一个被穆木天教授称为“红叶村”的小山村。每到秋天，那里的枫树叶变得火红，如同燃烧的火焰，美不胜收。学生们曾在那里办过夜校，搞过扫盲，而许幸之则用他的画笔，记录下这个小山村的美景。

1943 年，许幸之创作的写生作品《红叶山村》，就是以红叶村为背景，画面上，火红的枫叶与古朴的山村相映成趣，展现了一种宁静而又热烈的美。这幅作品，不仅记录了许幸之在管埠的生活，更传达了他对这片土地深深的热爱。

而红叶村一带，是许幸之与马思聪经常散步的地方。他们都是在香港沦陷后来到管埠的，可谓“同是天涯沦落人”。他俩在一起，有谈不完的话题。老年时，许幸之还写成文章发表于《传记文学》1991 年第 3 期，回忆起当年的情景：

追忆与马思聪在林间的散步

以神童小提琴手而驰名中外的马思聪从法国回到中国，在上海举行第一次音乐会时，我便欣赏过他的首轮提琴演奏会了。那清晰动人而缭绕会堂的琴音，虽经常在我耳边回响，但我从未想过要认识他，和这位天才音乐家结交友谊。

可能是因为抗日战争，把四面八方的学子团聚在一起的机缘吧，竟于1943年在中山大学师范学院所在地——管埠，粤北的一个深山野谷中不期而遇，从而结成了彼此不拘约束的良友，并在文艺思想与艺术爱好上也结下了深情厚谊。

在木结构临时搭成的集体宿舍里，每天清晨，便会听到马思聪和他的夫人王慕理在饭厅里，在唯一的一架钢琴面前，风雨无阻地练琴。琴声悠扬悦耳，常常可以解除山灵幽谷中的寂寞。但若遇到夜不成眠时，也仅是扰人清梦而已。

我的课业主要是指导选科生的室内作画和郊外写生，此外，也给爱好戏剧的同学排演话剧。课余之暇，有充分的时间读书和写作。因而读了不少世界名著，也写了若干首值得纪念的诗歌。

管埠周围虽然被崇山峻岭所包围，但还有相对的平原和森林覆盖其间。此外，还有一条弯弯曲曲的河流直通坪石，每日有校船来往于管埠与坪石之间。坪石虽然只是有一条街的小镇，但由于中山大学校本部的驻地，远近联系着六七个学院，故每逢假日，还是一个相当繁荣的、知识分子集中的乡镇。思聪在那里举行过音乐演奏会，我也在那里演出过《茶花女》。

从管埠向南呈现一片美丽而肥沃的草原，向东则覆盖着一片原始松林，而在我和思聪的交往中，最容易增长我们之间友情的，莫过于我们两人都有一个共同的爱好，那就是在野外或远郊散步，以及对大自然的疯狂的追逐。至今还能清楚记起，当我们第一次远去森林散步归来，就留下异常深刻的印象，并且在1943年1月24日的“日记”里留下这样一段文字记载：

“黄昏时，思聪来邀我往罗家渡的松林去散步。果然，那地方真是优美。我们在森林中静静地散步，在草径上低声地谈话，静听着松涛的声浪，有如万籁之音。我们便尽兴地谈话，从诗歌、小说、绘画、音乐，一直谈到戏剧和电影，更进一步地谈到著名作家和他们的伟大作品。一直到夕阳落下西岭，我们才踏着被松针铺满了的山坡归来，回到宿舍，已经是天黑了，家家户户已经点起了油灯。”

那是从管埠越过山岭，走向罗家渡去的一座无人居留的原始松林。当我们刚一爬上山坡时，就感到脚下的青苔异常润滑，再往上爬时，就听到溪水潺潺从脚边流过，再往上登高，就发现无数枯黄的松针，落在草径周围，像人造地毯似的铺满了坡路，使我们的步履感觉意外轻松。

“啊！”我开始打破了沉寂，不禁感叹地说，“这是大自然给我们铺好的地毯吧？”

“唔，”仿佛已道破思聪心里所想说的话，“是啊，大自然总是会给人类许多许多恩赐的。”

当我们缓步爬上山顶时，就听到仿佛从天而降的交响乐，又像从海心卷来的悠悠浪潮，我禁不住从内心发出疑问：

“咦，从哪儿来的海浪啊？”两人再仰头细看，又不禁同声地喊出：“啊松涛！……松涛！”

“哦！……”我很天真地问道，“这就是所谓的‘天籁之音’吧？”

思聪则用音乐中的习惯术语回答道：“是啊，这就是‘大自然的音籁’。”

“啊，”我说，“它使我联想起拉斐尔的《西斯底圣母》

名画的背景中，那无数若隐若现的小天使在同声合唱呢。”

“是，是，我也有同样的感觉，”他说，“它也使我联想起巴黎圣母院里的少年唱诗班，正在悠悠扬扬地齐声唱诗呢。”

原来我们已经进入松林的山岭。山岭上呈现出一片平原，在密集的松林之间，蜿蜒着一条弯弯曲曲的小径，小径旁则流动着淙淙的溪水。那一棵棵苍劲的、修长的、耸入云霄的松树，就仿佛千万把巨伞似的遮盖着整个山顶。

蔚蓝的天空愈是显得高远，白云就愈是显得临近树顶。沿途不见过路的行人，只听到黄鹂鸟在树枝间歌唱。荫深而茂密的松针，像织成一辆庞大的纱帐，笼罩着我们旅伴者的身影。于是我们自动地放慢了脚步，因而讲话的声音也自发地减轻了，领受那大自然为我们合奏的“迎宾曲”。

在这样的诗、画和音乐相协奏的环境里，我们的话题自然就接触到艺术的每个领域，展开了无拘无束的谈论。这时我忽然联想起中国的山水画和描写森林的诗来。

“走进这座森林，”我说，“就仿佛读到王维的画和诗那样：空山不见人，但闻人语响，返景入深林，复照青苔上。此刻，我们就好像身临其境了。”

“是啊，”他补充说，“也难怪苏东坡赞美王维的诗、画，说他‘“诗中有画，画中有诗’呢。”

“在中国古典诗人中，你最喜欢谁的诗？”我问。

“我最欣赏屈原的诗，他的《楚辞》充满了爱国忧民的情怀，和意大利诗人但丁有几分相似之处。他有伟大的胸怀和抱负，特别是他投身汨罗江的悲剧结局，非常感人。我很想把他的故事改编成歌剧呢。”

“那很好嘛，”我继续问道，“你对其他古典诗人又如何看待呢？”

“我也很欣赏李白和杜甫，”他又补充说，“李白的诗豪放不羁、才华横溢，充满了浪漫主义情趣。杜甫的诗则深沉含蓄，真情流露，更体现了现实主义的胸怀。”

“是的，我同意你对这两位大诗人的评价……可是从感情上讲，我更欣赏白居易的诗，尤其是他的《长恨歌》《琵琶行》之类的代表作，简直可以称得起唐诗中的绝唱了。也难怪他的诗在当时家喻户晓，传遍大江南北，成为教场和歌伎们到处传唱的歌篇呢。”

“此外，我也很欣赏晚唐诗人李商隐的诗，特别是他的‘无题’诗，情思奥妙，意境深沉，具有一种情意缠绵的伤感情调。”

“在晚唐诗人中，我更喜欢杜牧的诗，尤其是他的‘绝句’，潇洒、自然、引人入胜，而富有魅力。他常常把数字引用到诗中来，不仅不使人感到粗俗，反而能增强他的诗的意境。”

“提起晚唐的诗更不能不使人想起李后主的词，静寂、清幽、伤感情调，而又带着亡国恨的哀愁。”

“是啊，他虽然是一个亡国之君，但却完全是一副诗人的心肠……在宋代帝王中，还出现过一个画家宋徽宗哩。”

“喔，”他很感兴趣地问，“他的画可画得好吗？”

“是，我看他并不宜做皇帝，倒是一个很有才能的画家。”

“那你看过他的画吗？”

“看过，我在我们母校北京美术学校举行的一次唐、宋、元、明、清的画展中，看到过他的亲笔画，面在一张团扇的扇面上。他画了一对栖息在树枝上交颈而眠的小鸟，半睁半闭的惺忪的睡眼，仿佛还在贪睡似的。朝阳似乎还没有升起，露水刚从竹叶上滴流下来，仿佛小鸟也在贪图它们谈情说爱的温暖。让人看了感觉它们生活甜蜜而可爱。”

“很奇怪，”他感慨地说，“在中国历史上有很多可歌可泣的历史故事，也有不少多才多艺的君王。”

“也正因为他们两个专心一意地把精力花在诗词、绘画上，不问朝政，把国家大事交给那些横行霸道、贪赃枉法，甚至卖国求荣的奸臣去执行，怎么能不变成‘亡国之君’呢?”

在漫步中，发现了路旁有一块平整的大石块，我们不约而同地停止了脚步，便坐在这块花岗石上稍事休息，谈话到此也暂时停顿下来，似乎正在酝酿着更广泛的交谈。趁此，我凝视了一下思聪的眼睛，在那充满智慧的棕黑色的眼珠里，我发现了另一座小小的森林，并发现一朵朵细微的白云，在压缩了的蓝色的天空飞过。我禁不住仰起头来看看天空，松针悠悠地在空中送起了浪涛，大自然似乎正在合奏着“森林之曲”。于是，我打破了沉默，进一步问道:

“在西欧的许多诗人中，你最喜欢哪些人的诗?”

“古典诗人太多谈起来话长，”他说，“在近代诗人中我最喜欢德国的海涅和法国的波德莱尔。”

“因为他们和李商隐、李煜（后主）有些相似之处是不是?”我用试探的口气问，“你大概很喜欢象征派或感伤派的诗吧?”

“也不尽然，”他补充说，“我喜欢海涅的自由奔放和他的幽默情趣。至于波德莱尔，我却是喜欢他的感伤情调和他的象征诗意。”

“那么，你喜不喜欢英国诗人葛雷的诗?”

“可惜我没有读过他的诗。”

“啊，他的《墓畔哀歌》写得真好，那是感伤至极的、哀婉动人的挽歌。可以和德国象征派画家柏克林的《死之岛》相互媲美呢。”

“诗，”我坦率地表达了我的看法，“仿佛多少要有点儿浪漫色彩和感伤情调才会感人似的……”

“对了，”他立刻反应道，“无论哪种艺术，不管它是古典主义或是写实主义的，如果不带点儿浪漫色彩或感伤情趣，就变得枯涩无味了。”

“嗯，我就不欣赏那种庸俗的、枯涩无味的自然主义的东西。可是，现在有些教条主义的批评家，一听到浪漫色彩和感伤情调，就如狼似虎地大加鞭挞。”

“哼，”他带有一种嘲讽的口吻说，“也许他们就根本不懂得艺术中的浪漫色彩和感伤情调，往往是悲剧中的重要因素。”

“是啊，幻想、激情、哀伤、怨恸、浪漫色彩、感伤情调，往往是构成悲剧的最具有魅力的东西。”

“可是，大作家的作品就不受那些约束了，譬如歌德、莎士比亚，他们同是古典主义的诗人，但他们一点儿也不受古典主义的约束。他们爱怎么写就怎么写。”

“是的，是的。如歌德的《浮士德》《少年维特之烦恼》，莎士比亚的《哈姆雷特》《罗密欧与朱丽叶》，塞万提斯的《堂·吉诃德》等名著，不都充满了浪漫气氛和感伤情趣吗?”

“你说得很对。凡是大作家，在创作上总是爱自由创作，不愿意受任何约束，在音乐上也是如此，像莫扎特、贝多芬、肖邦、瓦格纳等，在他们的作品里都充满了热情、奔放，有时是悲怆、感伤；有时则向往自由，有时则决裂反抗。总之，没有任何框框束缚住他们的创作自由，这就是他们之所以产生伟大作品的缘故呢。”

“对于音乐，”我声明我完全是个门外汉，“尤其对于贝多芬实在不大能理解，他的作品为什么总是以疾风骤雨、雷霆万钧的旋律来惊天动地呢?”

他禁不住笑了一下说：“这要看他哪些作品，表现哪种题材才能说明问题，如描写革命、斗争、英雄人物，以第三《英雄》、第五《命运》、第六《田园》、第九《合唱》等著名的交响曲来说，他那种雄伟、热情、悲壮的气魄，确实会使人感到震惊。但他也有抒情的作品啊，如著名的《月光曲》那样，连月光下潺潺的流水，连草地里唧唧的虫声那么细微的音响也都被他描写出来了，那不是他抒情的优美的作品吗?

“从我这个门外汉说来，我倒是非常欣赏奥地利作曲家约翰·施特劳斯的圆舞曲，如《蓝色多瑙河》《春的声息》《森林的故事》等等。我看过一部名叫《翠堤春晓》的影片，把他的若干首圆舞曲和他的浪漫的恋爱故事，描写得十分轻松、愉快、节奏鲜明，而使人赏心悦目。

“是的，他的作品浅显易懂，一般人容易接受，但我在近代音乐家中更欣赏俄国的柴可夫斯基，他创作了《天鹅湖》《睡美人》《胡桃夹子》等舞剧，《暴风雨》《罗密欧与朱丽叶》等幻想曲，《奥尼金》《黑桃皇后》等歌剧，以及钢琴、小提琴、大提琴协奏曲等，是一个多才多艺，注重内心刻画、旋律丰富而形象生动的作曲家。我也经常喜欢演奏他的作品。”

“那么，欣赏音乐有没有一定的标准呢?”我问。

他说：“并没有一定的标准，全凭各人的感觉去体会，可是，对于我们学音乐的人说来，第一个最灵敏的感觉是耳朵，第二个感觉才是手。”

“但对于我们学画的人说来，第一个感觉是眼睛，第二个感觉才是手。”

这时，我们沉默了片刻，先后站起身来，在森林中缓步前进。金色的斜阳，把一棵棵松树的影子，投射在草坪和树干上，像织锦图案一样，增强了一种光影对照，以及金色与蓝色的色调对比，更使人感觉到森林的幽深和神秘。

“啊，”我禁不住惊叹了一声，“这里的森林真美啊！它能同巴黎郊外的枫丹白露森林相比吗?”

“不。那里有森林，也有开阔地；有皇家别墅，也有平民居住的地方。你所熟悉的巴比仲画派的画家们，不都聚居在那里吗？这里全是一片森林，没有人烟，气氛不一样。”

“你刚才提到巴比仲画派，使我立刻想起柯罗的森林风景画，他的画细腻、柔和，充满了诗意，那简直是妒火纯青、诗意葱茏的森林或湖畔的风景画。”

“他画中的人物，也都像森林中的女神在活动。”

“是啊，他的代表作为《林妖的舞蹈》《孟特枫登的回忆》等，简直就像梦一般的牧歌情调……他的每一幅风景画，都像是一首优美的田园诗。”

“那你对于米勒的画又如何评价呢?”

“当然，米勒是一位伟大的农民画家。他对于农村生活和劳动的赞美，在西欧绘画史上是无与伦比的，他的代表作为《晚钟》《拾穗者》《试步》《小鸟的喂饲》等，都是田园生活的赞歌，深刻而富于诗意的杰出的作品。”

这一切言论与对话，都是我们对于巴比仲画派两位大师的同声赞美。我们在那种神往的、移情于诗与画的谈话中，不知不觉已经走到森林的尽头，慢慢地已经走下山坡。这时，被森林遮没了的视线豁然开朗，可以看到一片棕黄色的田野。经过一个冬季的考验，那些散落有致的村庄中，红色的树叶还没有脱落，还在那苍劲的、傲岸的树丛中飘动。于是，我们的交谈，被眼前焕然一新的景物，我们临时叫它红叶村，中断了许久。

“啊！豁然开朗，和刚才森林中的景色完全不同。”我惊叹道，“看，这里是一片红叶，我们不如就叫它‘红叶村’吧。”

“好吗，‘红叶村’这个名字也很美呀。”他用试探的口气问，“你恐怕要想画画了吧?”

“是啊，”我连忙说，“假使此刻有画具的话，我马上就在这里写生了。”我随即反问道，“假如你此刻有小提琴呢?”

“我也会在这里演奏它一曲呢。”他凝视了一下四周的风光问，“这里的风光像不像伦勃朗的风景画?”

“不，不太像，我感觉这里更像印象派画家莫奈、毕沙罗、西斯莱，以及后期印象派凡·高的风景画。”于是我又反问道，“你不是很喜欢伦勃朗的画?”

“是，我很喜欢伦勃朗的画。”他补充说，“我认为他在美术史上的地位，可以与贝多芬在音乐史上的地位相媲美。”

“他确是从古代绘画过渡到近代绘画的桥梁。”

“可以说他是近代绘画的先驱者吧。”

“正如有些美术评论家所说，伦勃朗画的那幅《戴金盔的人》，头上戴的金盔，几乎可以听到金属的声音呢。”

音乐家的耳朵是特别敏感的，一听到有响的事物，不觉自言自语地重复了一遍：“的确，伦勃朗画中的金盔，可以听到金属的声音呢。”

作为一个音乐的爱好者，我很坦率地对他说：“最近一个时期，为了想补充一些有关声音方面的常识，连续读了罗曼·罗兰的《约翰·克利斯朵夫》《贝多芬传》以及《歌德与贝多芬》等名著。我不明白约翰·克利斯朵夫，是完全以贝多芬为模特儿呢，还是糅合了另外一些音乐家的综合体?”

“当然是以许多音乐家糅合在一起的综合人物，主要是描写一个以个人奋斗来反抗社会，终于不能容忍于宗法社会的音乐家的悲剧下场。”

“那么，他在《歌德与贝多芬》中，为什么把贝多芬褒扬为天才和智慧的超人，而把歌德贬低成庸俗的凡夫俗子呢？难道真是这样的吗?”

“事实并非如此，”他说，“歌德在文学史上的地位，和贝多芬在音乐史上的地位几乎相等。何况，他们的友谊很深，贝多芬还给歌德的《埃格蒙特》悲剧作过曲。正如莎士比亚是英国人的骄傲一样，歌德与贝多芬同样是德国人的宠儿。”

“罗曼·罗兰从来是以严格掌握史料而著名，”我说，

“如何在这部传记文学里，竟把贝多芬与歌德褒贬到如此地步呢?”

“我看这也许出于他个人的一种偏爱，比如他写的《米开朗琪罗传》《米勒传》《托尔斯泰传》等，特别喜欢强调他们的天才、奋斗，蔑视一切和个人英雄主义等光辉历程，而把曾经当过魏玛公爵枢密顾问的歌德则妄加菲薄，这是不公平的偏见。”

“他在《米开朗琪罗传》中更是如此，他偏爱受苦、受难、受教皇压迫的米开朗琪罗，而对被上层人物和大公们重用的达·芬奇则往往用隐讳其辞加以讽刺，殊不公允。”

“但是，罗曼·罗兰在运用史料上还是刻苦的。”

“他的传记文学确实写得生动而饶有风趣。”

我们的谈话到此仿佛告一段落，彼此都静默无声了。绕过几处村落，到了一座古朴而幽美的林泉。这里好像人工砌成的花园似的，蜿蜒在人行道上。苍老的古柏密集成林，下面是一片清澄的泉水池，反映出墨绿色的林荫和树顶上的夕照的残影。流泉穿过道，从自然铺成的石缝间流过，发出淙淙之声。一簇簇黄色的雏菊，点缀在多种姿态的石缝中间，如同插花的少女，在那儿相对含笑，沉默不语。思聪和我都陶醉在林泉下，在一块花岗石上坐下休息。我们用手抚弄脚下的流泉，就仿佛抚弄古筝一样，在手掌下弹奏着铮铮的弦音。我们又用手抚摸着身边的雏菊，黄花似纯真的处女，对我们展示着羞怯的微笑。这时，我们两人都沉默着，不发一言一语，如同村姑们闻到野菜花香，不愿马上离开一样，我们完全被那优雅、宁静有如梦乡一般的景色所吸引，大家都不愿意匆匆离去。

“我们应该走了吧?”我只内心在想，但不敢催促他。

“我们下一次再来。”我想他内心也在这么想，但行动仍旧流连忘返。

当红色的残阳从树梢上隐退之后，我们才起身走下山坡，迎面便出现一群突兀的高山，像屏障似的阻断了我们的视线，这就是唐代诗人曾经流放过，被认为是蛮荒之地的罗家渡的渡口。在披挂着深蓝色的阴影和残留着绯红色的夕阳的两山之间，蜿蜒着一条丝带似的蔚蓝色的“斌河’，就像一幅构图完美的风景画。于是，我们就在这人烟稀少的古代渡口停步了。

我乘机讲述了以下一段故事：“据说，这是诗人韩愈曾经流沛过的地方。就在这个走投无路的罗家渡渡口，诗人大哭了一场，因此在那里留下一个‘韩公潭’，传说是由韩愈的眼泪凝聚而成的古潭，你如果有兴趣的话，我们不妨去凭吊一番。”

“时间已经很晚了，我们走回去还有一段路程，”他还游兴未尽地说，“等下一次有机会我们再来吧。”

于是，我们不约而同地走向归途。在归途中，依旧通过那座古柏和松林，可松林已普照着红色的光芒。夕阳从无数的松叶中穿透过来，像无数枝金箭刺射着我们的眼睛。归途中，我们又略略谈起几位湖畔诗人与田园画家，都对他们湖畔生涯与田园生活，以及他们牧歌般的诗与画表示无限的憧憬。

当我们重新走出森林、走下山坡、走向归途时，夕阳已完全落下山谷。西方的天际正燃烧着一片红色的火焰，出谷之处正弥漫着浓重的暮霭，回到师院宿舍时，家家户户的窗棂上，都已点起了微弱的星星灯火，一切都沉睡在夜色苍茫中，等待着满天星斗的月夜来临。遗憾的是因日寇打通粤汉线，逼使我们也不得不从此离散了。

尾声

虽然此情此景已过去了将近半个世纪之久，但和马思聪这一次美妙的森林之旅，这次相互交流诗歌、音乐、绘画思想的散步，却经常在我脑海中激荡起回忆的波澜，并在多年艰苦的教学与艺术生涯中留下难忘的印象。

1990 年 6 月 18 日于北京

四

在中大的校园里，许幸之欣喜地与左联时期的老友重逢。这些老友中，有才华横溢的戏剧家洪深，还有诗人穆木天和彭慧夫妇等。

穆木天，这位许幸之的诗友，毕业于日本东京帝国大学，专攻法国文学。1931 年，他带着满腔热血从东北来到上海，加入左翼作家联盟，成为冯乃超介绍的入会成员。穆木天的诗歌在各种刊物上发表，成为左联文学诗歌创作的代表性人物。

在上海，穆木天与前妻麦道广离异后，与同为左联的女作家彭慧结为连理。穆木天比许幸之早一年多到管埠师范学院任教，上的是“名著选讲”“习作”，课余坚持创作和翻译，先后翻译了雨果的《哀悼》和《月亮》、普希金的《青铜骑士》和莱蒙托夫的《恶魔》，与洪深合译《生命的火焰》；出版了个人诗集《新的旅程》等。彭慧是有名的才女，毕业于莫斯科孙中山大学。她是从苏联学习归国参加左联的七人之一，被聘为中大文学院讲师。

1942 年秋，穆木天和彭慧夫妇决定离开中山大学，前往桂林师范学院任教。临行时，彭慧对许幸之说："粤北的坏气候，让我们这两年除了吃粉笔灰，就是吃药。我们决心一同辞去中大教职。"

许幸之之所以能来到中山大学，得益于他的小学同学、时任英语系主任张云谷教授的推荐。张云谷教授不仅在学术上造诣深厚，对西方戏剧有着深入的研究，还在 1943 年于桂林举办"张云谷环球写生画展"。

许幸之年轻时就对写作充满热情，他的笔下流淌着诗意和画意。在留日期间，他不断向国内寄送诗歌、散文、绘画稿件，陆续发表在《创造月刊》《洪水》等文艺报刊上。他的长诗《卖血的人》《扬子江》等作品，以及《永生永世之歌》和散文集《归来》，都展现了他的文学才华。1937 年春，他根据鲁迅原著改编的六幕话剧《阿 Q 正传》，更是在《光明》半月刊上发表，并由上海光明书局出版，多次再版。

在管埠，许幸之的生活虽然平静，但创作异常丰富。1942 年 11 月，他创作了四幕话剧《最后的圣诞夜》，剧本由桂林今日文艺社出版。同年，他还与吴纫之、顾仲彝在《沙漠画报》上发表文章。1943 年春季，他接连创作三幕话剧《樱花夫人》、五六首长诗、几十首短诗，并开始收集资料，准备撰写《西洋戏剧史》和《古代美术史》，还计划编纂《中国现代诗歌史》。

《国文评论》是师范学院国文学会1943年创办的刊物，只出版了一期。这一期中，有吴三立的旧体诗，穆木天翻译的梅里米《玛提欧·法勒内芮》，还有许幸之写的一首现代诗《酿诗》。诗中写道：

我酝酿我的诗/像蜜蜂酝酿它的蜜/吹吸花的心/接吻花的唇/我要/我的诗/如同蜜蜂一般甜蜜/酿出甘美而馥郁的诗情

我制造我的诗/像春蚕制造它的丝/消化了桑乳/倾泻着青丝/我要/我的诗/仿佛蚕丝一般明洁/吐出光泽而柔滑的诗句

……

阳春三月，山冈上开满杜鹃花。师范学院副教授、作曲家黄友棣一大早来敲许幸之的门，说他在学生刊物上，偶然看到文学院学生芜军写的一首叫《杜鹃花》的小诗，感觉清新感人，一时间灵感迸发，昨晚彻夜难眠，在油灯下奋笔疾书，一气呵成，谱成了曲，现试唱给他听听，看感觉如何。

不等许幸之回话，他便开始打着拍子唱起来：

淡淡的三月天，杜鹃花开在山坡上。杜鹃花开在小溪畔多美丽，啊，像村家的小姑娘，像村家的小姑娘。

去年村家小姑娘，走到山坡上和情郎唱支山歌。摘枝杜鹃花插在头发上，今年村家小姑娘走向小溪畔，杜鹃花谢了又开呀。

记起了战场上的情郎，摘下一枝血红的杜鹃，遥向着烽火的天边。哥哥，你打胜仗回来，我把杜鹃花插在你的胸前，不再插在自己的头发上。

淡淡的三月天，杜鹃花开在山坡上，杜鹃花开在小溪畔。多美丽啊，像村家的小姑娘，像村家的小姑娘。

许幸之听毕，连声叫好。看着黄友棣充满激情的演唱，他不禁想到当年聂耳在他面前修改《义勇军进行曲》的情景……

几乎是在一夜之间，《杜鹃花》传遍校园，传遍广东，传遍大江南北，成为抗战名曲，点燃无数青年的救国热忱。

1942 年 11 月至 1943 年 1 月，中山大学的纪念活动如火如荼，师院的戏剧座谈会上，许幸之以“戏剧之本质及其教育价值”为题，为师生们带来一场思想的盛宴。而张云谷则以《戏剧与人生》为题，探讨戏剧与生活之间的紧密联系。

在座谈会期间，师院艺术系师生的热情如同燃烧的火焰，他们组建了中师合唱团，黄友棣担任总指挥，歌声激荡着每个人的心。同时，中山大学师范学院剧团（简称中师剧团）的成立，更是让这股热情有了具体的展现。许幸之、张雅琨、熊佛西、洪琛等五人被选为演出指导，他们的智慧和经验，为剧团的演出注入灵魂。

中师剧团在坪石成为最活跃的艺术团体，每当学校有重大活动，他们的演出总是最吸引人的节目。从 1942 年末至 1944 年 5 月，在许幸之等教授的指导下，中师剧团与合唱团在中大礼堂、师院礼堂和坪石时代剧院等地，公演了《一片爱国心》《大地回春》《半斤八两》《心防》等话剧。

1944 年元旦，中师剧团在坪石时代剧院公演许幸之导演的名剧《寄生草》，观众们争先恐后地涌入剧院，场面之热闹，门槛几乎被挤破。

而许幸之印象最深的，莫过于中大剧团在 1944 年西南剧展上的演出。他们用纯英语演出英国剧作家吉尔吉斯的经典作品《皮格马克》，这不仅是对中大英语教育水平的一次展示，更是一次文化交流的盛会。

西南剧展，这个当时最盛大的文化活动，由田汉、欧阳予倩等进步人士发起，历时 3 个多月，吸引来自 5 省的 32 个文艺团队，近千人参加。中大剧团的演出顾问团队星光熠熠，包括邓植仪、崔载阳等 14 位教授。导演吴俊华，以及钟日新、卓元樑等演员的参与，让《皮格马克》的演出成为一次难忘的艺术体验。

在《皮格马克》的排练和演出中，许幸之与剧中女主角卓元樑相爱了，这是他在管埠最大的收获。两人的爱情故事，如同剧中的情节一样，充满浪漫与美好。

趁着西南联展，许幸之在桂林的蜀腴川菜馆举行婚礼，邀请了一群戏剧界、文艺界朋友参加。欧阳予倩在喜筵上笑称“此乃戏剧之功也”。田汉则以“许幸之卓元樑新婚致贺”为题，赋诗一首：“艺事常和造化侔，伊人真个眼液流。温香软玉劳珍惜，真使侬心化石头。”

柳亚子先生也诗兴大发，吟道：“江都狂士才堪霸，粤海明珠美绝伦。地久天长成好事，双双同拜自由神。罗帕香温无限娇，酒酣合卺喜今宵。风流雄武平生意，从此人间不寂寥。”

好景不长，随着日军发动豫湘桂战役，战火蔓延至粤汉线，坪石的局势变得紧张。许幸之因参与组织诗歌朗诵会和排演进步话剧等活动，未能得到学校的续聘，只得携已有身孕的夫人，经柳州迁至贵阳，加入了“西南文化垦殖团”。

中华人民共和国成立后，许幸之的才华得到更广阔的施展舞台。他曾任苏州市文联主席，1950 年导演的电影《海上风暴》受到毛主席的赞扬。1954 年，他担任中央美术学院研究室主任、教授，继续在艺术的道路上精耕细作。

许幸之的一生，是与戏剧紧密相连的一生，无论是在中山大学的校庆活动中，还是在西南剧展的舞台上，他都以自己的才华和热情，为戏剧艺术的发展做出贡献。蔡若虹在怀念许幸之的《西江月》中赞道：

> 六十年前左翼，五星旗下专家；一身三朵向阳花，能演能诗能画。
>
> 妙手玲珑多面，丹心灼烁无暇；雄歌一曲献中华，留得千秋佳话。

冯沅君：从新女性作家到大学教授

在中大，上课的女先生并不多。每当冯先生上课时，课室里常座无虚席，连窗户边都有不少学生站着听课。

同学们之所以爱听女先生冯沅君的课，是她讲授时，感情特别投入，尤其是讲古典诗词课时，她有个习惯，先把所要讲的诗词绘声绘色地背诵一遍，然后才针对不同作者与作品，设身处地进行分析，讲述诗词创作的时代背景和故事，分析作者创作的独特性和艺术性，让人久久不忘。

吕家乡深情地回忆："上冯先生的课，是一次心灵的洗礼。她朗诵王维的诗时，那语速之快，仿佛是急促的雨点，打在心湖上，激起层层涟漪。而她对《咏喇叭》的演绎，更是将我们带入了一个充满韵律的世界。"

赵淮青的记忆中，冯沅君讲授《念奴娇》的情景历历在目："她背诵时，每一个字都像是重锤敲击在心上，让我感受到了词中所蕴含的豪迈与力量。她那在讲台上踱步的身影，如同一位古代的诗人，穿越时空，向我们诉说着千年的沧桑。"

郭同文回忆起冯沅君讲授岑参的诗歌时的情景，眼中闪烁着光芒："尽管她大病初愈，但她的讲课依旧充满活力。当她讲到'忽如一夜春风来，千树万树梨花开'时，她的目光转向窗外盛开的梨花，那一刻，我们仿佛也感受到了诗人笔下的春天，那是一种从寒冷中孕育出的希望与生机。”

冯沅君的课堂，总是充满了新鲜感和灵感。她的随堂发挥，虽然转瞬即逝，但学生们的记录却让这些瞬间得以永恒。

冯沅君也知道，有不少学生来听她的课，是冲着她年轻时传奇浪漫的经历而来的。她理解这种好奇心理，想想看，谁没年轻过？

二

现在看来，冯沅君可谓是“五四”新女性的“标配”。

标配一：走出家门，不要嫁妆，争取上大学的机会。

冯沅君出身于典型的封建家庭，自幼便得习礼懂规矩，作为女孩，早早裹上小脚，大门不出，二门不迈。父亲冯台异进士出身，官居知县，十分重视三个孩子的教育，不仅在家里设有书房，还请了“教读师爷”上古文、算学、写字、作文等课。沅君5岁时就躲到一旁，跟着大哥冯友兰、二哥冯景兰学诗。在兄长冯友兰眼里，妹妹是个有些特别的女孩。

> 不知道什么缘故，沅君生来不吃鸡蛋，不但不吃而且厌恶它。她要是不喜欢一个人，就说给他个鸡蛋吃。我们生活在祖父的大家庭里，全家二三十口人，大锅饭只供给主食和一般的副食，如炒白菜、腌萝卜之类，别的吃食由各房自理。母亲自己腌鸡蛋，每天早晨煮一个由我和弟弟景兰分食。景兰喜欢吃蛋白，我就吃蛋黄。沅君能吃饭了，但不吃鸡蛋。我们三个小孩，倒各得其所。母亲不忍，百般劝诱，也没生效果。

1907年，父亲在湖北崇阳县做知县，我们这三个小孩都跟着到崇阳。父亲给我们请来个教书先生，设了一间书房。我们这三个孩子分成两班。我和景兰为一班，沅君六岁，一个人一班。功课只有国文、算学两门。父亲认为这两门是一切学问的根本，必须在小的时候把根基打好。先生教算学要用黑板、粉笔。粉笔在崇阳买不到，就写信托在汉口的亲友去买。当时粉笔称为粉条，汉口的人托人捎回来一大包，打开一看，原来是吃的粉丝，粉丝也叫粉条。

有一天，沅君写大字，不知道先生说一句什么批评的话，沅君生气了，第二天就不去上学。母亲生气地说，不上学，就要把她送到上房后边的一间黑屋里。她宁愿上小黑屋，也不去上学。母亲劝说解释，亲自把她送到书房门口，先生也出来接她，她无论如何也不进门槛，沅君性格之倔强，可见一斑。

两年后，冯父因突发脑出血，病逝于湖北崇阳县衙任中，年仅42岁。当时，大哥14岁，二哥9岁，沅君才7岁。母亲吴清芝挈带兄妹三人扶柩返回河北唐河。母亲思想开通，在独持家政的艰辛日子里，仍继续请家教老师给儿女们上课，后来大儿子友兰考上北京大学，二儿子景兰考入北京大学预科，而沅君因为是女孩，则不能外出求学。冯友兰晚年回忆道："冯家这个大家庭的规矩，男孩子从7岁起上学，家里请一个先生，教这些孩子读书。女孩子7岁以后，也同男孩子一起上学，过了10岁就不让上学了。"

更让沅君有些不开心的是，父亲在世时，早早就给她和唐河县方庄的一个有钱人家的少爷定了亲，可沅君却不是传统女子，不想把自己的命运掌握在他人手中，也渴望像男生一样能够继续上学。

沅君站在父亲的书房前，手轻轻抚摸着门框，仿佛能感受到父亲的气息。“父亲，您放心，我会用知识来改变命运。”她的声音低沉而有力，眼中闪烁着泪光，但更多的是决心。

1917 年，当大哥带来国立北京女子高等师范学校正在招生的消息时，沅君的心中燃起了希望的火焰。“大哥，我要去北京，我要成为新女性。”

“妹妹，你文学好，可以报考新设的国文专修科，但要母亲同意。”大哥表示支持。

“母亲，我要去北京求学。”沅君坚定地望着母亲，眼神中闪烁着不屈的光芒。

母亲吴清芝微微一愣，随即露出了一丝欣慰的笑容：“沅君，你真的决定了吗？”

“是的，母亲。我不要嫁妆，我只要自由和知识。”沅君的声音里带着一丝颤抖，但更多的是坚定。

在那个时代，女子求学被视为荒唐事，但沅君很勇敢，母亲也排除各种非议，自己承担责任，同意让沅君随两个哥哥去北京读书。那年，沅君正好是 17 岁。

北京女子师范学校的入学考试只考诗赋，这正是沅君的强项。她有幸成为中国第一批女大学生。想来好笑，沅君进校时，还梳着系红绳的长辫，穿着蓝色印染花衣，裹着小脚，但她的眼神中，却充满对未来的期待。

对于这段经历，冯友兰回忆道：

> 不久，父亲去世，我们回到唐河老家，母亲坚持父亲平

常的教训：必须将国文底子打好。给我们请来先生在家里上学。可是沅君没有上学，因为当时的规矩，女孩子是不上学的。一直到1916年夏天，我从北京大学回家过暑假，沅君跟着我又开始读书。那时候北京大学国文系的教师大部分是章太炎的学生，文风是学魏晋。我就在这一方面选些文章，叫她抄读（当时家里只有“四书”之类有限的书）。她真是绝顶聪明，只用了一个暑假，不但能读懂那些文章，还能模拟那些文章写出作品。到1917年暑假，北京女子师范开办国文专修科，消息传到唐河，她就坚决要到北京应考。当时我们家乡较偏僻，风气闭塞，把女子读书视为荒唐事，但沅君很勇敢，母亲也排除各种非议，自己承担责任，支持她前往。暑假终了，我同景兰、沅君就一同到了北京。

沅君到北京果然考进了当时北京的女子最高学府的国文专修科，后改名北京女子师范大学。当时开始学的还是中国古典文学，不久就在新文化运动的影响下，改写语体文创作小说了。

标配二：带头上街游行，驱逐校长，上演文明戏。

1919年5月，一场震撼全国的五四运动爆发。北京的学生们纷纷涌上街头，抗议帝国主义对中国的侵略。然而，女高师的校长方还却下令紧锁校门，不允许女生参与这场爱国运动。

冯沅君，这个思想前卫、敢于挑战传统的女生，早已摆脱旧时的束缚，她剪去了长辫，穿上新式的黑裙白衫，戴上近视眼镜，成为校园中的时尚先锋。尽管她的小脚已经定型，但她依然勇敢地迈出了步伐，即使需要在鞋子里塞棉花来适应，也毫不在意。

当同学们焦急地问她："沅君，大门被锁了，我们怎么出去参加游行啊?"

冯沅君毫不犹豫地回答："锁得住门，锁不住我们的心!"

她搬起一块石头，用力砸向铁锁，锁应声而落。她带领着女生们勇敢地走出校门，与北大、清华的师生们会合，一起走上街头。市民们为她们的勇气和决心鼓掌喝彩。

冯沅君得到国文部主任陈中凡、图画科主任吕凤子两位先生的支持，带送起草要求驱逐校长方还的宣言。宣言中，列举了方还的十大罪状，斥责他在国家危难之际，紧锁校门，阻止学生参与爱国行动。

这份宣言如同一记重锤，直接导致了方还的辞职。

五四运动过后，校园里的文明戏开始流行起来。冯沅君担任编剧，将乐府长诗《孔雀东南飞》改编成一部古装话剧，还登台演出，扮演剧中的焦母。当时的北京，演戏的都是男性。女大学生登台演戏，无疑是一件新鲜事，全城为之轰动。

这戏连演三天，场场爆满。剧院中，能站的地方都挤满了人，有的甚至趴在窗边观看。北大、清华等高校师生纷纷前来观看，亲临现场的不仅有李大钊的夫人和女儿，还有鲁迅先生。或许就是那个时候，鲁迅先生注意到了冯沅君这个奇女子。

《孔雀东南飞》的成功，让冯沅君成为一个备受瞩目的人物。有人称赞她"名满京华"，她的名字和她的才华，成为那个时代女性争取自由、表达自我的象征。

标配三：反抗封建婚姻，提倡自由恋爱。

在那个时代，封建婚姻的枷锁紧紧束缚着女性的命运。冯沅君的同班同学李超，因为无法忍受家族的压迫和包办婚姻的束缚，最终含恨离世。这件事深深触动了冯沅君，她感到一种前所未有的愤怒和无力。

李超之死，在当时成了新闻事件。1919 年 11 月 30 日下午，在李超的追悼会上，蔡元培、胡适、陈独秀、蒋梦麟、李大钊、梁漱溟等社会名流纷纷发言，表达对旧家庭制度的愤慨和对奋斗女性青年的同情。程俊英回忆说："全场感动，满座恻然，无不叹旧家庭之残暴。"

冯沅君在悲痛中觉醒，她决定带头反抗这陈旧的一切。她写信回家，坚决与父亲安排的未婚夫退婚。

她的行动激励了其他女同学，她们也开始勇敢地追求自己的幸福。

标配四：创作白话小说，成为新女性作家。

1922 年，她成为北京大学研究所国学门唯一的女研究生。在学习之余，她开始尝试文学创作，以笔名"淦女士"在《创造季刊》和《创造周报》上发表一系列小说。其中，《隔绝》为书信体小说，情感炽烈，直击青年知识分子的痛点。她在小说中写道："身命可以牺牲，意志不可以牺牲，不得自由我宁死。"这句话，成为她对自由恋爱的宣言。

冯沅君的小说在文坛引起强烈反响，鲁迅先生在《中国新文学大系·小说二集》中选入了她的《旅行》和《慈母》两篇，并给予肯定。她的小说，以其真实感人的情感和对传统束缚的反抗，赢得了青年人的喜爱。

1924 年，冯沅君成为《语丝》的长期撰稿人之一。在短短一年时间里，她发表了十多篇不同内容、不同文体的作品，其中包括《劫灰》《贞妇》《缘法》等短篇小说。她的作品，以其真实和大胆，展现女性在封建社会中对自由恋爱的渴望和追求。

虽然是无心插柳，冯沅君无意中与丁玲、苏雪林、凌叔华和庐隐等一起，成为20世纪初从事文学创作的女作家。冯沅君的文学创作，体现出她对自由恋爱的渴望和对封建思想的反抗。阿英在《现代中国女作家》中评价冯沅君："她在当时表现出了一个特殊的特色，那是一般女性作家所不敢做的，这就是她非常大胆地在封建思想仍旧显着它的威力的时代里勇敢而无畏地描写了女性的毫无掩饰的恋爱心理。"她的作品，"抓破了一切虚伪的面具"，展现了女性恋爱心理的真实过程，潜藏着一种生命的活力。

标配五：大胆追求幸福，演绎罗曼蒂克爱情。

每一个民国奇女子都有不同寻常的爱情，冯沅君自然不例外。她的初恋男友王品青，曾是报刊《语丝》的撰稿人，一个才华横溢的青年。尽管他早早步入婚姻的殿堂，这并未阻止冯沅君对他的炽热情感。

在大学校园里，王品青以其才气和风度赢得众多目光，但他的内心却异常敏感脆弱。北大毕业后，他的生活逐渐走向颓废，肺病的折磨和夜以继日的麻将让他精神日渐萎靡。他的被害妄想症更是让冯沅君感到无法承受。在冯沅君的笔下，她如此描述自己的心境："花儿已谢，再难复上故枝，对他，我只剩怜悯，没有了往昔的热情。"

与王品青的分手，为冯沅君的生活带来新的转机。

这时，江南才子陆侃如走进她的视野。陆侃如，一个比冯沅君小三岁、英俊潇洒且才华横溢的青年，他的《屈原》《宋玉评传》等作品在学术界引起不小的轰动。

每逢周末，陆侃如都会来和冯沅君约会。两人或在月光下漫步，或在北海上泛舟，或同登长城，或共游颐和园……在这些美好的时光里，两人的感情日渐深厚。

陆侃如曾对冯沅君说："在这月光下，我看到你眼中的光芒，比星星还要璀璨。"冯沅君则笑着回应："那你可要当心，别被这光芒迷了眼。"

1926 年，冯沅君赴上海暨南大学、中国公学大学部任教，陆侃如也紧随其后，两人在上海的校园里既是同事又是恋人。他们的爱情故事，被冯沅君以书信体小说《春痕》的形式记录下来，50 封信串联起他们的爱情历程。

大哥冯友兰起初并不看好这段关系，对陆侃如的家庭背景存有疑虑。为了说服兄长，冯沅君和陆侃如请出蔡元培、胡适两位学术界的重量级人物。在他们的斡旋下，冯友兰终于放下顾虑。

1929 年 1 月，冯沅君和陆侃如在上海举行新派的结婚仪式，成为城中的热门话题。

那年，冯沅君 29 岁，她的脸上洋溢着幸福的笑容，仿佛在告诉世人，她终于找到属于自己的幸福。

二

婚后的冯沅君，似乎收敛了昔日锐气，与陆侃如一同沉浸在学术的深海中。1931 年，他们携手完成《中国诗史》，这部作品不仅填补中国诗歌史的空白，更在文学领域树立新的里程碑。继王国维、鲁迅等大师之后，冯沅君夫妇的名字也镌刻在中国文学的史册上。

秋风送爽，冯沅君独自回到北京大学，以国文系讲师的身份，凭借扎实的学识和严谨的教学态度，在学术殿堂中占据一席之地。不久，她与陆侃如再度合作，撰写了《中国文学史简编》，这部作品以其全面性和系统性，迅速成为学界和大众的宠儿，甚至得到酷爱诗词的毛泽东的青睐。

冯沅君夫妇并未因已有成就而自满，1932 年，他们毅然决然地踏上前往法国的留学之路，双双考入巴黎第三大学文学院的博士研究生班。在异国他乡，他们不仅追求学术上的精进，更积极参与当地的“反战反法西斯同盟”，展现中国学者的国际视野和责任感。

1935 年春，陆侃如在博士论文答辩中遇到了一个出人意料的问题：“《孔雀东南飞》中，孔雀为何要东南飞?”这个问题考验的不仅是他对古文的理解，更是他的思维敏捷和应变能力。

陆侃如稍做思考，机智地回答：“西北有高楼。”这个回答巧妙地引用古诗十九首中的名句，既展现他的学识，也显示他的机智，赢得主考官的赞赏。

经过三年的勤奋学习，冯、陆夫妇双双获得文学博士的学位。

那年夏天，他们选择一条不同寻常的归国之路，绕道莫斯科，经西伯利亚回国。沿途的壮丽景色，让他们惊叹不已，同时也深感祖国的落后与贫困。

回国后，陆侃如到燕京大学任教，而冯沅君则到天津河北女子师范学院教书。教学之余，他俩合作完成了南戏曲文的辑遗工作，编成《南戏拾遗》一书，为宋元南戏的研究贡献新成果。

冯沅君三兄妹，虽然性格各异，专业不同，但都取得令人瞩目的成就。大哥友兰，以哲学见长，成为著名的哲学家、教育学家；二哥景兰，以地质学著称，是“丹霞地貌”最早发现者之一；而冯沅君则以文学为业，与兄长们虽少有合作，但在 1926

年，她与大哥友兰共同校点了《歧路灯》的前26回，展现兄妹间的深厚情谊。

对于兄妹间的合作，冯友兰亦有回忆：

> 沅君曾作有一篇《秋思赋》，大概是她在国学专修科中的作品，颇有六朝小品的神韵。景兰会画中国画，画有一幅《秋满山皋图》，把沅君的这首小赋写在空白的地方，作为题词。我也作了一首诗，这幅画在“十年动乱”中遗失了。画固然不可再见，赋的原文也不记得了，只有我的诗还记得。诗曰：
>
> 秋意满山皋，吾弟妙挥毫。树林忽疏阔，花丛骤寂寥。
>
> 若非严萧瑟，何以续清高。寄语同怀妹，悲秋毋太劳。
>
> 如果这幅画能够保存下来，倒是我家的一段佳话。
>
> 沅君模拟古典文学的作品，大概相当多。有些可能失于幼稚，但有些也可以显示她的才华和聪明。可惜她自己不知爱惜，像我们这些人在当时也不知保存，现在竟然一篇也看不见了，真可惋惜。

冯家三兄妹还有在广东工作的共同经历。大哥曾于1926年到国立中山大学的前身广东大学教学，二哥于1927年后到了广州任两广地质调查所技正，沅君则于1939年到中大教书。

有趣的是，冯沅君自己没有子女，但她的侄女宗璞（冯友兰之女）则继承了冯家的文学基因，成为当代有名的作家。宗璞的四卷本系列小说《野葫芦引》，是中国唯一一部描写抗战时期知识分子精神操守的长篇小说，其中，《东藏记》获得第六届茅盾文学奖。书中的知识分子形象，可有姑姑沅君的影子？

三

在抗日战争的阴霾下，冯沅君与陆侃如的生活如同漂泊的浮萍，四处流离。

1938 年初，他们带着沉重的行囊，离开北平，一路向南，穿越上海的繁华，经过香港的喧嚣，再由河内踏上滇越铁路的火车，最终抵达春城昆明。不久之后，他们又辗转到广州。

同年 10 月，陆侃如在中山大学师范学院找到一份教务主任兼国文系主任的工作，冯沅君也随他一同前往广州。但战火的蔓延，使得广州很快失守，他们不得不再次随校迁往粤西。他们从广州乘船，沿着西江直上，到达郁南稍做停留，然后继续前往罗定。11 月，他们又从罗定绕道广州湾，再次回到昆明。

在罗定的日子，冯沅君对这片土地有着特殊的情感。她在日记中写道："避寇沿江西复西，郁南地僻暂栖迟。晓来时坐幽篁里，万叶千枝露欲滴。"她对郁南的描述，充满诗意与宁静，仿佛在战乱中找到一片心灵的净土。

1940 年夏，夫妇俩随中大迁至粤北坪石管埠，陆侃如继续担任教务长，冯沅君则成为该院的教授。他们租住在一间不足 30 平方米的老房子里，前后用白布隔开，前面为客厅兼书房，后面为卧室，床是用装书用的木书箱搭成的，书桌也一样，生活简朴而充满创意。

陆侃如在房门口钉上了一张名片，上面写着"巴黎大学文学博士：陆侃如、冯沅君"，这不仅是他们学术身份的象征，也是他们对知识与文化的坚守。

尽管生活艰苦，冯沅君依然坚持教学和研究。她在课堂上讲授文学、古代文法、要籍目录和诗词欣赏等课程，发表了多篇学术论文。她治学严谨，对待学术研究一丝不苟。

1939 年，在讲授元杂剧时，她发现了三条有关王实甫生平的材料，但并没有轻率地下结论。她查阅大量的文献，与多位学者交流，并亲自向陈寅恪先生请教，最终形成自己的见解，并写成《王实甫生平探索》一文。这篇论文的完成，历时 18 年，体现她对学术的执着与热爱。

冯沅君在《古优解》附记中，表达做研究的艰难："做研究工作必须有充分的图书供参证，可是在抗战已逾四年，处处闹书荒的今日，这种要求似乎太奢侈点。"

她描述了中山大学图书的匮乏，以及自己书籍的丢失，表达在战乱中进行学术研究的不易。但她并没有放弃，而是在艰难的环境中，依然坚持自己的学术追求。

冯沅君 11 岁时就学会填词写诗，喜用古体诗词记述自己的所见所思所感，即使婚后已不写小说了，仍然保持着写诗填词的习惯，偶尔也写些散文。在管埠教书之余，写下不少诗作，都有较鲜明的粤北特色，成为赞美韶关的佳作。

听鹃（粤北作）

崷崒火云绚半天，艰难人世上泷船。
年来谙得烦冤味，日日江头听杜鹃。

夜　起

残月城头画角哀，无眠人独起徘徊。
夜气蛮烟同莽莽，一绳霜雁破空来。

当 户

当户枯桑解报秋，晨昏入耳祇飕飕。
久拼茹尽人天苦，不听西风也白头。

减字木兰花（记梦）

惊鸿缥缈，还似当年仪态好。一饷温柔，风雨红楼梦不留。
灯残花坠，晓角寒鸡声四起。往事休论，解道空言也是恩。

鹧鸪天（管埠秋晚用胡光炜先生韵）

欲坠秋阳黯不骄，云峰历乱水迢迢。
原知身世同萧瑟，如此江山太寂寥。
怀故国，感萍飘。枫林落叶晚潇潇。
胜游直似前生事，梦踏杨花过石桥。

生查子（林中晚坐）

朱霞红欲然，落叶声如雨。
摊卷坐霜林，山外斜阳暮。
明月记西园，春水思南浦。
弹泪诉秋风，秋也辞人去。

醉落魄晓行，自坪石渡武水至塘口

江烟幂幂，山川城郭望中失。枝摇宿露衣襟湿，残月留晖，天际孤星白。

乱流艇子浮寒碧，路迂林密无人识。云开霞敛明初夜，历历群峰，秀色难描得。

那么，在学生眼里，他们夫妇又是怎样的形象？

师范学院学生张守能写了一篇题为《文学史家陆侃如博士——学府人物志之三》的文章（刊于 1941 年《生活思潮》第 10 期）。节录如下：

上

……

初入学院的手续是须要谒见导师的。那时，我的导师就是陆先生。我忘记那在澄江仁南镇的一所寓所里所获得的初谒的印象：陆先生的久享盛名，似乎与他 30 多岁的年纪不太相称，见起面来谁也惊讶他的活泼甚而可以说是天真。一套西服配合着他那中等的身材，外边还加上一件洁白的袍子，中间分开两面任它柔顺地披着。倒是那一条蝴蝶形的领带，替他添了一点学者的严肃。

陆先生是不摆教授的架子的，他具有使人接近的和悦的仪表，因此谒见时不会使人战战兢兢的不安；相反地，使怀着戒备之心的人感到了温暖与亲切。谁都觉得他的健谈，即使谈话间有了语言的隔阂，他有高度的领会的能力和接近于好奇的特有热情，总不会使一个广东人有口难言，或词不达意的。同时教授很喜欢说笑，他高兴地笑起来，那些镶金的牙齿，竟使上下唇有包藏不住的样子。

也许逃亡的旅途使教授感到了厌倦，也许是南国的儿女的活泼洋溢着可教的素质，因此从始起，陆先生并不吝啬时间来参加学生们的活动。

好如有一回，在翠柏的春水湖边，陆先生讲起了幼年时，过着江苏太仓他那书香世代的书房生活。

又一回，在翠竹庵那满林春色的光景中，陆先生描绘着他早年恋爱的章回的故事！谁都渴望着听他与女作家冯沅君博士那一段轰动文坛的罗曼史。

又一回，酒后于城郊踏月，陆先生述说着留学巴黎的经过——他怎样的在大学念书便兼做了研究院的研究生；怎样的任教大学时，从事著作与准备着留学；怎样的在巴黎时随从 Lanson 及 Hagard 诸名家攻读“比较文学”，得到了巴黎大学文学博士的学位。

又一回，陆先生关怀着文师两院的学生，在淑性居的茶楼，召集在一处轻松地论述着我们的大小问题，并组织成了一个生社。

又一回，陆先生热烈地劝助着全院的旅行在抚仙湖畔与我们共寻欢笑；而另一回我们避疫于龙兴镇上，他骑着马儿到访，有眷恋不舍的归情。

又一回，陆先生在一个圆月疏桐的文艺晚会里热情悲愤地朗诵着法文诗；而另一回在城郊古道畔，开着月圆会时，他讲述着时代与文学的专题。

又一回，陆先生在东浦□潭……

陆先生所担任的，是中国文学史、历代文选与文学专书等科目。

授课的时候，陆先生是口若悬河似的说个不休；同时每堂几乎有一半的时间在写着黑板。照他旁征博引的材料来看，很可以看出教授10多年来研究的心血。陆先生的目光通常是不射落在学生的脸上的，因为每一个学生都在埋首疾书着各人的笔记。

陆先生的讲义目次以及教材选择与排列，都处理得有条不紊；而且讲授时的认真态度也可证明他治学的严肃。记得陆先生在泛论文学史时，他用坚毅的语调说："我国的文学史，比较有进步的撰述，不过是近20年来的事。""编文学史有两大要点：第一，是材料的取舍；第二，是材料的组织。材料的日新月异，文学史的定论也日渐改进，治文学史的人，切勿固守结论，而且材料的真伪问题……"

因此，陆先生的辨伪功夫来得详，结论的定句下得宽。

陆先生不仅是国学专家，而且是有名的"考试专家"。

即如陆先生讲文选，除了本文的探讨以外，像作者的生平，撰写本文的动机和影响，以及古今中外的学者底有关的评述，都有许许多多的材料讲授，这些都是必需考验的范围。而且"考试专家"的考试，并不如此简单。他是把课外的作业看得要命似的时时催索着。要学生有良好的课外作业，于是陆先生做了系主任之后，便火速的组成了课外研习会，由学生自由认定组别，请教授们辅学研习。

有人说陆先生的治学有成，得力于他的志趣相投与学历相均的太太甚多。这也许说得不过分吧？因为我亲耳听他说过好几次，他是主张和渴望同系的男女学生结作终身伴侣的。这不就是"以身作则"的一个证明和解说吗？

一个具有远大眼光的学者，他除了教授后进以外，自身必需不息的研究与著述，从陆先生的本身便证明了这些话的正确性。他在管埠这般困难的设备条件下，还在寓所里设成一个研究室；同时他的工作台上，正放置着一大部快完成的"中古文学系年"的稿本。

陆先生的治学前途是辽阔而伟大的！

下

民国二十七年（1938）的秋天，陆先生便接了中大的聘书而南下广州。不久，广州告急，中大于是初迁罗定，复徙云南。陆先生于人地生疏的情况下，远地里随校入滇，一颗为学术为教育的坚心，战胜了一大段艰苦的日子。

中大师院，在崔载阳先生的长院下，很快地在澂江萌芽生长。陆先生那时专任国文系的教授，并肩负了师院生活指导分会的学术组的指导重任。

陆先生生活在大时代的暴风雨中，目睹家国的多难，他意识到战时创立师院的重要性，因此陆先生早就明白地指出师院的工作重心：

“要对得起国家，要担得起责任，第一便须把全院青年陶铸成专门人材。因此，院中读书习惯的养成，学术研究的提倡，便是我们最主要的工作。”（中师生活第七期：师范学院与学术研究）

那时，我们也主动要求“养成浓厚的学术空气”。

……

那么，陆先生又是一个训练“专家”的专家了。

民国二十九年（1940）夏，中大易长，陆先生应请为国文系的系主任。

同年暑假，全校回迁粤北，师院立址在离坪石不远的管埠。新任的院长为齐泮林博士。陆先生东行至桂林，方欲遨游山水，但即被礼聘着兼任了师院的教务主任。

一年来，陆先生稍减了学者的自由，责无旁贷地协助院务的发展，静静地放出了他更大的苦心。陆先生在实践中加深了对学生的学术研究的认识了，他诚挚地告诫着：

“各院学术研究以‘提高’为主，而师院则于提高外兼重‘普及’。换言之，他院目的在造就‘专家’，而师院同学则不但希望成为‘专家’，同时希望成为‘通人’，……”（中师生活复刊第三期：一年）

现在，陆先生已当了教务主任一年多了，他是念念不忘于训练“专家”与“通人”的责任的。用陆先生自己的话说：

“大学生的教务，不在排功课，算分数，……一个有训练的教务员，便能办此，教务的主要工作乃在：第一，良好教师的礼聘；第二，图书仪器的充实；第三，学术研究的提倡。一切著名大学之所以成功，全靠此三种重要工作的完成。”（一年）

陆先生正努力于这件未完成的工作！

如同陆侃如先生受学生欢迎一样，冯沅君与学生之间的相处，如同春日暖阳，温暖而不炙热，她摒弃传统的师道尊严，推崇的是师生间的相互尊重、相互关爱、真诚相待和平等交流。她和陆侃如一起，支持那些追求进步的学生，甚至在经济上给予他们帮助。尽管她自己的生活十分朴素，几乎从不在自己身上多花一分钱，但对学生却总是慷慨解囊，毫不吝啬。

冯沅君乐于与学生进行深入的交流，学生们也乐于接近她，常常来到她的书斋。这里，书架上摆满厚重的书籍，窗外的绿树在微风中轻轻摇曳。师生间的对话总是自由而无拘无束，就像清新的空气。

一天，几位学生又来到冯沅君的家中。她先是简单询问学生们入学前的经历，随后便兴致勃勃地谈论起文学、人生和历史。

“你们选择了文科，那么文学、历史、哲学的基础都必须扎实，尤其是古典文学。如果古文学得不好，白话文也难以达到高水平。”她的话语中充满热情和鼓励。

在轻松愉快的氛围中，学生们一边聆听冯沅君的教诲，一边享用着桌上的花生糖。当一盘花生糖被一扫而空时，冯沅君微笑着，又从柜子里拿出一盘。

书斋里弥漫着花生糖的香甜和书香的混合气息，让人沉醉。

在谈话中，冯沅君主动分享自己的童年经历，包括小时候缠足的往事。她幽默地提到，即使现在穿皮鞋，也需要塞一些棉絮来适应，走路时并不那么舒适。她的言语中透露出一种从容和自嘲，就像窗外的云彩，悠然自得。

这时，一名性格直率的学生突然问道：“冯先生，您在法国留学时，您的脚会不会给您带来很多不便？”

这个问题虽然有些冒昧，但冯沅君并未介意，反而笑着回答：“这不难解决，就像孟丽君一样，外面套上一双靴子就行了。”她接着感慨地说：“一个人要想逆流而上，违抗社会风气，是非常困难的，只有极少数的杰出人物才能做到。”

她的话语中透露出一种深刻的人生感悟，就像窗外的落日，虽然即将消逝，却依然散发着温暖的光芒。

“冯先生，您当年以淦女士的名义写小说，写得这么好，还得到鲁迅先生的肯定，您为何不继续写下去呢？”

冯沅君叹了一口气，说：“那都是好久以前的事了，不值得一提了。没办法，我只有辜负鲁迅先生的期望了，早就不提笔了！”

那天下午，冯沅君要给研究生上课，外面下着大雨，道路泥泞。雨滴打在屋檐上，发出清脆的声响。学生们担心她如何能够走过这段泥泞的田间小道，便决定派一个男生去通知她改日上课。

就在男生准备出发时，冯沅君已经撑着伞，背着书包，蹒跚地来到教室。

女生们急忙将先生扶进教室，一边帮她换上一双干燥的鞋子，一边责怪说："冯先生，下这么大的雨，还来上课，小心冻着了。"

冯沅君抹了抹脸上的雨水，说："我是下雨前就提前离家的，没想到路上会遇到这么大雨。还好，没淋湿我的课本，大家准备上课吧。"说着，打开布包，取出课本和一沓卡片，开始上课。

她的身影显得格外坚定，就像那雨中的松树，任凭风吹雨打，依然屹立不倒。

冯沅君最终成为新中国的第一位女一级教授，曾担任山东大学副校长。她与陆侃如在文学研究领域携手合作，撰写许多著作，成为文坛上的佳话。他们生前立下遗嘱，将6万余元全部积蓄和2万余册珍贵的藏书捐赠给山东大学，以此设立"陆侃如、冯沅君文学研究奖"。

冯沅君的一生具有多重身份，从封建官宦之女到新时代的青年，再到作家和大学教授，她的奉献和影响是深远的。她用自己的勇敢和知识，引领了一代又一代的青年，成为新时代女性的典范。

后　记

2021年1月5日，我第一次踏上坪石这片土地，探寻中山大学的教学遗址和华南教育历史研学基地。那天，北风凛冽，气温骤降，我们一行人逆风前行，仿佛置身于“胡马依北风”的壮阔景象之中。而当我在11月1日完成本书稿时，秋雨绵绵，稻田里的金黄正在收割，正是“稻花香里说丰年”的丰收景象。

在那个硝烟弥漫的抗战时期，一批粤港澳的教育精英，他们辗转周折，来到粤北。他们坚守着教育阵地，在坪石、连州等边远山区，度过最为艰难的岁月。他们将学术的坚守与中华民族的前途紧密相连，成为中国教育史和华南抗战史上的重要篇章。

国立中山大学在坪石的历史，虽然在校史中有所记载，但在社会上却鲜为人知。它是西南联大的一部分，被誉为“岭南的西南联大”。与西南联大不同的是，中山大学是从西向东迁移，从后方到前方，接近交战区。他们是烽火中的逆行者，他们的故事值得讲述，他们的精神值得褒扬。

宗璞在《南渡记》的序曲中，形象地描绘了那一代知识分子的艰难与坚守：“到此暂驻文旅，痛残山剩水好叮咛。逃不完急煎熬警报红灯，嚼不烂软塌塌苦菜蔓菁，咽不下弯曲曲米虫是荤腥，却不误山茶童子面，腊梅髯翁情。一灯如豆寒窗暖，众说似潮壁报心。见一代学人志士，青史彪名。东流水浩荡绕山去，岂止是断肠声！”

2022年7月23日，广东省人民政府公布第十批广东省文物保护单位名单，国立中山大学乐昌办学旧址、梅县办学旧址和广东省立文理学院连县办学旧址被纳入“近现代重要史迹及代表建筑”保护类别。

2021年初从坪石采风归来后，我便萌生写“坪石先生”的冲动。但写什么？怎么写？这让我经历了一番苦思冥想。经过半年多对中大相关资料的查询和研究，我决定以一章一个人物的模式，将“坪石先生”的故事一一铺陈。每一章的人物和事件，虽然独立，却又相互交织、相互补充、相互映衬，形成一个完整的长篇，多角度地展示中大在坪石那段特殊岁月的峥嵘和大先生们的风采。

由于年代久远，能找到的资料不多，加上笔者学识有限，只能挂一而漏万，权当“速写”，有不妥之处，敬请方家指教。

本书得到华南教育历史研学学校联盟理事长单位韶关学院的资助出版。写作中，韶关学院韶文化研究院常务副院长宁夏江教授、苗仪老师和韶关作协荣笑雨主席等专家与同行给予具体的指导。参考和引用了相关当事人回忆录、传记、论文和新闻报道等（详见本书参考资料，其中，最主要的是《抗战期间粤地教育历史纪事》中许瑞生等的文章），在此一并表示诚挚的感谢。

作者

2024年6月28日定稿